中公文庫

# 聯 愁 殺

新装版

西 澤 保 彦



中央公論新社

目次

## 主要登場人物

一礼比 梢絵（いちろい・こずえ）……依頼人

双侶 澄樹（なるとも・すみき）……担当刑事

凡河 平太（おつかわ・へいた）……ミステリ作家。〈恋謎会〉メンバー

矢集 亜李沙（やつめ・ありさ）……エッセイスト、ミステリ作家。〈恋謎会〉メンバー

丁部 泰典（よぼろべ・やすのり）……県警ＯＢ、私立探偵社経営。〈恋謎会〉メンバー

泉館 弓子（いずみだて・ゆみこ）……犯罪心理学者。〈恋謎会〉メンバー

修多羅 厚（しゅたら・あつし）……ミステリ作家。〈恋謎会〉メンバー

# 聯《れん》愁《しゅう》殺《さつ》

# 第一章　動

一《いち》礼《ろ》比《い》梢絵《こずえ》は家路についていた。手袋を嵌《は》めた両手をロングコートのポケットに入れ、のんびりとした足どり。腕に吊るしたハンドバッグが、ハイヒールの靴音のリズムに合わせるかのようにゆらゆら揺れている。

午後八時。住宅街の夜道は明かりもまばらで森閑としているが、さほど用心してはいない。この界隈は至って治安のよい場所柄で、痴漢や不審者の類いが出没するという話も聞かない。息を白く凍らせながら低く鼻唄などを口ずさむくらい、梢絵は無防備だった。ようやく引っ越し先の土地に馴染んできたこともあり、胸の底から湧いてくる気安さが我ながら誇らしい。次の休日には、最近親しくなったばかりの男性と一緒に出かける予定も入っている。そうだ。近いうちに彼に電話してみようかな。たまにはこちらから積極性を示して。そんな夢想と遊んでいると、冷たい風に強張りがちな頬も自然に緩んでくる。

そんな梢絵の表情が、ふと曇った。彼女が住んでいる賃貸マンションのすぐ前の道路。その電柱近くにいかにも無造作にビニール袋が捨てられている。しかもかなり大型だ。はち切れんばかりに詰め込まれたソフトドリンクの空き缶が街灯の光をおぼろに反射していて、その無機質さが妙に見る者の心を乱し、傍若無人な質感を醸し出す。

(やだ。誰よ、こんなことをするのは)不燃物の収集日はまだ一週間以上も先だし、第一そこはゴミ集積所でもない。(独り暮らしの若い男とかね、きっと。公共マナーってものを知らないんだから。ほんとにもう)

できそこないのアブストラクトが突如出現したかのようなその光景はいかにも眼ざわりで、梢絵としてはすぐにでも道を綺麗な状態に戻したかったのだが、かといってわざわざ自分でゴミを持ちかえり、収集日まで預かっておいて処分するというのも癪《しゃく》だ。結局、見なかったふりをして、そそくさとその場から立ち去る。

(誰かが片づけてくれればいいけど。いえ。片づけてよね、ちゃんと。赦《ゆる》さないから、明日の朝、まだここにあったりしたら)マンションの玄関をくぐって自分の部屋のキーを取り出しながら、梢絵は腹立たしい思いを持て余す。(こんな時、超能力が使えたらどんなにいいかしら。透視能力であのゴミを捨てたヤツの住居を捜し当ててさ。それでもってテレポート能力で、袋ごとあの空き缶の山をそいつの部屋へ送り込んでやったりして。痛快だろうなあ。って。何をばかなこと考えてんのかなあたし。虚《むな》しいファンタジーに耽《ふけ》る前に、実際に自分にできることを考えなくちゃ。これって同じマンションの住人じゃないよね多分。だったらもっと遠くへ捨てにゆきそうなものだし。やっぱり車か何かで隣り町あたりからわざわざ不法投棄しにきた——と見せかけて、実は近所のひとの仕業だったとか。あり得るよね。思い切って町内会に訴えてもらうように管理人さんに頼んでみるのも。あ。もしかして。これって陰謀だったりして）

不愉快な特大ゴミのことで頭がいっぱいの梢絵はその時、己れの背後から暗闇にまぎれて人影が忍び寄ってきていることに気がつかなかった。長身を持て余すかのようにやや前《まえ》屈《かが》み。黒っぽいジャンパーのような上着をまとっている。汚れたバスケットシューズを履いた大きな足が意識して足音を消し、少しずつ梢絵との距離を詰めてゆく。

（うん。そうよ。そうにちがいない。誰か近所のひとがやったんだわ。わざと。いかにもこのマンションの住人の誰かの仕業、みたいに装って。あそこは公共マナーも守れない若者ばかり集まっている、これだから近所にマンションが建つのは困る——なんて、頃合いを見て難癖をつけてくる口実に仕立てるつもりなんだわ）

やや被害妄想気味に想像を暴走させる梢絵だが、周辺の住民とマンションの住人とのあいだには、対立というと少し大袈裟だが、ある種のぎこちなさを孕《はら》んだ雰囲気があるのは事実だった。

（若いっていうだけで偏見を抱いているお年寄りとか、いるもんね。そんなこと、年齢は関係ないのにさ。何がなんでもあたしたちに言いがかりをつけたいんだわ。なんて姑息《こそく》な。そうはいかないわよ。これは何とかして先手を打ってやらなきゃ。あ。そうか。そうよ。これこれ。こういうことこそ、投書してやんなきゃ）

　すかさず頭の中で『秩序を守るという口実で、秩序を乱したりしていませんか？』というタイトルを考案。すぐにでもワープロの前に座りたいと気が急《せ》く。梢絵はいわゆる投書マニアだ。雑誌などで読者投稿欄を見つけたら必ず出してみるクチだが、採用された経験はほとんどない。というのも彼女は一応それらしい問題提起はできるのだが、議論に生産性が乏しい。いつも可もなく不可もなくというか、毒にも薬にもならないというか。はっきり言って、読んでいてあまり面白くない。梢絵本人にもその自覚はある。

　そんな彼女だが昨年の九月、一度だけ地元新聞の読者投稿欄に採用されたことがある。その日の新聞は二部ほど余分に購入し、原稿料がわりに貰った粗品も大切に仕舞ってある。爾来《じらい》すっかり味をしめ、同じ地元新聞に集中的に狙いを定めてせっせと投書し続けている梢絵だが、ここのところさっぱり採用される気配はない。

（やっぱりネタが弱いんだよね。我ながら。誰にでも言えるような、平凡で二番煎じ的な正論ばっかりだもん。いやまあ、題材はありふれていてもいいんだけれど。それならそれで工夫が要《い》るよね。例えば今回のことなら、ゴミの不法投棄に対して怒ってみせるだけじゃ駄目。面白くもなんともない。何かプラスアルファがなきゃ）

単なる不法投棄ではなく、住民同士の対立劇が背景に隠されている——となればこれはなかなかドラマティックだ。うまく書き上げれば、採用される確率はぐんとアップするかもしれない。そんな期待が湧いてきて梢絵は有頂天になった。

(問題は、不法投棄されたゴミを発見したのはいいとして、それがどうして住民トラブルを巡る陰謀だと判ったのか、という根拠の示し方だよね。はっきりとは書かずに、それとなく仄《ほの》めかすというか、読む者に推察させるというか。うーん。むつかしいなこれは。それともいっそ、いかにもご近所の御意見番を自任してるって感じの依怙地《いこじ》そうなお婆さんがこっそり捨ててゆくのを目撃したんだ、ってことにしてしまうとか？　そうね。それくらいの脚色はしないと。説得力ないっていうか。面白くならないっていうか。うーん。でもそれはまずいかな。さすがに。前回とちがって。もろに差し障りがあるような気も。さりとて、匿名にしてしまうのも意味ないしね。困ったなあ)

あれこれ考え込む梢絵は、周囲にまったく注意を払っていなかった。惰性で自室の前へ辿り着く。上の空のまま手袋を脱いだ。キーを差し込む。ロックが外れる。ドアを開けた。

後ろ手にドアのハンドルレバーを引っ張りながらスイッチを探り、室内の電灯をつけた、その時だった。ドアが途中で引っかかって閉まらなくなる。何だろうと振り返りかけた梢絵はいきなり、どん、と背中を乱暴に押された。ハンドルレバーから手がもぎ取られる。沓脱《くつぬ》ぎのところで、つんのめった体勢をかろうじて立てなおした拍子に、持っていたハンドバッグが床に落ちた。

ドアを塞《ふさ》ぐ大きな人影を視認しているにもかかわらず、不審者が部屋へ押し入ってきたという緊急事態を梢絵はなかなか悟ることができない。突然のことに混乱して声も出ない。

若い男だ。いや、幼いといったほうが正確かもしれない。梢絵は身長が一七〇近くあり、ハイヒールを履くと勤務先の同僚男性陣の大半は見下ろす恰好になるのだが、問題の不審者の場合、彼女が逆に見上げなければならない。一八〇以上は確実にあるだろう。身体《からだ》つきは大きく頑強そうだが童顔で、実際のところは判断がつかないものの、まだ学生くらいに見える。黒っぽい上着。洗いざらしのジーンズ。そして妙に濁った光を放つ眼。梢絵がこれまでに見たことのない男だった。

「だ……」

ようやく我に返った彼女が喉も裂けよとばかりに絶叫しようとした刹那、男は腕を振り上げた。その手に握られていたのがダンベルだとは、ずっと後になって知ったことである。

誰よと誰何《すいか》する間もなく頭に重い衝撃を受け、梢絵は思わず声の塊りを呑《の》み下してしまった。喉の奥で空気が詰まり、瞬間的に嘔吐感が爆発する。視界がぐらぐらして思うように定まらない。そのことを自分がずいぶんと長いあいだ、もどかしく苛立《いらだ》っているかのように錯覚したが、実際には一瞬にして彼女は床に崩れ落ちていた。全身がまるでゴムと化してしまったかのようにぐにゃぐにゃして、まったく力が入らない。

「う……ぶ……あ」

なんとかしなければ……そう気持ちばかり焦るものの、身体は思うように動いてくれない。悲鳴を上げようとしているのに、喉に何か詰め物でもされているかのように声が出ない。四肢の感覚すら完全に失ってしまいそうだ。恐怖が泥濘《ぬかるみ》のように彼女の全身をからめ捕る。

逃げなければ……泳ぐようにして梢絵は部屋の奥へ向かって腕を伸ばした。バスケットシューズを履いた足で彼女のハンドバッグを蹴飛ばしながら、男が室内へ上がり込んできた。這いつくばっている梢絵を引き戻そうと、のしかかってくる。その手を振り払おうとして首を背後に捩《ね》じった拍子に、梢絵と男の眼が合った。

この子、あたしを殺すつもりなんだ……本能的に彼女はそう悟った。当初は性的暴行が目的で侵入してきたのだと、なんとなくそんなふうに思い込んでいた。しかしいま、男の眼にそんな邪念はまったく見受けられない。そこにあるのは氷のように凍《い》てついた敵意——いや、破壊衝動のみ。梢絵に対する殺意のみ。

殺される……恐怖が彼女の脳髄を攪拌《かくはん》した。あたし、このままじゃ殺されてしまう。

殺される。

殺される。気が狂いそうなほど衝《つ》き上げてくる焦燥感とは裏腹に、相変わらず梢絵の身体には思うように力が入らず、抵抗らしい抵抗もできない。ロングコートを着たままの状態のせいで、よけいに動きが制限される。しかし実は、それこそが結果的に彼女にとってさいわいしたのだった。もしもこの段階で梢絵がめちゃくちゃに暴れたりしていたら、男は彼女の抵抗力を完全に奪うべく再びダンベルを振り回していただろうから。梢絵の眼に、襲撃者は冷血なほど沈着冷静であるかのように映っていたが、彼とて人間であり、それなりに緊張している。従って、獲物の抵抗が激しい場合は逆上していた可能性も充分にあり、過剰反応して何度も何度もダンベルで殴打を繰り返していただろう。梢絵は血の海に沈み、原形をとどめぬ死に顔を晒《さら》していたはずだ。

だが男は、彼女の抵抗力を完全に奪ったと勘違いし、一回の殴打のみでダンベルを手離した。もちろんこの時の梢絵には、そんな己れの幸運が判ろうはずもない。なんとか逃げなければいけないのに身体が動いてくれないという絶望感から、どっと大量の涙が眼から溢《あふ》れ出てくる。思い切り泣き声を上げることもできず、か細い笛のような嗚咽《おえつ》を唇の端から洩らすのみ。

男はそんな梢絵の首に何かを巻き付けてきた。梱包用のビニール紐《ひも》だということも、もちろんこの時はまだ彼女は知らない。容赦なく力を込められ、梢絵の喉が鳴る。朦朧《もうろう》としていた意識が一瞬はっきりして、彼女は再び身体を動かそうと試みた。先刻に比べると指先などの神経が己れの意思に反応してくれているような気もするが、いかんせん、微力に過ぎる。男の身体を押し退《の》けるどころか、溺れる者が必死で水面を叩こうともがくかのように手を虚しく宙にさまよわせるだけで、相手に触れることすらなかなかできない。

意識が白濁してきた。死ぬ……あたしはこのまま死ぬの？

死んでしまうの？　殺されてしまうの？　まだ二十八の若さで。

嫌。嫌だ。そんなの。嫌。

梢絵はなけなしの力を振り絞り、無我夢中で手探りをした。何かをしようという明確な意図があったわけではない。ただ闇雲に生命に執着しただけだったのだが。ふと彼女の指が何かに触れた。梢絵本人は自覚していなかったが、それは男のジーンズの尻のポケットだった。びくびく痙攣《けいれん》しながら彼女の手がそこから、あるものを掻《か》き出した。

ばさっ。それが男のポケットからまろび出て床に落ちる音が異様に大きく響く。その一瞬、男の注意がそちらへ向き、彼女の首を絞める力が、ほんの少しだったが、たしかに緩んだ。

床に落ちたのは小さな茶色の手帳だ。むろん、梢絵はこの時、そんなことを詮索している余裕もなかったし、後に彼女の運命を変えることになるその手帳の表紙に〈浴永《えきなが》高校〉と記されているのも見えなかった。

どこにそんな力が残っていたのかと自分でも驚くほどの勢いで、梢絵は男を突き飛ばした。相手にダメージを与えるにはほど遠かったが、それでも男の下からすり抜けられる程度の隙間ができる。床を蹴った拍子に、まだ履いたままだったハイヒールが脱げ落ちた。

首の皮膚にビニール紐を喰い込ませたまま、這いつくばって逃げた。無意識にベランダのほうへ向かって。いや、梢絵の主観としては脱兎《だっと》の如く駈け出したつもりだったが、運動量のわりには無駄な動きが多く、実際にはほんの数センチしか移動していない。床でこすれたストッキングが爪先で裂け、彼女が身体をよじっているうちに太腿《ふともも》のあたりまで伝線する。

ガラス戸までのたった数メートルの距離が遥《はる》か彼方《かなた》に感じられた。その上、ベランダへ出るためには閉まっているカーテンを開け、施錠されているガラス戸のロックを外さなければならない。それらの手間まで含めると、自分には無限の時間が必要であるかのような錯覚に襲われ、梢絵は絶望的な気持ちとともに身が竦《すく》んだ。

男がヘッドスライディングをするかのように彼女に飛びかかってきた。ロングコート越しに下半身を抱きかかえられ、引きずり戻される。その時、手に触れたものを梢絵は咄嗟《とっさ》に摑んだ。それはさきほど男が、彼女の首を絞めようとする際にそこへ置いたダンベルだったが、なぜ自分の部屋にこんなものがあるのかと梢絵は一瞬、混乱する。しかし、困惑している余裕はない。

むずっと握りなおすや、ダンベルを相手に向かって投げつけた。ちょうどタイミング的に向こうから迫ってきていたため、梢絵の手を離れる前にダンベルは男の頭を直撃する。

「ぐむっ」

くぐもった唸り声が上がる。それが梢絵が初めて聞くその男の声だった。

「誰か……」さっきまで声帯が錆びついていたのが嘘のように、彼女の口から絶叫が迸《ほとばし》った。「誰かきてえええっ。助けてええ。ええええええっ」

頭をかかえて倒れ込んでくる男の巨軀《きょく》を必死で蹴って押し戻し、梢絵は再び床を這った。

（だ……誰か……だれか……たすけて……たすけてよう）途中で激しく咳《せ》き込んでしまって、しばし何もできない。（そ……そうだ……け……警察……けいさつ……ケイサツ）ぜえぜえ涙眼で喘《あえ》ぎながら息を整え、ようやく電話機に飛びついた。受話器を耳に当てようとして初めて、梢絵は自分のこめかみが濡れていることに気がつく。

（な……何これ……なによこれ）粘つく指を見てみると、赤い。（ち……血？　もしかして……あたしの血？　さっき殴られた時の……）

白い受話器がぬるぬると赤黒く染まっている光景がやけに鮮明に網膜に焼きつき、梢絵はふと気が遠くなった。このまま死ぬのかもしれない……自分が頭部に傷を負っているという認識が急激に彼女の体力を奪い、気力を萎《な》えさせてゆく。

男が立ち上がる気配がした。さっき梢絵に殴られたショックのせいか、なんとなくふらふらしているようだ。それがいまの梢絵には、ものすごく遠くで起こっている出来事であるかのように、ぼんやりとしか感じられない。

（来ないで……お願い）梢絵はただそう祈るしかなかった。（お願いだから……来ないで

……こっちへは来ないで……どこか）

意識がぼやけてくる。ぼやけること自体がさらに彼女の恐怖を煽《あお》る。

（だめよ……だめ）実家に置いてきた古い日記を母親が娘の思い出のために自費出版するという、妙にリアルなイメージが走馬灯のように脳裡《のうり》を巡り始めて、梢絵は慌てた。（気を失ったら……終わり……ほんとうに終わりよ……その前に……電話を……警察に電話を）

声にならない悲鳴で己れを叱咤《しった》し、泣きじゃくりながら梢絵は一一〇番をプッシュする。

＊

暴漢に侵入された、という一礼比梢絵の通報を受けた警官たちが、彼女の住むワンルームマンション〈めぞんフォルテ〉一〇六号室へ到着したのは、一九九七年十一月六日、木曜日、午後八時二十分のことだった。正確にいえば、梢絵はことの経緯を細かく伝えたわけではない。彼女が電話で口にしたのは「男が……助けて……〈めぞんフォルテ〉……一〇六……早く……殺され」といった断片的な言葉だけで、その後、声が途切れてしまう。電話は繋がったままにもかかわらず、オペレーターがいくら問いかけてみても何の答えも返ってこなかった。受話器を握ったまま彼女が気絶したのだと警察が知るのは、後の梢絵本人の証言によってである。

〈めぞんフォルテ〉の玄関は一〇一号室側にあり、梢絵の部屋は一番奥だ。そこへ向かおうとした警官たちは、廊下で右往左往している若い男に遭遇し、おどおどとどちらを向くかも決めかねているかのようなその態度に不審を覚え、声をかけた。

「失礼。このマンションの方ですか？」

「あ。ああ。おまわりさん」男はひどくうろたえていた。「ちょうどよかった。あの。実はいま、女のひとの悲鳴を聞いたのですが……」

まだ若く、二十歳代に見える。学生かフリーターあたりだろう、というのが職務質問した警官の第一印象だった。

「女のひとの悲鳴？　どんな？」

「えっと。誰か来て、とか。助けて、とか。とにかくそういう」

「どこで？」

「それがよく判らないんですよ。建物の外ではないと思うんだけど。多分ここの、つまり一階のどこかの部屋だったんじゃないか、と……」

その若い男は籾山慶一《もみやまけいいち》と名乗った。年齢は、本人が申告したところによると、二十一歳。〈めぞんフォルテ〉の一〇二号室に住んでいる。勤め先は二十四時間営業のファミリーレストランで、夜のシフトのために出かけようとしていて、問題の悲鳴を聞いたのだという。

「何時頃のことです？」

「だから、ほんのついさっきです。ええと。四、五分前だったかな」

ひとりがその男と応対しているあいだに、他の警官たちは奥の一〇六号室へと向かった。まずドアチャイムを鳴らしてみたが、応答がない。ロックされていないドアを開けて中を覗いてみると、キッチンの明かりが灯《とも》っている。沓脱ぎから上がると簡易キッチン、横がユニットバスで、奥がフローリングの洋室一間という構造だ。男物とおぼしき土足で踏み荒らされた床に、ハイヒールやハンドバッグが転がっているのが見える。

「失礼します。浴永署の者ですが」警官は部屋の奥へとそう声をかけた。「通報を受けてやってまいりましたが。どなたか――」

洋間には明かりが灯っておらず薄暗いが、仕切りの陰から何かがうずくまっているかのようなシルエットが覗いている。床に転がっているダンベルや茶色の手帳などを慎重な足どりで避けながら警官たちが奥へ入ってみると、若い女性が受話器を握ったまま倒れていた。こめかみから血を流して。首にはビニール紐が巻きついており、無惨に皮膚に食い込んでいる。玄関に表札が出ていないのでまだ警官は彼女の名前を知らなかったが、一〇六号室の住人、一礼比梢絵だ。

「大丈夫ですか？　しっかりしてください。きみ。しっかり」

呼びかけにも梢絵はなかなか目を覚まさない。脈をみようと手首を取られてようやく眼を開けた梢絵は、警官の姿を見て悲鳴を上げたが、相手が明かりをつけて身分を名乗ると一転号泣し始めた。その後は何を質問しても首を振りたくって泣きじゃくり、時折咳き込むばかりの彼女のために警官は救急車を手配し、そして室内を見回す。いかにも若い女性の独り暮らしという感じの整然とした内装だが、床が土足で踏み荒らされているのが痛々しくもアンバランスな眺めだ。バスケットシューズか何かのようで、靴底のサイズからして襲撃者は相当体格のいい人物だと推定される。足跡は室内を迷走しており、外のベランダへ通じるガラス戸付近にも認められた。

　そのガラス戸は半分ほど開いていて、レースのカーテンが夜風にそよいでいる。あるいは犯人はここから逃げたのかもしれない。警官はそう考える。カーテンをめくりながら外を見ると、隣りの家に明かりが灯っている。あるいは近所の住民から有力な目撃証言が得られるかもしれない。さっき廊下で遭遇した若い男性以外にも、被害者の悲鳴を聞いた住人がいるかもしれない。

　他の警官は、床に転がっているダンベルと手帳を検《あらた》めた。ダンベルのほうは、かすかだが血が付着している。沓脱ぎを上がったところの簡易キッチンの床に、噴霧されたかのような血痕があり、被害者はそこで襲われたものと思われる。おそらくはこのダンベルで殴打されて。

　小さな茶色の手帳の表紙には〈浴永高校〉と記されている。年度は前年、すなわち一九九六年度とある。被害者の歳格好からして彼女のものとは考えにくいし、部屋のサイズに鑑《かんが》みて被害者女性以外の同居人がいるとも思えないので、手帳そのものは犯人の遺留品と見てまちがいなさそうだ。暴漢本人の本来の持ち物なのかどうかはさておき。

やがて救急車が到着した。一礼比梢絵は、だいぶ興奮状態から醒《さ》めたようだが、口をきく気力もなさそうだ。ぐったりとして病院へ搬送される。

前後して鑑識による現場検証が始まった。私服の刑事たちが『立入禁止』のテープをくぐって次々と〈めぞんフォルテ〉の一階へ駈けつけてくる。

「――どういう状況だったんだ?」

「被害者が、まだ事情聴取に応じられる状態ではありませんので、具体的にはよく判っていないんですが」中年の私服が、ビニール袋に入った茶色の手帳を年嵩《としかさ》の男に手渡した。「ただ、彼女はコートを着用したままでしたし。ハンドバッグも沓脱ぎの近くに落ちていた。帰宅してドアを開けたところを、暴行目的か強盗目的かはともかく、狙われ、室内へ押し入ってこられた。そういうことだったんじゃないでしょうか」

「ふむ。それでこれが――」年嵩の男は他の私服たちにも見えるようにという配慮からか、問題の手帳を自分の眼の高さに掲げた。「逃走した犯人が落としていったものか」

「そうみたいですね、どうやら」

「しかしこれ、〈浴永高校〉とあるけど。生徒手帳でしょ? ということは――」

年嵩の男は白い手袋を嵌めた手でビニール袋から手帳を取り出し、末尾を開いた。見開きの右側のページの紙の表面が毛羽立ち、学校の割印が半分だけ残っている。どうやらそこには手帳の持ち主である生徒の顔写真が貼られていて、それをむりやり剝《は》がした痕跡らしい。見開きの左側はページそのものが破り取られていた。本来は生徒の連絡先などを記載するための箇所だったと推察される。

「自分の素性を知られたくない、ってことですか、これは」

「でも割印が残っているから、学校の記録台帳と突き合わせることができれば、手帳の持ち主の身元は判るかもしれませんね。ということは、それに該当する生徒が今回の——」

「まあ待て。即断は禁物だ。単なる落とし物を被害者が預かっていたのかもしれんし。他には何か書いていないのか」年嵩の男は手帳を最初からめくってゆく。「ん。何だ？　これは」

手帳は、最初の数ページ分を破り捨てた形跡があり、それに続けてボールペンで書かれた人名が、見開きの右側に一ページにつきひとり、並んでいた。無骨な金釘流《かなくぎりゅう》の筆跡だ。

架谷《はさたに》耕次郎《こうじろう》　四十二歳
浴永医科大学付属病院勤務
電話　×××—××××—○○○○

住所　○町×番地〈ハイム浅黄《あさぎ》〉八〇八号

矢頭倉《やとくら》美郷《みさと》　十一歳

浴永小学校五年生

電話　△△△―△△△―××××

住所　××町△△丁目乙

寸八寸《かまつか》義文《よしふみ》　七十七歳

無職

電話　○○○―○○○―□□□□

（但しアパートの大家の呼び出し）

住所　○町甲〈ひめ寿荘〉弐号室

「――住所録か？」

「交友関係ですかね。しかし普通の高校生の付き合いにしちゃ、ずいぶんといろいろ、ばらけているような気も」

「そうだな。職種とか年齢層とかに何の統一性もな――」年嵩の男は、ふと首を傾《かし》げた。

「まてよ。この名前、どれもどこかで……」

「ちょっと。これって」横から覗き込んでいた別の私服が指をさした。「これって、さっき病院へ運ばれた被害者のことなんじゃないですか？」

「ん？」

『寸八寸義文』に関するデータが記された、次のページの見開きの左側に、やはり同じような筆跡でこう書かれていた。

　一礼比梢絵　二十八歳

　タリマ興産勤務

　電話　○××—△××—○○○

　住所　△町乙〈めぞんフォルテ〉一〇六号

「〈めぞんフォルテ〉の一〇六……」

「そうだ。そうです。ここですよ」

しかも梢絵の名前が記載されている、同じ見開きのすぐ右側のページには、もっととんでもないことが殴り書きされていた。

殺し方　必ず統一する
頭を殴ってふらふらにさせ
首を絞める
必ず凶器持参
証拠品　マスコミか警察に送る
指とか？　耳たぶとか？
ナマモノはマズいか
それぞれの頭髪
インパクトは弱いが　なんとかなる
でも[redacted]爺さんがハゲてたらどうする？
体毛とか？

「……これは」

刑事たちは絶句し、お互いに驚愕の表情を見合わせた。

やがて誰かが遠慮がちに呟いた。「あれ……ですよね、これって」

「そうだ。あれだ。憶《おも》い出した。ここに書いてある名前は全部、あの……」

しばし重苦しい沈黙が下りる。それを破ったのは年嵩の男のひとことだった。「……とんでもないことになったな」

＊

翌日の十一月七日。金曜日。

病院での精密検査を終え、脳に異常なしと診断された梢絵は、頭と首に包帯を巻いた姿のまま、警察による事情聴取を受けた。彼女の証言に基づき、襲撃犯である若い男の似顔絵も作成される。この際、警察は犯人の遺留品とおぼしき生徒手帳の存在を伏せた上で彼女に質問したのだが、その後、〈浴永高校〉には、出来上がった似顔絵にそっくりな男子生徒がかつて在籍していたことが判明。

やがて、ひとりの未成年者が、合計四人の男女を殺傷した殺人及び殺人未遂容疑で全国に手配されることになる。それまでの約三カ月間、県警と所轄の合同捜査本部を悩ませ続けてきた謎の連続殺人事件の捜査は一気に進展した――

かのように見えた。だが……

事件は結局、迷宮入りすることになる。

少なくとも公式には。

# 第二章　愁

二〇〇一年十二月三十一日。月曜日。大晦日。時刻は夕方の午後四時半。

一礼比梢絵は、あらかじめ指定されていた場所でタクシーを降りた。郊外の住宅地。その一角を占める広大な敷地。二階建て、和洋折衷《わようせっちゅう》の屋敷が視界を塞いでいて、表札には『凡河《おつかわ》』とある。ここでまちがいない。

今夜こそ――梢絵は一旦立ち止まると、肩で深呼吸をした。今夜こそあたしの願いはかなえられるのだろうか？　長いあいだ自分を悩ませ、苦しませ続けてきた数々の謎。それは今夜ついに、解き明かされるのだろうか？

時間とは、なんと容赦なく過ぎ去ってゆくのだろう。梢絵は溜《た》め息《いき》をつく。彼女が謎の男に襲撃されてから早くも四年以上が経過してしまった。事件当時はかろうじて二十歳代だった梢絵も、こうして呆気《あっけ》なく三十路《みそじ》を迎えている。なのに彼女は未だに、自分を襲った男が何者なのかを知らない。その動機さえ判らない。

この四年間、梢絵がつくづく痛感させられたのは世間と己れとのあいだに冷えびえと横たわる温度差である。彼女の両親も含め、周囲の者たちにとって事件はどんどん風化してゆく。というより、既に忘却しているといったほうが正しい。一方、梢絵にとってはまったく逆なのだ。風化するどころか、釈然としない気味の悪さはより濃く、より深く淀《よど》んできている。

それは後遺症と呼ぶべきだろうか、事件の衝撃は梢絵にある種の対人恐怖症――正確にいえば男性恐怖症――という弊害をもたらした。見知らぬ男にいきなり殺されそうになったという体験は、理屈で考えるよりも遥かに根深い恐怖を人間の心に植えつける。そのせいで彼女は未だに結婚できていない。梢絵もこれまでに何回か恋愛を経験した。事件後に知り合い、彼女の特殊な境遇を理解した上で付き合ってくれた男性もいた。梢絵にとっても、このひととなら幸せになれるかもしれない、と心揺さぶられる人柄だった。にもかかわらず、どうしても彼女は最後の最後で踏み切れなかったのだ。いまは優しいこのひとでさえ、いつか何かの拍子に狂気にかられた殺人鬼に変貌するかもしれない……そんな妄想がどうしても払拭《ふっしょく》できなくて。ばかばかしいと自分でも判りきっていながら。

理由も不明なまま見知らぬ人物にいきなり殺されそうになる。からくも生き延びたとはいえ、ひとつまちがえれば確実に死んでいた、というその事実。その理不尽な極限状況。

その恐怖。不条理という表現だけでは到底言い尽くせない。おそらく梢絵にとっては一生のトラウマになるだろう。そう。すべての謎が解明されない限り。

いや、解明されたからといって、この苦しみから解放されるという保証はない。むしろ解明されたらされたで彼女は、また別の十字架を背負う羽目に陥るかもしれないではないか。あの男が梢絵に向けた殺意。それが、彼女にとって耐えられないほど重い情念によるものだったと判明したとしたら、どうする？　自分は持ちこたえられるのだろうか？　事件の真相が彼女の心にとっての決定的な破滅を用意していないなどと、どうして断定できる？　むしろ謎は謎のまま永遠に封印してしまったほうがよくはないのか？　そうした迷いもまたこの四年間、梢絵が苦悩し続けてきた問題だ。

しかしやっぱり——彼女は決意を固める。やっぱり知りたい。知り得るものならば、と。同じ苦しむのなら、何もかも知った上で苦しみたい、と。梢絵はそう願ったのだ。

今晩こそようやく——今晩こそ数々の謎は明らかにされるのだろうか？　これだけ長いあいだ待たされたのだから、目ぼしい成果はひとつもありませんでした、なんてオチではないと思うのだけれど。でも……あれこれ考えているとインタホンに伸ばした指から力が抜けそうになる梢絵だったが、なんとか気をとりなおしてスイッチを押した。

『——はい』と低めで柔らかな男性の声がした。双侶澄樹《なるともすみき》だ。つい気が急いて、約束した時刻よりも三十分ほど早く到着してしまった梢絵だったが、彼のほうが先に来ていたらしい。

「あの、こんばんは。一礼比です」

『どうも。いま行きます』

ほどなくして玄関のドアが開く。長身でスーツ姿の男性が現れた。双侶だ。年齢は梢絵よりも五つ歳下で二十七。四年前の事件の際には警察学校を出て浴永署に配属されたばかりだったらしいのだが、病院のベッドで頭と首に包帯を巻いたままの梢絵の事情聴取にあたった刑事たちの中に、新人ながら彼はたまたま混じっていたのだった。

「わざわざご足労いただきまして恐縮です」

「いえ。こちらこそ」双侶のいつもの物柔らかな声音に梢絵は先刻までのさまざまな憂いを、いっときにしろ、忘れられた。「ご面倒なことをお願いしてしまってすみません——なんて言うのもいまさらですけれど」

「なんとかお役に立てればいいのですが。あ。それはお預かりします。みなさん、お揃いですよ」如才なく梢絵から受け取ったコートを玄関脇のクローゼットに仕舞っておいてから、双侶は彼女を大きな洋風の広間へ招き入れた。「さ。どうぞ」

広間には暖炉を模した大型の暖房器具が据えられており、それを中心として五人の男女が思い思いの恰好でソファや安楽椅子に身を沈めている。室内は暖かく、全員軽装で寛《くつろ》いだ様子だ。それぞれがコーヒーや紅茶などのカップを手にしている。

一同の視線を浴びて梢絵は少し気後《きおく》れした。自分のためにこんなに大勢の者が集まっているとは予想していなかったのだ。

「みなさま。ご紹介します。一礼比梢絵さんです」と双侶は、ぎこちなく黙礼する彼女の背中を押すようにして紹介した後、五人の男女をひとりずつ彼女に引き合わせる。

最初はきもの姿で白髪の老人だった。もともと小柄なのに加え、室内で一番大きな椅子におさまっているせいか、よけいに小さく見える。眼が細いのにやたらに大きなフレームのメガネを掛けていたり、ふかふかのスリッパを履いた足が床から少し浮いていたりするのが、どこかしらぬいぐるみのように造りものめいていてユーモラスだ。

「今夜、我々のために場所をご提供くださった、作家の凡河平太《へいた》先生です」

双侶にそう紹介されて、梢絵は驚いた。玄関の表札を見た時は全然連想が働かなかったのだが、彼女も凡河平太の名前はよく知っている。それどころか実は彼の著書も何冊か持っている。文学賞の類いには恵まれていないが、かつてミステリ小説のベストセラーを数多く連発した実績を誇る大家だ。たしか年齢はもう八十近くで、現在は各新人賞の選考委員などをつとめる以外は、あまり新作は発表していない。半分引退状態と聞く。まさかこんな有名人に会うことになるとは思っていなかった梢絵は呆気にとられた。

次に紹介してもらった中年女性の顔にも、梢絵は見覚えがあった。茶色に染めたロングヘア、捉えどころのないアンニュイな眼つきで、エキゾチックな美貌の持ち主。

「作家であり、エッセイストでもある、矢集亜李沙《やつめありさ》先生です」

まさかと思っていたが、やっぱり——梢絵はだんだん興奮してくる。矢集亜李沙はやはりミステリ関係の著作が何点かあるが、自身が未婚の母だったという立場から子育てや教育論に関するエッセイも多数刊行しており、一般的にはそちらのほうが有名だ。梢絵も彼女のエッセイの大ファンで、矢集亜李沙の著書は全作揃えている。実は一週間ほど前にも新刊を購入したばかりだ。

（うわあ。こんなことだと知っていたら、あの本、持ってきてサインしてもらうんだった……）そう真剣に口惜しがっている自分に気づいて梢絵は苦笑する。今夜はそんなお気楽な集《つど》いではないのに、と。しかし、こうした俗っぽい気持ちが己れの中にまだ残っているというのは案外喜ばしいことかもしれない、とも一方では思う。（そうよね。だってそれは生きることに——人生に執着が残っている、という証《あかし》でもあるんだもの）

最近矢集亜李沙はメディア上では己れの生年月日を伏せるようになっているが、古くからのファンである梢絵は彼女が今年五十歳であることを知っている。たしか一番上の息子がもう大学生のはずだが、こうして本人を眼の前にしても、とてもそんな歳には見えない。ベージュのワンピース姿がさりげなく強調する身体のラインも見事なものだ。ある種の淫《いん》蕩《とう》さに通じる色香と、世間知らずの少女のように天真爛漫な純真さとが渾然一体《こんぜんいったい》となった、独特のオーラに満ち溢れている。

次に双侶が紹介してくれた初老の男性は作家ではないが、やはりテレビや雑誌など数多くのメディアで梢絵にもお馴染みの顔だった。薄くなった白髪をオールバックにしている。えらの張った気難しそうな顔つきだが、暖色系のジャケットやハイネックのセーターなど身なりはお洒落で若づくりをしているような印象。

「県警ＯＢで、現在は地元大手の私立探偵社を経営している丁部泰典《よぼろべやすのり》氏です」

地元テレビのニュース番組で家出人捜索や民間盗聴問題などの特集があると、必ずといっていいほどコメンテーターとして画面に登場する人物だ。危機管理や護身術に関する著書もあるらしいが、そちらは梢絵は読んだことがない。へえ、こんな有名人までわざわざあたしのために駆り出されたんだ——という感慨を覚えるものの、丁部泰典に会えたこと自体にそれ以上の興奮はない。そのお蔭か、梢絵は少し冷静になった。

ふたり掛けのソファでひとり、脚を組んでいるのは、梢絵とあまり歳の変わらなさそうな女性だ。ショートボブ・ヘアや華奢《きゃしゃ》な体躯《たいく》を包み込む黒いパンツスーツ姿など一見地味な装いだが、溢れ出る輝きは抑えきれていない。

「こちらは浴永短期大学講師で、犯罪心理学がご専門の泉館弓子《いずみだてゆみこ》先生です」

亜李沙もなかなかの美人だが、泉館弓子の美貌は素人離れしている。それもそのはず、彼女は元ミス日本という異色の経歴で、かつては中央でタレント活動をしていた時期もある。ほんの短いあいだだったがその華やかさが買われ、大学院へ戻った後、現在の職に就いてからも地元テレビや新聞などからの出演・執筆依頼が引きも切らない。メディア露出度に関してはさきほどの丁部のほうが高いが、人気からいえば弓子のほうが断然上であるというのが梢絵の率直な認識だ。落ち着きかけていたミーハーの虫がまた疼《うず》き出す。

が、最後に紹介された男性だけは、梢絵が初めて見る顔だった。ぞろりとした長髪にジーンズ姿と、カジュアルというよりも無造作な雰囲気で、まだ学生のようにも見える。ほんとうの年齢は三十半ばであると後になって知った梢絵は、少なからず驚いたものだった。

「そしてこちらは、作家の修多羅《しゅたら》厚《あつし》先生です。本格ミステリをご専門にされています」

と紹介されても、梢絵は彼の著書など読んだことがない。斯界《しかい》ではそれなりに有名な存在なのだそうだが、少なくとも彼女は修多羅という名前をこれまで一度も聞いたことがない。そんな梢絵にとって彼は、なんだかこの場でひとりだけ浮いているように思えて仕方がなかった。ひとなつっこそうな笑みを浮かべ、発言者が代わるたびに律儀にそちらに顔を向けるそのさまは、愛想が好《よ》いというよりも、己れのポジションを定めあぐねて右顧左《うこさ》眄《べん》しているように見えてしまう。

ところが意外なことに、そもそも今夜の集いの基盤となった会合〈恋謎《れんめい》会〉——もちろん名称の読み方は「連盟」のもじりだろう——は、くだんの修多羅厚が音頭を取って発足したものだという。会の趣旨は主にミステリ関係の創作に携わる者たちの交流会兼勉強会。定期会合には丁部泰典や泉館弓子など犯罪全般に関する各界のオーソリティを講師としてその都度招き、時には特定の事件に関する意見交換なども行っているらしい。常連メンバー、常連講師ともに普段はもっと多く、一回だけでも参加したことのある面子《メンツ》も含めると、およそ三十人くらいに達するらしい。ちなみに双侶が〈恋謎会〉の存在を知ったのは、県警OBである丁部泰典のつてであるという。

「さて。これで今宵お出でいただく予定になっているみなさま、全員がお揃いになりました」梢絵を椅子に座らせた双侶は、司会役に徹するためか、ひとり立ったまま一同を見回した。「今日はどうかよろしくお願い致します。改めてご説明するまでもないとは思いますが、今回の会の目的は、四年前に起きた謎の連続殺傷事件の謎を、ここに集っていただいたみなさまのお知恵を拝借して、なんとか解明してみよう、ということです」

「事件を担当されていた方から直接ご指名を受けて依頼を受けるとは」笑みを浮かべながら一同を見回したのは修多羅だ。風邪でもひいているのか、見かけによらず嗄《しわが》れた渋い声である。「我々としても光栄の至りですよ」

「といっても、これは警察としてのお願いというわけではありません。先日も申しましたが」双侶は遠慮がちに釘を刺した。「あくまでも、わたしの個人的興味と、みなさんの知的好奇心との利害が一致しただけの話であって」

双侶はそんなふうに言葉を濁したが、それは事実とちがう。ほんとうは今夜の会は、梢絵が彼に懇願して実現したものである。

＊

昨年の春のことだった。梢絵が巻き込まれた連続殺傷事件は既にメディアや世間の関心を失い、迷宮入りの様相を呈し始めていた。彼女にしてみれば、ひとびとの飽きっぽさを嘆く暇もない。いったいどうして事件は、いつまで経《た》っても解決しないのだろう？　そのことが不可解でたまらなかった。なぜならば、容疑者の身元はとっくの昔に特定されているはずだからである。それも他ならぬ梢絵自身の証言に基づく似顔絵作成によって。

四年前、すなわち一九九七年十一月。事件直後、梢絵の協力によって、彼女を襲ったとされる若い男の似顔絵は無事に作成された。そして、あまり時間を置かずに双侶を含めた捜査官たちが彼女のもとを訪れたのである。一枚のカラー・スナップ写真を持って。

その写真を見た時の衝撃を、梢絵は一生忘れられない。そこにはまさしく、あの日、帰宅した梢絵を殺そうと襲いかかってきた若い男が写っていたからである。

なにしろ梢絵が問題の暴漢の顔を見たのは、あの日一日だけである。忘れようにも忘れられない顔とはいえ、はたしてその容貌の特徴をうまく伝えられたのかどうか我ながら甚《はなは》だ心許《こころもと》なく、正直、似顔絵なんかがそれほど役に立つものなのかと半信半疑だった。

そんな彼女にとって、刑事たちが持ってきたスナップ写真は、まさに魔法にも等しい朗報であった。いくら似顔絵がそこそこの出来栄えだったとはいえ、こんなにもスピーディにあの男を見つけられるなんて。

　さすがだ。やはり日本警察は優秀なんだ、と。梢絵は双侶たちに対して尊敬の念すら抱いた。これならすべての謎が解明されるのは時間の問題だろう、と。その段階で彼女は心底そう信じ、期待していたのだが……

「などと言うと、なんだか言い訳じみて聞こえるかもしれませんが」双侶は苦笑気味に続けた。「みなさまもご存じのとおり、四年前に発生した謎の連続殺傷事件は未だに解決に至っておりません。現場の人間として、まことに慚愧《ざんき》の念に堪えません。なんといっても最大の痛恨事は、ここにいらっしゃいます一礼比さんのご協力を得て容疑者の身元を特定していながら、その行方が現在、まったく摑めていないということです」

　行方が判らないのなら、せめてあの男の名前を教えて欲しい――梢絵はこれまで何度、そう双侶に訴えたことだろう。しかし、どうしても教えてはもらえなかった。その理由は、あの男のスナップ写真を見た時から判ってはいたが。

「改めてご説明するまでもありませんが、一礼比さんは犯人にとって四番目の標的でした。さいわいなことに彼女はからくもこうして生き延びましたが、犯人の生死すら不明の現在、彼が再び彼女を狙ってこないとも限りません。もちろん警護態勢はしっかり整えておりますが、一礼比さんが日々不安に悩まされていらっしゃることは想像に難《かた》くない。何よりも、どうして自分が殺されそうになったのか、その理由の見当がつかないことが彼女にとって最大の苦悩なのです」

だからこそ昨年の春、梢絵は双侶に泣きついたのだった。容疑者の身元はともかく、どうしてあの男が自分を狙ったのか、その動機だけでもいいから教えてくれ、と。むろん警察がそれを解明していると期待していたわけではないし、実際、容疑者の身柄も拘束できていない状況では五里霧中だったのだろう。双侶は即答を避けた。それは梢絵にとって予測できた展開であり、彼に直訴したのも結果を求めてではなく、やむにやまれぬ衝動にかられての行動だったに過ぎない。しかしそんな彼女に双侶は意外な言葉を付け加えたのだった――「少し時間をください」と。

「不名誉な話ですが、我々には犯人の動機はまったく解明できておりません。正直に言いまして、このまま容疑者の身柄を拘束できないで終わる、すなわち迷宮入りになってしまう可能性もあります。事件の全面的解決はもちろん、一礼比さんの不安を払拭してさしあげたい気持ちも山々ですが、哀しいかな、わたしたちは他の事件もかかえる身で。いえ。決して言い訳をするつもりはありませんし、謎の連続殺傷事件についてはいまでも、ちゃんと専従班が容疑者の行方を追っている。全力を尽くして。ただ、わたし個人はその専従班から外れてしまっているのが現状なのですが」

まさしくそれが梢絵にとって警察に対する最大の不満だった。他の警察官たちは、事件そのものを軽視しているからなのかどうかはともかく、彼女の訴えにまともに取り合ってくれない。少なくとも梢絵は、そんな印象を受ける。時には露骨に、警護が付いているんだからとりあえずこれ以上心配する必要はないし、しても無駄だろう、という態度をとられることさえある。

　唯一の例外が双侶澄樹だった。あるいは周囲に女性の多い環境で育ったとかそういう背景でもあるのだろうか、まだ若いにもかかわらず女性心理を読むことになかなか長《た》けているようで、いつしか彼は梢絵にとって唯一心を許せる警察官となっていた。ところが警察は、そんな彼女の心情を汲み取ってくれず、双侶を専従班から外してしまった。それにもめげず彼のほうで公務の合間に時間をつくって梢絵と会い、訴えを聞き続けてくれたのが、せめてもの救いだと感謝していたのだが。まさかここまで便宜を図ってくれようとは。

「そこでわたしは、罪滅ぼしというとちょっとちがうかもしれませんが、ともかく昨年の春、個人的に梢絵さんにお約束したのです。自分はこれ以上力になれないが、事件のことを、警察とはまたちがった角度から考察してくださる方々にお願いしてみる、と。それこそが今宵の集まりの趣旨です。わたしは丁部さんを通じてみなさまに、警察が現在までに得ている情報をすべて提供しました。加えて、事前に独自の調査をしたいと申し出てきたメンバーの方々にもできる限りの便宜を図った——もちろん、すべて内密に、ですが」

　便宜を図るといっても双侶はヒラの一警察官に過ぎないし、たとえ有力ＯＢの丁部の協力をとりつけても、なにしろすべてを秘密裡に進める以上いきおい作業は煩雑になり、時間もかかる。梢絵と約束してから、こうして実際に事件の考察会という名目の会合を開くまで、実に一年以上のブランクが空いてしまったのだ。

「一礼比さんとお約束した時は、世紀が変わる前になんとかしたいと考えていたのですが。こうして新世紀にずれ込んでしまいました。己れの至らなさに忸怩《じくじ》たるものを禁じ得ませんが、せめて二〇〇一年が終わる前にと思いまして。こうして大晦日にご多忙のみなさまに無理を言いまして、わざわざお集まりいただいた次第です」

　できれば双侶はもっと多くのメンバーを招集したかったらしいのだが、なにしろ大晦日のこととて、都合がついたのはこの五人だけだったという次第。しかし梢絵にしてみれば「だけ」なんてとんでもない。五人も集められたのはすごいことだと素直に思う。他に予定がなくて暇だっただけなのか、それとも事件に興味があったので無理して都合をつけてやってきたのかには、それぞれ事情があるだろうけれども。いずれにしろ今夜の会合の実現が双侶の功績であることだけはまちがいない。

　そういえば——梢絵は、そっと広間を見回した。この邸宅、ずいぶんと立派なお屋敷だけれど、凡河先生ってここでお独りでお住まいなのかしら？　さきほどから、作家陣の中では一番若手と思われる修多羅厚が勝手知ったる他人の家という感じでひとり動き回り、梢絵にもコーヒーを運んできてくれたりしているが、凡河の家族らしき人物が現れる様子はない。別室で寛いでいるような気配もしない。凡河平太の家族構成について梢絵はまったく知識がないが、よりによって大晦日に自宅をこんな形で開放できるのは彼が独り暮らしだからこそとしか彼女には思えなかった。いや、それとも季節が季節だけに家長以外の家族は総出で海外へでも出かけていて、そこでお正月を迎える手筈《てはず》になっている、とか？　凡河も当初は同行する予定が、事件考察のほうに興味を惹かれたので独りこうして居残った、とか。そういうこともあり得るわけだが。

「——え。あの。ごめんなさい、双侶さん」ふと梢絵は、さっき彼が洩らした言葉が気になって口を挟んだ。「現在までに警察が得ている情報はすべてみなさんに提供した……もしかして、そんなふうにおっしゃいました？」

「いかにもそのとおりです」

「それは、あの、変な言い方かもしれないけど、ほんとうに全部、なんですか？」

「少なくとも、こちらで意図的に隠したりしていることはひとつもない。そうお考えになっていただいてけっこうです」

「つまり……問題の容疑者の少年の氏名や素性なども含めて？」

双侶は頷いた。ゆっくりと。重々しく。

これまで梢絵が知りたくても、どうしても教えてもらえなかった事柄。彼女はふと気が遠くなった。それをあっさり提供してもらっているという眼前の五人の男女に対して一瞬、嫉妬めいた感情にすらかられる。改めて双侶が恨めしくなったりもする。しかし、彼を責めるわけにもいかない。四年前に梢絵が見せられたスナップ写真の中で、あの若い男はグレイのブレザーを着て写っていたのだから。梢絵もよく知っている、地元浴永高校の男子生徒の制服をである。

「なんといっても」そんな梢絵の胸中を察しているのだろうか、双侶は申し訳なさそうに、「なんといっても焦点は、犯人の動機は何なのか、という疑問ですし。容疑者の身元が不明なままでは、みなさんも知恵のしぼりようがありません。ですので、一礼比さん」

双侶の口調が峻厳《しゅんげん》な緊張を孕んだことに気づき、梢絵は顔を上げた。彼と眼が合う。

「改めてお願いしておきますが、今夜ここで交わされる会話の内容については、すべて他言無用にお願いします。もちろん、こちらにお集まりのみなさまの口が固いことは信頼していただいてけっこうですし、いまこの邸内に盗聴器の類いが仕掛けられていないことも専門家によって確認済みです」

丁部泰典が頷いて寄越したところをみると、そのチェックをしたのは彼らしい。

「あなたが今夜ここで聞いたこと。それは、どんなに些細な事柄だと思われようとも、ただのひとことも、絶対に第三者には洩らさないと約束してください。よろしいですか？」

「絶対に洩らしません」あんまり念を押されると、まるで自分が彼に信頼されていないかのようで、梢絵は愉快ではなかったが、もちろん双侶がそうする事情も理解できる。「とにかくあたしは、どうして自分があんな目に遭わなければいけなかったのかということを、知りたいだけなんです」

「判りました。では、みなさまのお考えをそれぞれ披露していただく前に、ちょっと事件のおさらいをしておきましょう」

　双侶は一枚のスナップ写真を取り出した。梢絵は息を呑む。それはまさしく四年前にも見せられた、あの若い男のものだ。

「大変申し訳ありませんが、改めて確認させてください。一礼比さん。四年前の十一月六日の夜、〈めぞんフォルテ〉一〇六号室にてあなたを襲撃した暴漢は、この男ですね？」

「……はい」

　不覚にも梢絵は声が震えた。四年前に病室で横たわったまま確認した時よりも遥かに緊張し、そして鮮やかに恐怖が甦《よみがえ》ってくる。彼女にとっては生涯、忘れることのできない顔だ。浴永高校の制服を着た若い男。いや、少年と呼ぶべきだろうか。この顔が視界いっぱいに迫ってきて、そして首を絞められるイメージは時間の経過とともに熟成され、発酵し始めている。

　いまでもたまに夢に見る。逃げようと必死で泥濘の中でもがいている悪夢を。その夢は臭いを伴っている。実際に襲撃された時はさほど意識していなかったが、これまた時間の経過とともに強烈な記憶として固定されてゆく。脂と血が入り交じったかのような臭い。

若い男の体臭。スナップ写真からその臭気が立ちのぼってきたかのような錯覚に襲われ、吐き気をこらえている梢絵に、双侶は低く、慎重な口ぶりで語りかけてきた。

「彼の名前は口羽《くつわ》公彦《きみひこ》といいます」

＊

「口羽……」

「聞き覚えは？」

「いいえ」

いま初めて聞く名前である。双侶にそんなつもりがないことは判っていても、自分が知らないことを責められているかのような気がして、苛立ちとも怒りともつかぬ感情が梢絵の胸にわだかまる。どうせ教えてくれるのなら、四年前にその質問をして欲しかった……いまさらながら、そう恨めしく思う。もちろん、仮に四年前にこの少年の名前を告げられ、心当たりを訊かれても、同じ返答しかできなかっただろうことに変わりはないわけだが。

「事件当時、彼は浴永高校の一年生で、十六歳でした。あ。いえ。正確に言いますと、連続殺傷事件発生当時は二年生になっていたはずです。ただし、彼がまともに学校に通っていればの話ですが」と双侶は微妙な言い回しをした。「改めてお断りするまでもないとは思いますが、これまで我々がこの口羽公彦という名前を公表できなかったのは、彼が未成年だったからです」

「しかし現在は成人しているわけですよね」修多羅が指折り数えながら口を挟んだ。「もちろん、彼がいまも生きているとして、の話ですが」と何やら思わせぶりに付け加える。

　まさか、彼が死んでいるって言いたいの？　修多羅の言葉にショックを受けて落ち着きをなくしている梢絵を尻目に双侶は頷いた。

「そういうことです。もしも彼が、いまもどこかで生きているとすれば、ね。さて。では事件の経過をざっと復習しておきます。みなさまはともかく、一礼比さんにとって、いま初めて知ることも多々あると思いますので。容疑者が当時十六歳——正確にいえば十七歳——の高校生の少年だったという事実も含めて、ね」

　当時高校生……梢絵は半ば茫然自失して双侶の声を聞いていた。四年前スナップ写真を見せられた時から薄々知っていたことではあったが、はっきりと言葉にされてみると、やはり別種のショックを覚えずにはいられない。十六歳。十六歳ですって？　当時十六歳の少年？　そんな子が、いったいどうしてこのあたしを……？

「まず、四年前の一九九七年、二月十七日。この日のことから話を始めたいと思います」

「え？」梢絵は戸惑った。「二月……？　どうして二月なんですか？」

　それに、どうして十七日なのだろう、という彼女の疑問は双侶の説明によって明らかになる。

「その日、口羽公彦は学校を無断欠席しました。そしてこれ以降、彼の行方は杳《よう》として知れなくなるのです。現在に至るまで」

「するとそれが、この少年が行方不明になったとされる日である、と」

「厳密に言いますと、口羽公彦の姿が最後に確認されたのは、それより二日前の二月十五日、土曜日でした」

最後に口羽公彦の姿を見たのは、彼のすぐ下の中学生の弟であったという。名前は兼人《かねと》。ちなみに口羽家の家族構成は祖母と両親、そして公彦を長男とする男ばかりの三人兄弟の、合わせて六人。

「この日、学校から帰ってきた公彦は、ずっと自分の部屋に籠もりっきりだったといいます。次男の兼人が公彦の部屋へ英語の辞書を借りにいったのが、夕方の四時前後。兼人の証言によりますと、後になって考えてみればこの時、兄は何かを思い詰めているようだった、とのこと。辞書を借りる由を告げても公彦は上の空で、前日の金曜日がバレンタインデーだったこともあり、ひょっとして学校で何か嫌な出来事でもあったのかもしれないとそんなふうにも思ったと言っていますが、弟の証言だけで公彦の心情を正確に把握するのは困難というものでしょう」

午後七時頃、兼人は兄が自室から消えていることに気がついたが、その段階では友人のところへでも遊びにいっているのだろうと考え、さほど深刻には受け止めなかったという。公彦が夕食に下りてこないことを訝《いぶか》る母親を兼人は、兄なら気分が悪くて休んでいるようだとごまかしている。ちなみに父親は仕事で不在。

翌日十六日。日曜日。公彦が前夜に帰宅した様子はなかったが、おおかた友人の家にでも泊まったのだろうと兼人は軽く考え、食事の席に顔を出さない兄のために、前日に引き続きその都度、適当な言い訳をして家族をごまかし続けた。

そして翌日、十七日。月曜日。公彦が友人宅に外泊しているものと思い込んでいる兼人は、兄は直接学校へ向かうだろうと決めつけ、両親には特に何も告げずに登校した。しかし実際には公彦は学校に現れておらず、病欠の知らせもないことを不審に思った担当教師が家族へ連絡を入れる。学校でも家庭でも至って真面目な模範生と看做《みな》されがちな長男が無断欠席に及ぶとは予想外だった母親は困惑するが、息子が立ち寄りそうな場所に心当たりはなく、何も手がかりはない。そしてこの日、中学校から帰宅した兼人が家族にことの次第を打ち明けてようやく、土曜日の夕方から公彦の行方が判らなくなっているという事態が発覚したのだった。

「口羽公彦の両親はその夜、地元警察署に長男の捜索願を出しましたが、彼の行方はまったく判りませんでした。さして多くの荷物を持ち出した様子もないし、それほど所持金があったとも思えない。家出だとしても書き置きの類いも見当たらない。両親や弟たちに思い当たれる限りの知人宅はすべて当たったものの、そのどこにも身を寄せている様子はありませんでした。このため当初、口羽公彦は何らかの事故もしくは事件に巻き込まれたのではないか、と考えられていたのです」

公彦が行方不明になってから春になり、学校は新学期になった。六月生まれの公彦が十七歳になり二年生に進級する年度である。依然として彼の生死は不明であったものの、浴永高校は公彦が生存しているという前提で彼の籍を残していた。しかし、もはや彼は生きてはいないのではないか――関係者のあいだでそんな絶望的な憶測が流れ始める、その矢先のことであった。問題の連続殺傷事件の幕が上がったのは。

最初の事件が発生したのは、その年の夏。八月七日から八日にかけて。

「浴永医科大学付属病院第一外科に勤務する架谷耕次郎氏、四十三歳の遺体が発見されたのは一九九七年、八月九日の土曜日でした。司法解剖の結果、死亡推定時刻はその前々日、七日の午後九時から翌日八日の午前三時までのあいだと考えられます」

架谷耕次郎の死因は、梱包用のビニール紐で首を絞められたことによる窒息死。頭部に鈍器で殴られた痕跡があり、犯人によって抵抗力を奪われた上で絞殺されたものと推定された。

「架谷氏は妻帯していましたが、一九九七年当時、二歳下の元看護婦の奥さんと子供ふたりを残して家を出て、独り暮らしをしていました。いわゆる別居状態で、離婚は秒読み段階であったとも言われている。ちなみに別居の原因は架谷氏の女性問題であるというのが、架谷夫人の主張です」

架谷耕次郎の遺体が発見されたのは、彼が独り暮らしをしていた賃貸マンション〈ハイム浅黄〉八〇八号室。部屋の沓脱ぎのところで偃臥《えんが》する姿勢で倒れているのを、前日の彼の無断欠勤を不審に思って様子を見にきた病院の同僚に発見された。遺体は靴を履いたままの状態で、八〇八号室のドアもロックが掛かっていなかった。このため架谷氏は八月七日の夜、帰宅したところを犯人に狙われ、襲撃されたものと判断された。

八〇八号室の内部は特に物色された様子はなかったが、頭を殴打されて昏倒した被害者の首を絞める際、犯人が土足で上がり込んだとおぼしき靴跡が残っていた。バスケットシューズのものだ。

「犯人からの犯行声明とおぼしき封書が最初にマスコミに送りつけられてきたのは八月十一日、月曜日のことでした。新聞社やテレビ局宛に届いた封筒の中には、小さいビニール袋に詰められた人間の毛髪が数本入れられていた。そして同封された手紙にはワープロの字体でこう記されていました――『架谷耕次郎　まず一人目』と」

新聞社、テレビ局各社に届けられた毛髪は、切断面を照合した結果、すべて被害者、架谷耕次郎のものであると判明。

「こうして謎の連続殺傷事件は幕を開けたのです。もちろんこの段階では、犯行声明に

『まず一人目』とあったものの、ほんとうに事件が連続して発生することになるのかどうか我々には判断しかねましたが、被害者の毛髪に関しては徹底的な箝口令《かんこうれい》を敷く方針を定めました」

単発事件であって欲しいという双侶たちの願いをよそに新たな被害者が出たのは、翌月。九月四日のことだった。

「第二の被害者は当時、浴永小学校六年生だった矢頭倉美郷さん、十二歳です。彼女の遺体は自宅近くの路地で、近所の住人によって発見された。午後六時頃のことです」

矢頭倉美郷は、架谷耕次郎と同じように、頭部を鈍器で殴打された上、梱包用のビニール紐で首を絞められていた。死因も同じく窒息死。ランドセルを背負ったままの姿で着衣に特に乱れはなく、性的暴行の形跡は皆無だった。

「司法解剖の結果、彼女は死亡直後に発見されたことが判明した。四時半過ぎ、小学校の校門近くで同級生たちが美郷さんの姿を目撃していることから、下校途中で犯人に襲われたものと思われる。犯行時刻は五時前後だったと考えられています」

そして再び新聞社やテレビ局宛に犯人からの犯行声明が送りつけられてくる。九月八日、月曜日のことだ。小さいビニール袋に長めの毛髪が数本。切断面を照合した結果、やはりすべて矢頭倉美郷のものであると判明した。加えて同封されていた手紙にはワープロの字体でこう記されていた――『矢頭倉美郷　そして二人目』と。

「さきほども申しましたように、警察は犯人特定の切札のために、また模倣犯、便乗犯の出現を防ぐために最初から、この毛髪入り犯行声明に関しては秘匿事項として徹底的に箝口令を敷いていました。従いまして、一連の事件が同一犯人による犯行であることは、ほぼまちがいありません」

　第三の事件が起こったのは、さらに翌月。十月二日のことだ。被害者は〈ひめ寿荘〉という古ぼけた木造アパートの弐号室で独り暮らしをしていた寸八寸義文。当時七十八歳。

「寸八寸さんの遺体が発見されたのは、そのアパートの一階にある彼の部屋でした。十月三日、部屋のドアが半開きになっていることに、朝の掃除にきていた管理人が気づき、発見したのです」

　司法解剖の結果、寸八寸義文の死因は、これまでと同じように窒息死。ビニール紐で首を絞めるという殺害方法や、まず鈍器で頭部を殴打して抵抗力を奪うという手口もまるで同じだった。遺体がドアの近くに倒れていたことから、被害者が鍵を開けたところを襲撃するというこれまでのパターンも踏襲したと判断されている。死亡推定時刻は二日の夜七時から午前零時までのあいだ。

　そしてアパートの廊下や弐号室の床には、犯人が土足で上がり込んだとおぼしき痕跡があった。第一事件現場から発見されているのと同じバスケットシューズの足跡で、これもまた一連の事件の犯人が同一人物であることの裏づけとなる。

「寸八寸さんは生活保護を受けて暮らしており、身寄りらしい身寄りもありませんでした。特に偏屈な性格でもなかったようですが、親しくしている知人もなく、いつも独りで散歩したり、公園で読書をしたりする毎日だったようです」

どうしてわざわざそんな孤独な老人なんかを口羽公彦という少年は狙ったりしたのだろう？　この四年間、もう何回反芻《はんすう》したかも判らない疑問に梢絵は改めて苛立つ。いや、寸八寸義文だけではない。架谷耕次郎という医者にせよ、矢頭倉美郷という小学生にせよ、そしてこのあたしにせよ。いったいどういう理由で？　そっと彼女は広間に集結している面々を見回した。その答えをほんとうにこのひとたちが与えてくれるのだろうか。

「十月六日の月曜日。それまでと同じ手順で新聞社とテレビ局に、被害者の毛髪が封書で送られてきました。同封された手紙には『寸八寸義文　さらに三人目』とありました」

「そして、その翌月。十一月六日に――」修多羅はぐるりと腕を旋回させるようにして梢絵のほうを向いた。「こちらの一礼比さんが襲われた、というわけですね」

「そうです。現場は彼女が当時住んでいた〈めぞんフォルテ〉一〇六号室。そこに残されていたダンベルには複数の血痕が付着していた。それぞれ架谷耕次郎さん、矢頭倉美郷さん、寸八寸義文さん、そして一礼比梢絵さんの血液型と一致しました。さらにＤＮＡ鑑定の結果、四人の血痕であることも確認されたのですが、ひとつだけ被害者たちのものではない血痕が付着していたことも報告されています。おそらく犯人の口羽公彦のものでしょう。一礼比さんがダンベルで抵抗した際、怪我をしたものと思われます」

「つまり犯人は被害者たちを昏倒させるために、いつも同じ凶器を使っていた、と」事件に関する情報をすべて提供されているのならば既によく知っていることのはずだが、確認するためだろうか、修多羅はしきりに頷く。「犯人は絞殺のために使ったビニール紐をその都度、被害者たちの首に巻きつかせたまま現場に残していっている。それも全部同じ種類のものだ」

「そのとおりです」

「そして、現場に残された手帳からは指紋が検出されているんですよね」

「はい。自宅から採取した口羽公彦のものと合致しています。抵抗して揉み合った際、それを彼のポケットから摑み出した一礼比さんのものと。ふたり以外の指紋は検出されていません。ちなみに、それは浴永高校の生徒手帳でした」

「警察が口羽公彦という少年の存在を突き止めたのは、やはりその生徒手帳が大きかったんですか。捜査過程を伺った限りではずいぶん早く彼に辿り着いたという印象があるんだが」

「そういうことですね。一礼比さんの証言に基づいて作成した似顔絵。そして浴永高校の生徒手帳。このふたつを軸にして調べたところ、すぐに捜索願が出ている高校生に行き着いた、というわけです」

なんだ。梢絵は少しがっかりした。なるほど。言われてみれば至極当然の経過だが、四年前、警察の手際にまるで魔法を見せられたみたいに感激していた自分がやや滑稽に思え始めた。

「そしてこのスナップ写真を手に入れ、一礼比さんに確認してみると、ずばりだった、と」

「そのとおりです」

「言葉を換えると、連続殺傷事件の犯人は口羽公彦である——その結論に関して、警察の見解は揺るぎない、と。そう考えていいんですか?」

まるで、犯人は別にいる——とでも言いたげな修多羅のものいいに梢絵は驚いたが、そんな彼女を尻目に双侶は悠揚迫らざる態度で頷いた。

「そうですね。その見解だけは揺らぎません。我々としては」

# 第三章　想

「――申し訳ないが、私は今夜は聞き役に回らせてもらいますよ」さていよいよ各自の意見を開陳しようという段になってそう言い出したのは、県警ＯＢで現在は大手私立探偵社を経営しているという丁部泰典だった。「というのも、生来足で地道に調査をするのはまあ得意と言ってもいいほうなんだが、あれこれ想像を膨らませたり仮説をひねくり回したりするのはどうも苦手な質《たち》でね」

いかにも、自分は地に足をつけた捜査畑出身の人間であって、無責任な推理ゲームに興じるような人種とは一緒にしないでもらいたい、とでも言いたげだ。本人もそのことに思い当たったのか、急に取り繕う口調に切り換わった。

「もちろん、双侶くんに頼まれて以来、ずっとあれこれ考えてはいたよ。だが正直な話、何も思いついていないんだな。特に犯人の動機に関してはお手上げというか。そういうわけで恥ずかしながら、今夜はみなさんのご意見を拝聴する側に回りたい。そのかわりといっては変かもしれないが、事件に関するデータだけは豊富なつもりだから、何か確認したい事柄があればいつでも話を振ってもらう、というような感じでどうだろうね」

「なるほど」双侶は如才なく微笑む。「オブザーバー役に徹していただけるというわけですね」

　それにしては丁部が浮かべる笑みは、なんだか含みありげに梢絵には思える。あるいはもともとそういう顔つきなのかもしれないが、もしかして自分の仮説は真打ちとして最後のほうに温存しておこうと出し惜しみしているのではあるまいか。そんなふうに彼女が勘繰っていると、丁部はあまり潔くない科白《せりふ》を付け加えた。

「うむ。あ。でも、みなさんの話を聞いているうちに、もしも何か思いついたら適時発言させてもらいたいんだが。いいかな」

「もちろん大歓迎ですとも。それでは、どなたからお話を——」

「実はあたしも——」と脚を組み換えながら挙手をしたのは心理学者の泉館弓子だ。「事件の全体像に関しては、まだこれといった仮説がまとまっていない段階でして。もちろん考えるところは多々あるんですけど」と一同を見回す。「漫然とあちらこちらに寄り道する雑談みたいになってしまうかもしれません。聞いているほうはすっきりせずに欲求不満になりかねないので、あたし、一番最初に発言させてもらってもいいかしら」

「もちろんですとも、先生。お願いします」

「ええと」弓子はシガレットケースから一本抜き出したタバコを咥《くわ》えかけた手をふと止めて、梢絵に微笑みかけた。「喫《す》ってもよろしいかしら？」

「どうぞ」

そう微笑み返したものの、本音を言えば梢絵はタバコの煙が苦手だ。喫煙者と同席した後で帰宅するとヤニの臭いが下着まで染み込んでいて、いつも不快な思いをする。しかし、せっかくこうして自分のために時間を割いてくれている相手に対して邪険にもできない。

弓子がライターで火をつけたのをきっかけに、矢集亜李沙も細長いタバコを一本咥えた。一方男性陣にスモーカーはいないらしく、女性ふたりがしばらく紫煙をくゆらせる。

「この事件に関して」弓子はショートボブの髪を掻き上げ、ゆっくり煙を吐き出した。「あたしがもっとも興味を惹かれたのは、犯人の口羽公彦が素顔を晒して犯行に及んでいる、という事実です」自分の言葉を一同が嚙みしめるのを待っているかのように間を取ってから、続けた。「これは殺人、特に連続殺人に手を染めている犯人の心理として、かなり奇妙だと言わざるを得ません」

梢絵は虚を衝かれる思いだった。なるほど、そういえば……あの時、無言で襲いかかってきた少年の顔が脳裡に浮かんでくる。彼はマスクの類いを被ってもいなければ、手で自分の顔を隠そうとする素振りさえ見せなかった。これまで考えてもみなかったが、改めて指摘されてみると妙に気になる。顔を見られてもかまわないと思っていたのか？　捕まるのなら捕まったでいい、と。にしては、あの少年からそれほど自暴自棄的な印象を、少なくとも梢絵は受けていないのだが。

「それほど奇妙なことだろうかねえ、それが」やや頬を緩め気味にそう口を挟んだのは老大家の凡河平太だ。「なるほど、普通なら用心のためにマスクやサングラスで顔を隠すはずだ、と言いたいのは判りますよ。しかし、そんな恰好で住宅街や民家に出没したら却って怪しまれるとも言える。それを警戒したのかもしれんでしょ」

「そうですわね、たしかに」愛想笑いをしながらも凡河の馴れなれしい態度に閉口しているのか、弓子は落ち着きをなくしたみたいにタバコを灰皿でつぶし、また脚を組み換えた。「バカンスへ赴く芸能人がサングラスを掛けるのと同じで、素顔を隠そうとすれば逆に目立ってしまう。常識的に考えればそのとおりなんですが、しかし犯人の心理としてはどうでしょう。狙った相手を確実に殺せる保証がない限り、自分の顔を見られるというリスクは、できることならば冒したくないと考えるのが当然ではないでしょうか」

そうだ。到底素顔を晒す気にはなれない。この点に関して梢絵は弓子に同感だった。

「事実、口羽公彦は最後の――だったかどうかは未確認ですが――ターゲットである一礼比さん殺害に失敗してしまった。その結果、あっさりと身元が割れてしまったわけです。ちょっと横道に逸れてしまうかもしれませんが、事件発生から現在まで、実に四年ものあいだ口羽公彦の行方が杳として知れないのは彼がもう死んでいるからだ、とあたしは考えています」

「それはまたどうして？」という凡河の問いかけに弓子は、すぐには答えなかった。お互いの胸中を探り合っているかのような沈黙。

「――つまり」どこか執《と》り成《な》すような口調で修多羅が静寂を破った。「既に彼は、どこかで自殺を遂げているのではないか……泉館先生がおっしゃりたいのは、そういうことですか？　一礼比さんに顔を見られてしまった、身元が割れ、捜査の手が自分のもとへ伸びてくるのはもはや時間の問題だ、もう逃げられない、と。そう諦めて？」

「ではないかと思うんです。口羽公彦は覚悟の上で自殺した。そうでなければ、ひとりの人間がこんなにも長いあいだ身を隠し通せるはずはない。しかしです、だとしたらどうして彼は最初からマスクなりサングラスなりを使って素顔を隠して犯行に及ばなかったのか？」

「だからそれは、マスクなんかして住宅街をうろうろしたりしたら怪しまれるからでしょう。それを用心したんだ。それだけの話だと思うけどなあ。あるいは最初っから、そんなつもりはなかったかもしれんしね」

「そんなつもりはなかった、と言いますと」修多羅は立つと、ポットから凡河のカップに紅茶のおかわりを注いだ。「どういう意味です？」

「彼には自分の顔を隠そうという気がまったくなかった、ということさ。誰かに目撃されるかもしれないとか、標的を仕留めるのに失敗するかもしれないとか、そんな心配をまったくしなかった。堂々と素顔を晒したまま連続殺人を犯すという行為に伴う危険性や不安が、まるで念頭になかったんだな。仮に口羽公彦という少年が、常識では到底理解し難い狂気にとり憑かれた挙げ句に一連の犯行に及んだのだとすれば、これはそれほど無理のある考え方ではない。そうだろ？」

しかし、もしも彼がそんなタイプの殺人者だとしたら自殺なんかしないのではないか──梢絵は弓子が凡河に対してそう反論するだろうと予測したのだが、外れた。少なくともこの時は。

「まあ、ね。それは」一旦は凡河を無視しようとして思いとどまったかのように、弓子は中途半端に言葉を区切る。「そうかもしれない。そうかもしれませんけど、あたしはちがうと思うんです。一礼比さんの証言などを聞いて感じるのは、殺人という行為に対する口羽公彦の強烈な執着です。それは憎悪めいたものに裏打ちされているのではないか。そんなふうに思えてならない」

「憎悪」

はからずも一同が揃って唱和したその響きに、梢絵は悪寒を覚える。それは彼女が一番考えたくない仮説だった。危うく殺されそうになるほど他人から憎まれていた、しかも自分が与《あずか》り知《し》らぬうちに……その可能性に思い当たるたびに過度のストレスに苦しめられてきた梢絵は、事件発生後、四年間で実に十キロ近く体重が減ってしまった。

「それは」修多羅はやや遠慮がちに、しかしはっきりと納得しかねると言いたげに首を傾げた。「被害者たちに対する、ですか」

「端的に言えば、ね。口羽公彦は被害者に対する激しい思い入れがゆえに、敢《あ》えて素顔を晒して犯行に及んだ。換言すると、例えば覆面などを被《かぶ》ることによって誰に殺されたのかも判然としないような、わけの判らない状態で被害者に死んで欲しくない。自分に、すなわち口羽公彦という人物によって殺されたのだという、その事実を噛みしめながら死んで欲しい。そうした思い入れをはたして憎悪と呼ぶのが適当なのかどうかはさて措《お》くとしても、そんな犯人の強い執着をあたしは感じるのです」

でも、でも、あたしは口羽公彦という名前すら今夜初めて知ったわけで、そんな子に憎まれたり、激しい感情を抱かれたりする理由なんかまったくないはず……そう不満に思っている梢絵をよそに弓子は続けた。

「ところが、ですね。この考えを推し進めてゆきますと、ある決定的な矛盾が生じてしまうんです。みなさん、憶えておられると思いますが。口羽公彦の手帳には極めて重要な、ある記述が見受けられる。それは他でもない、三番目の被害者である寸八寸義文氏に関することです」

「爺さんが禿《は》げていたらどうしよう――とかなんとか」我が意を得たり、とばかりに満面の笑みを浮かべ、亜李沙は指に挟んだタバコの先で宙に円を描いた。「そのくだりのこと？　書き損じたのか、三文字ほど黒く塗りつぶした部分のあった」

「まさしく。彼は一連の事件が自分の犯行であることをはっきりさせたかった。その手段として、当初は被害者の指や耳たぶを切断して証拠品にするという極端なことまで検討していたようですが、結局毛髪をマスコミに送りつける方法を採用している。彼本人としては四件すべての犯行には統一性がなければいけなかったわけですから、これは最初の事件を起こす前に決定していた手順でしょう。ところがその際、三番目に狙う予定になっている寸八寸さんがもしも禿げていたらどうすればいいのか――なんてことを彼は心配しているのです」

「まるで口羽公彦が被害者のことを全然知らなかったかのような記述だなあ。一度も会ったことも見たこともなかったかのような」

「もちろん、以前は禿げていなかったけれど、もう年齢も年齢だしそろそろ頭髪が薄くなっているかもしれないとか、そういう心配をしていた可能性もないわけではありませんが」弓子は今度は露骨に凡河を無視した。「この場合、口羽公彦はそれまで寸八寸義文氏という人物に会ったこともなければ見たこともなかったんじゃないか、と。少なくともあたしはそんな気がして仕方がない。でも、だとすると、そんな容貌もろくに知らない相手に対して、さきほど述べたような強い殺意を抱けるものなのか。甚《はなは》だ疑問と言わざるを得ません」

「つまり泉館先生はこうおっしゃりたいわけだ——少なくとも寸八寸義文氏を口羽公彦が殺したのはカモフラージュだったのではないか、と。ほんとうの狙いを隠してしまうための。ね。そういうことなんでしょ？」

かろうじて苦笑いめいたものを浮かべて頷いたものの、いちいち凡河に口を挟まれることに弓子が苛立っているのが梢絵にもはっきり見て取れる。どうにも鬱陶《うっとう》しい眺めだった。気がついてみると凡河の視線は弓子に据えられっぱなしで、ほとんど他へぶれることがない。これだけの美人だし、歳老いた男の心理として若い女性にかまってもらいたいという気持ちも判らないではないが、弓子の立場に自分を置き換えたとすれば、やはり梢絵も彼女と同じようにうんざりするだろう。第三者として観察する分には不愉快というより、凡河のアプローチが空回りするさまが妙に痛々しいが。

「警察の徹底的な調査にもかかわらず、被害者たちのあいだには何の接点も発見されていません。生前お互いに知り合いだったわけでもない」気を取りなおしたように弓子は新しいタバコを咥えた。「そうですよね、一礼比さん？」

「はい」

梢絵は頷いた。もちろんそうだ。架谷耕次郎にしても、矢頭倉美郷にしても、そして寸八寸義文にしても、事件が起こる以前には会ったことはおろか名前を聞いた覚えすらない。こんな厄介事に巻き込まれなければ一生かかわり合いを持つことはなかったはずの者たちばかりだと断言できる。

「少なくともあたしに限って言えば、他の被害者の方々との接点なんてまったく。何ひとつ」

「しかし、まちがいなく同一犯人によって殺傷されている以上――」修多羅はサイホンからコーヒーのおかわりを自分のカップに注ぐ。「被害者の四人には、何か目には見えない共通項があったんじゃないかと考えられる。ミステリでいう、ミッシングリンクですね」

「ミッシングリンク？」

「〝失われた環〟という意味です」聞き慣れない言葉を反復する梢絵に、修多羅はここぞとばかりに勢い込んできた。「簡単に説明しますと、今回の事件のように同一犯人の手による連続殺人事件であることは明らかなのに、被害者たちの相互関係が何であるのかが判らないという謎にポイントを置く作品群を指します」

なるほど。梢絵は納得した。被害者たちの接点が何であるかがそのまま犯人の動機に繋がっていると思われる――といっても確信があるわけではなく、彼女としてはそんな印象を抱いている、という話に過ぎないのだが――今回の事件を形容する言葉としてはぴったりかもしれない、と。

「ミッシングリンク・テーマのミステリの古典といえば、ジョン・ロード作『プレード街の殺人』と言われています。有名な作例はエラリイ・クイーン作『九尾の猫』や、横溝正史の『悪魔の手鞠唄』などですか」本格ミステリが専門というだけあって、己れのフィールドを語る修多羅の表情は活きいきとしている。「こうしたミステリ作品の傾向としては、ごく大雑把に分けると、さきほども言いましたように被害者全員に何か隠された共通項がある場合と、そして犯人がほんとうの標的を犠牲者の中に紛れ込ませる意図をもって大量殺人に及ぶ場合とがありますが、これまでのお話を伺う限りでは、泉館先生のご意見は後者のほうのようですね。すなわち、口羽公彦は必ずしも四人全員に対して殺意があったわけではない、と。そんなふうにお考えになっているんですよね？」

「そういうことです。少なくとも寸八寸義文氏に関しては、犯人がその容貌すら知らなかった以上、明確な殺意の対象であったとは考えにくい。ほんとうの目的を隠蔽するためのカモフラージュに過ぎなかったのではないか、と」

「なあるほど。判りましたよ、先生」と凡河が、はしゃいだような声を上げた。「口羽公彦のほんとうの狙いは実は、この一礼比さんだったとおっしゃりたいんですな？」

「端的に言えば、ね。そうだったのではないかという気がするんです」凡河を無視できなかったことを悔やんでいるかのように弓子は一瞬苦々しげに唇を歪めたが、すぐに表情を和らげる。「その理由は詳しく説明しなくとも、みなさんお判りだと思いますけど。いまのところ口羽公彦が素顔を晒して犯行に及んだことが確認されているのは、彼女のケースだけだからです」

「泉館先生のお考えによれば、素顔を晒して犯行に及ぶことこそが彼の殺意の証明だったわけですね。言葉を換えれば一礼比さん以外の被害者たち、すなわち第一から第三の事件のケースにおいては口羽公彦は、マスクやサングラスなどで変装していた可能性もある。そういうことですよね」

「仮に三人の被害者たちがカモフラージュに過ぎなかったとすれば、ですけどね」

凡河に接する際とはちがって、弓子は修多羅には至って愛想が好い。梢絵にしてみれば、いろんな意味で子供っぽくて頼りがいのない印象が先立つ修多羅に弓子が男性的魅力を感じているとは到底信じられないので、もしかしたらこれは凡河に対する当てつけの一環なのかと思ったりもする。

「もしもそうだとすれば口羽公彦は、ほんとうの目的を最後に取ってあったわけです。当然一番目から三番目までの犯行に失敗するわけにはいきません。〝本番〟に達するまで万事遺漏なく為し遂げなければならない。そのためには必要以上のリスクは避けたかったはずで、素顔を晒して犯行に及ぶような真似は絶対にしなかったでしょう。ついでに言及しておけば、彼が狂気にかられて犯行に及んだのか否かはさて措き、自分が目撃される危険性に関して不用心であったとは考えにくい。それは――」

弓子は少し言い淀んだ。察するに、この論旨だとさきほど梢絵が予測したような凡河に対する反論を自ら行ってしまう、すなわち不本意にも彼女のほうから彼をかまう形になってしまうことに気がついたのだろう。しかし途中で引っ込めるわけにもいかないと諦めたのか、淡々と続ける。

「既に口羽公彦は自殺していると思われる。少なくともその確率は非常に高い。それは一礼比さんに顔を見られてしまったことで、自分はもう終わりだと観念したからでしょう。その前提から演繹《えんえき》すれば、彼が犯行に失敗して逮捕される可能性について無頓着であったとは考えられません。従って一礼比さん以外の被害者たちを襲った時は、それなりの変装をしていたはずです」

「しかしだね、仮に自分のほんとうの目的を隠したい理由が何かあったとしても、そのために無関係な人間を犠牲にできますかね」凡河はそう指摘できるのが嬉しくてたまらないといった態度だ。「なんといっても口羽公彦は、当時まだ十六歳の——あ、いや正確に言えば十七歳だったな——高校生だったんですぞ」

「年齢は関係ないでしょう、先生」陳腐な揚げ足とりには付き合えないとばかりに弓子がまったく応えようとする素振りを見せなかったので、修多羅が代わりにそう反論した。

「小学生だって、ひとを殺す時には殺しますし」

「しかし三人ですよ、きみ。三人もまったく無関係な人間を殺すなんて」

たしかに無理がある……事件前の梢絵ならば凡河の指摘にそう賛同していただろう。しかし実際に異常な体験を経た後の彼女の耳には、そんな言い分は空疎なお題目にしか聞こえない。人数なんか関係ないのだ、と。三人だろうが五人だろうが。たとえそれまで会ったことのない相手だろうが、必要とあらば殺してしまえる。それが人間というものなのだ。考えるだに恐ろしい話だが、それが現実というものなのだ、と。

「判りませんよ、こればかりは」と修多羅が梢絵の気持ちを大筋で代弁してくれている。「話を聞いただけでは、そんなばかなと一蹴するのが常識的な反応というやつでしょうが。いつも常識が通用するとは限らない。時として、どんな残酷なことでもやってのけるのが人間というものですから」

「それはそうだよ。それはよく判っているさ」若輩から分別臭くたしなめられても凡河は気を悪くしたふうもない。むしろ相変わらずあれこれ指摘できるのが嬉しくてたまらないといった様子だ。「しかしこの場合、ほんとうに問題なのはそんなことじゃあないんだ。よく考えてみたまえ。己れの真の目的が一礼比梢絵さんという女性を殺害することだと世間に知られたら何かまずいことでも口羽公彦にはあったのかな？　どうかね？」

*

困惑したかのような空気が座に流れた。弓子も眼をしばたたいている。

「いいかね。仮に殺害されたのが一礼比さんひとりだけだとしてみよう。有力な目撃者や物的証拠も見当たらないとする。そんな状況下で、口羽公彦という高校生が疑われることになるような背景はあったんだろうか？　どうだね？」

「双侶くん」丁部が気を回したみたいに後輩を促した。「どうなんだ、その点については？　あくまでも仮定の話にせよ、そういった繋がりのようなものはあったんだろうか」

「いいえ」双侶は即座に否定した。「仮に一礼比さんひとりが殺害されていたとしても、それだけで口羽公彦が捜査線上に浮かんでくることは、まずあり得なかったでしょう」

それはそうだろう。梢絵は思った。なにしろほんとうに自分とあの少年とのあいだには何の関係もなかったのだから。いや、しかし……

しかし、そう断定するのは早計かもしれない。梢絵は認識を改めた。もしかしたら単に彼女が知らなかっただけで、口羽公彦のほうは梢絵の存在を熟知していたかもしれないではないか。一同の会話を聞いているうちに、ふとあの日の情景が脳裡に鮮烈に甦ってくる。自分に迫ってくる口羽公彦の双眸《そうぼう》。それはたしかに憎悪めいたものに彩られてはいなかっただろうか。少なくとも、例えば何かのカモフラージュのために襲うとか、そんな殺人のための殺人を犯そうとする者の表情ではなかったような気がする。確証があるわけではないが、彼は梢絵に対し殺意という極端にまで至るような、何らかの強い衝動を覚えていたのだろう。しかしその理由となると、さっぱり見当がつかない。

　性的暴行が目的だったのならまだ判る。判りすぎるほどで悩む余地などまるでない。しかし口羽公彦はそんな素振りなど見せなかった。とにかく梢絵を殺そうとしていた。何の躊躇《ちゅうちょ》もなく。なるほど。他の三人はカモフラージュに過ぎず、彼の真の標的は彼女だけだった——それは実際に殺されかけた経験に照らすと非常に説得力がある。いささか危険なくらいに。あるいはそうなのかもしれない、そんな気になってくる。しかし梢絵がほんとうに知りたいのは、その先なのだ。

「あるいは、口羽公彦の主観においては——」弓子は気を取りなおしたように呟いた。

「自分がこうして強い殺意を抱いている以上、一礼比さんが殺されたら誰かが疑惑の眼を向けてくるのではないか、と。そんなふうに、やや自意識過剰的に警戒しただけだったのかもしれませんが」

「しかし、彼にそれほど恨まれるような覚えなんかないんでしょ、あなたには？」

　凡河は梢絵のほうに身を乗り出してくる。身も蓋もなく嬉しそうだ。多少なりとも建設的な意見を組み立ててくれようとしている弓子の言い分をぞんざいに否定する凡河の態度は不愉快だったが、しかし梢絵としては首を横に振らざるを得ない。業腹《ごうはら》だが致し方ない。弓子にしても、他の三人の被害者はカモフラージュだったという仮説を提唱するのはいいとして、では口羽公彦の動機は何だったのかまでは考えが至らないようだし。

「ほらね。いくらなんでも。ひとりの被害者を紛れ込ませるために無関係な人間を三人も殺すというのはさあ。極端すぎますよ」

凡河の無邪気に勝ち誇ったような口調に梢絵はますます腹が立った。「極端すぎる」のひとことで済ませられてはたまらない、と。それでは議論にならないではないか。そもそもこの事件自体が「極端すぎる」ものなのだ。実際に彼女は殺されかけたのだし、三人の人間が殺害されたのだ。その事実をほんとうにこの老人は認識しているのだろうか。いわゆる日常的な感覚だけですべてを判断して済む話ならば、こんな特別な会合なんか開く必要はなかったとも言える。

「はたしてそうでしょうか」梢絵のそうした反発を大筋で代弁してくれたのは、またもや若手の修多羅だった。「いや。たしかに凡河先生がおっしゃるとおりだと思いますよ。基本的にはね。しかし言ってみれば、この事件そのものが極端なんですから。一見繋がりのなさそうな男女が四人も殺傷されている。これは動かしようのない事実ですし、何か極端な思惑や思想が背後に隠されていたとしても、おかしくない。そうでしょう」

「それはもちろんそうなんだけどね」鈍いのか何なのか、凡河は自分が反論しても、されても、等しく嬉しそうだ。「すると何かな、修多羅くん、きみもカモフラージュ説派なのかな」

「まあ、そう言ってもいいでしょうね。ただし、一礼比さんが口羽公彦のほんとうのターゲットだったとは思っていませんが」

「ほう。じゃ、ほんとうは誰を殺したかったというんだね、きみの考えによると」

「実は、特に誰を殺したかったわけでもないのではないかと考えているんですが」

「え。なんだって」

さすがに凡河も面喰らったようだ。他のみんなも驚きの表情が隠せない。

「殺す相手は誰でもよかった、四人の被害者が選ばれたのは純然たる無作為の結果だった、ぼくはそんなふうに考えている。というのも、この連続殺傷事件そのものが、口羽公彦にとっては大きなカモフラージュに過ぎなかったからです」

# 第四章　消

「――なんとも抽象的な言い方になってしまって申し訳ありませんが」修多羅厚は椅子から立ち上がると、まるで舞台俳優のような大袈裟な仕種で腕を拡げ、洋間を歩き回り始めた。「口羽公彦の目的は、己れの全知全能性を自分自身に対して証明することにあった。ぼくはそんなふうに考えているんです。言葉を換えれば、ある種の英雄になろうとした。そんな印象が強い。もちろん、客観的に見れば英雄というよりも怪物ですけどね。そう。彼は怪物になってやろうと企んだのです。国家の法も人間のモラルも超越した存在になってみせる、と。自分はそれだけの価値がある特別な人間なのだという歪んだ優越意識が、すべての出発点だった」

　修多羅の朗々たる演説に梢絵は、ある意味圧倒されたが、呆気にも取られた。なるほど、たしかに抽象的な言い方だと本人が断ったただけのことはあると変な感心もしたのだが。

「そのために彼はシナリオを書きました。すべてを自分の計画通りに進め、警察を出し抜き、まんまと成功をおさめてやるという野心に衝き動かされて。自らの計画を実行に移したのです」

「ちょっと待ってちょうだい」苦笑気味に彼の演説を遮ったのは矢集亜李沙だ。「なるほどね。世間を騒がせることによって、あるいは無意味に他人の生命を奪うことによって己れの絶対的な偉大さを再確認したかったという考え方自体はなかなかいいと思うわ。子供らしい短絡さが感じられて、ある意味とてもリアルだし」

「だろ。ちょっと意味合いはちがうかもしれないけど、現代版、和製ラスコーリニコフといったところかな。肥大したエゴの暴走。それがこの事件の真相ではないか、と」

ラスコーリニコフというのはドストエフスキー作『罪と罰』に登場する主人公の名前だ。梢絵にもその程度の知識はあるが、そんな名前をここで出されても正直、違和感が先立つ。というのも、梢絵の理解によればラスコーリニコフは単に金欲しさのために高利貸しの老婆を殺した人物に過ぎず、ピュアな殺意の権化《ごんげ》のように見えた口羽公彦のイメージと重なる部分は何ひとつないからだ。ただし実は、梢絵は『罪と罰』をちゃんと読み通したことがあるわけではなく梗概《こうがい》でしか知らないので、修多羅が同作の深い読解を前提にラスコーリニコフという名前を出したのだとしたら、彼の仮説を理解するのはかなり困難な作業になるかもしれないとやや身構える気持ちになる。

「口羽公彦は己れの怪物性――主観的には英雄性と言ったほうがいいんでしょうけれど、とにかくそれを――証明したかった。自分自身に対しても、そして世間に対しても。その恐ろしい衝動を抑えきれなかったのだ、と。修多羅くんが言いたいのは、そういうことなのね」

「まさしく、まさしく」

「でも、その手段のために敢えて殺人という極端を選んだ理由は何？」

「それは本人に訊かなければね。いや、別に逃げるつもりはないんだ。殺人こそ己れの頭脳とパワーを証明する手段だと結論するに至る思考過程なんか、他人には判りっこない。決して開きなおるわけじゃないけど。ただひとつだけ言えるのは、他人の生命ですら自分の意のままに操れるという立場が人間にとって優越意識をくすぐられる甘美な麻薬であることはたしかだ。一般的に言ってもね。自分は他人より優秀なんだ、ゆえに通常なら罰せられるような行為も自分だけは特別に赦されるんだという狂った論理に嵌まった人間が、殺人という行為に走るまでの距離は、ほんのわずかなものでしかない。それは改めてナチズムなどの例を持ち出すまでもなく、歴史が証明している」

　修多羅が喋《しゃべ》っている内容そのものよりも、彼の亜李沙に対する気安い態度のほうが梢絵には気になった。年齢的にもキャリア的にも修多羅は、凡河に接するのと同様、控えめに敬語で彼女に話しかけるのが筋のように思える。なのにまるで自分の妹を相手にしているかのように遠慮がない。一方の亜李沙もそんな彼をむしろ積極的に容認しているかのようで妙に馴れなれしげである。なんだか、ふたりのあいだには男女関係でもあるんじゃないか、と勘繰ってしまうくらいに。

修多羅が妻帯しているのかどうか梢絵は知識がないが、たしか亜李沙のほうは現在、子供たちの父親とは別の男性と結婚しているはずだ。その彼女が修多羅とそういう意味で親密なのだとすれば、これは不倫の関係ということになるが――そんなことはあり得ないか。梢絵はそっと肩を竦める。このふたりはどう見ても不釣り合いだし。もちろん、知的でしっかりした女性ほど社会不適応者的ダメ男に惹かれてしまうという例も世間ではありがちだが、だったら公衆の面前ではお互いにもっとよそよそしく振る舞うだろうし。いや待てよ。周囲の者たちがそんなふうに考えるであろうことを見越して逆手に取っている、とか？

なにしろふたりともミステリ小説なんかを書いているのだ。実生活でも裏の裏をかくことで密かにひとの悪い楽しみ方をしていても、ちっとも不思議ではない……ような気がする。

「口羽公彦は肥大したエゴを暴走させ、一線を踏み越えてしまったというわけね」亜李沙は修多羅を挑発するみたいに瞳を輝かせている。「では、彼が架谷耕次郎、矢頭倉美郷、寸八寸義文、そしてこちらの一礼比梢絵さんという特定の四人を犠牲者として選んだのはなぜ？　いったい何を基準にして、そうなったの？」

「それは無作為さ。さっきも言ったように、この四人が被害者として選ばれたのは純然たる偶然だよ。その証拠に何も共通項らしきものは見当たらないだろ。中年男性医師に小学生の女の子、無職の孤独な老人、そしてごく普通の会社に勤めるＯＬ。見事にばらけている。これは意識してそうしたんだと思うね。年齢性別にかかわらず分け隔てなく選んだということさ。穿《うが》った見方をすれば、これも口羽公彦が狂った論理によって己れの超越性にこだわっていたことの傍証のひとつになるかもしれない。すなわち相手の立場や環境にかかわらず、すべての人間の生殺与奪は自分が握っているのだ、とね。そう自己陶酔していた。それがこんな一見でたらめなセレクトとして顕れたんだ」

「ふーん。ということは修多羅くん、被害者の四人がどういう基準で選ばれたかについて特に考えはない、ということなのね」何やら意味ありげに、見ようによっては艶然と亜李沙は微笑んだ。「よーく判ったわ。ふふ。話の腰を折ってごめんね。さ、続きをどうぞ」

　さっきまでワイドショー的好奇心にまみれていた自分も忘れ、梢絵は俄然《がぜん》落ち着かなくなった。亜李沙はいったい何を考えているのか？　気になって仕方がない。その口ぶりからすると彼女は、口羽公彦が特定の被害者たちを選んだ基準について、何か具体的な仮説を持っているようではないか。ひいてはそれは彼の動機の解明に直接繋がる見解であると判断しても大きなまちがいではあるまい。一刻も早く亜李沙の意見を聞きたくて焦《じ》れてしまう梢絵だったが、まだ修多羅の説明はこれからのようなので、とりあえず我慢する。
「そう？　続けてもいいんだね。さて。というわけで口羽公彦は自分とは無関係な、面識すらない赤の他人である四人の男女をアトランダムに選び、ただ己れの肥大したエゴを満足させるためだけに犠牲としたのです。従って、一礼比さんが口羽公彦なる少年にそこまで深く恨まれる覚えがないのも至極当然なのです」

判りましたか、とでも言いたげに修多羅は梢絵の前で立ち止まり、彼女の顔を覗き込んでくる。仕方なく梢絵は頷いてみせた。彼の言い分に納得したわけではなかったが。

「これは決して突飛な想像ではない。口羽公彦は学校の成績こそいまひとつだったようだが、なかなか頭のいい少年らしい。小学生の頃から早くも新聞など活字を読む習慣をつけ、中学生になると文庫本に親しみ、難解な文学作品などを題材にして周囲の大人たちと議論をしたりしていたようです。それも自ら積極的に。多少は無理して背伸びをしていたにせよ、なかなか早熟だったんですね。あるいは子供なりに、いっぱしの哲学家、思想家の類いを気どっていたのかもしれない。例えば――」

修多羅はテーブルの上に置かれていた大きめの封筒から紙の束を取り出した。それをみんなに一枚ずつ手渡してくる。手書きの文章のコピーだ。罫線《けいせん》も一緒に複写されていて、どうやら大学ノートの類いに書かれたものらしいと知れる。

それを見て梢絵は息を呑む。見覚えのある筆跡だったからだ。そう。問題の生徒手帳に書かれていたのと同じ筆跡ではないか。あの少年、口羽公彦の字だ。そこには『他人に対して優越意識を持てるもっとも有効なネタは何か？　それは不幸だ』とタイトルらしきものが記され、雑感ふうの文章が始まっていた。内容はこんな具合である。

人間が他人に対して問答無用の優越感を抱ける、もっとも有効な武器、あるいはネタといってもいいが、それは何だろうか。それは、ずばり不幸である。

不幸を背負っている人間ほど得なヤツはいない。無敵の不幸自慢というわけだ。黙っていても他人が同情してくれる。やれ両親が離婚しているだの。身内の誰かが病気だの。あるいは自殺した友だちがいただの。

何でもいい。不幸のネタがひとつでもあれば天下御免だ。人生楽勝である。その証拠に、見るがいい、特に不幸らしい不幸を持ち合わせていない環境に置かれた者がいかに他人から軽んじられるか。世間知らずだの、苦労知らずの甘ちゃんだのと、まるでこちらが何か悪いことをしたみたいに、一段ランクの低い人間であるかのように扱われる。

それに比べて、不幸のネタを持っているヤツは得だ。それだけで、なんだか他人よりも優れているみたいな大きな顔ができる。一番シャクなのは、そいつらが結局その不幸を武器にして得をしているんだってことを、誰も指摘できないってことだ。誰もがみんな知っていることなのに。

誰も指摘しない。そりゃそうさ。アイツは不幸だから得してるなんて言おうものなら、なんてひどい野郎だと非難される。まるで、ひとでなしみたいに言われる。血も涙もない男だと忌み嫌われる。

みんなそれが怖いんだ。優しさとか思いやりのない人間だという烙印を世間から押されるのを、何よりも恐れているんだ。

しかし、おれは怖くないぞ。

怖くない。

事実は事実なんだ。言うべきことは、いつでも、何度でも言ってやる。

不幸のネタを持っているオマエ。オマエは得しているんだよ。

絶対に。

していないとは言わせないぞ。

逆に言えば、その不幸がなければオマエは何の価値もない人間なんだよ。判ってるのか。

カラッポなんだよオマエは。

一読、梢絵はその文面から何か歪んだ波動を感じとり、ぞっとした。高校生ばなれした筆力が、なんとも言えない薄気味悪さをさらに倍増させる。決して大袈裟ではなく、妄念めいたものすら滲《にじ》み出ていた。それは梢絵のように実際に口羽公彦に襲われた経験のない他の者たちにしても同様らしく、みんな一様にコピーを眺める眉をひそめている。

「これは口羽公彦の自宅の部屋から発見された大学ノートに書かれていた文章です」修多羅は全員が読了したのを見計らって説明を再開する。「こうした日記ふうというか、エッセイふうに書かれた文章は他にもたくさんある。執筆を生業《なりわい》とする者の立場から言わせてもらえば、なかなかの文章力です。少なくとも高校生の時に書かれたものとは咄嗟には信じられないくらいで。もちろんこれが口羽公彦本人によって書かれていることは筆跡からも確認されていますが」

「なるほどね……そうか。そうだったのか。だから——」やけに得心したみたいに亜李沙は何度も何度もひとりで頷いている。一同の視線が集中しているのに気づいて、慌てて手を振った。「あ。邪魔してごめん。続けてちょうだいな」

「何だい。意見があるなら言ってよ、どんどん。遠慮しないで」

「ううん」亜李沙は修多羅に悪戯《いたずら》っぽくウインクをしてみせた。「また後で」

「気になるなあ。なんだか思わせぶりで。まあいいや。ともかく。この他にも興味深い文章がたくさん発見されていますが、口羽公彦の人間性を如実に物語っているという意味において、この『不幸ネタ自慢』は恰好のサンプルだと思う。あと、もうひとつ押さえておきたいのが、これです」
修多羅は別のコピーを全員に配った。そこには、やはりさっきと同じ筆跡で、こんな文章が綴《つづ》られている。

　正直者がバカを見る、と言うけれど、あれは本当だよな。本当に本当。学校生活に話を限れば、優等生はバカを見る、と言い換えられるべきだろう。

　優等生なんて損だ。いいことなんか、ひとつもない。遅刻もせず、真面目に校則を守っていても、感心してくれるヤツなんかいやしない。それどころか、バカにされるんだ。先生におべっかを使っているとかって。

　じゃあ、優等生なんだから先生には気に入られるかといえば、そうでもないんだ、これが。理由は簡単。優等生が好きな先生なんていやしないから。これはみんな勘違いしているみたいだけど。

　学校の先生が、優等生を人間として好きになってくれるなんてことは、絶対にない。ただ、校則を守って悪さをしない。手がかからないから楽でいい存在、その程度にしか思っちゃいないんだ。言ってみれば、透明人間みたいなモノでさ。

　その証拠に、たまにその透明人間がうっかり悪いことをしたら、びっくりするんだろうね。めちゃくちゃ怒られる。同じ校則を破っても、普段から悪さをしている生徒たちに対しては絶対に、あんなに怒ったりしないくせに、さ。普段はいい子にしている生徒に対してほど、異様に厳しいんだ。

真面目な性格の生徒は、やってられないよ。教師にあんな態度をとられちゃ。普段やりたいことも我慢して、おとなしくおとなしく、秩序を乱さないように努力している生徒ほど、むくわれないモノはないんだ。

　不良って言葉、死語らしいけどさ。先生って実は不良が好きなんだよね。だってどう見たって、不良のほうを可愛がっている。そりゃ、注意してみせたり、叱ったりしてはいるよ。だけど、いわゆる優等生に対する冷たい態度に比べれば、はるかに人間扱いしている。

　そりゃね、クラスで一番のワルは自分の味方につけておいたほうが、先生としての威厳を示しやすいんだろうけどさ。クラスをまとめるのも、楽だしね。

　先生にとって優等生というのは黙っていてもおとなしくしてくれている（はずの）存在なんだから、そりゃ放ったらかしさ。少なくとも、不良に対する何分の一の愛情も注いでもらえない。

　なんなんだ。なんなんだよ。

　むくわれない。ほんとに、むくわれない。優等生って、何のために、己れを虚しくしているんだろうね？　我慢しても嫌な思いをしても、誰にも尊敬されない。感謝もされない。無視されるのはまだいいほうでさ、ひどい時は軽蔑されるんだ。「オレはおまえみたいに真面目になれないからな」なんて言い放つ時の、ヤツらの得意げなことといったらどうだろう。「真面目」ってことは、ヤツらにとっちゃ「能無し」と同義語なんだ。つまり自分たちはバカでもないし能無しでもないんだぜ、と言いたいわけだ。

　ふざけるな。その「真面目」な人間がひとりもいなくなってみろ。この社会は成立しなくなるんだ。おまえらがいっぱしにフツーの生活が送れるのも、おまえらが「能無し」と軽蔑している人間がいてくれているからじゃないか。そのことが判ってんのかよ。

　この前、雑誌を読んでいて頭にきた。芸術家気どりの文化人のインタビューでさ。表面的には「サラリーマン失格だった」なんて自分のことを卑下しているんだけど。ほんとは「他のヤツらよりオレのほうが繊細で優秀なんだ」って言いたいのがありありでさ。

「ぼくは、会社と自宅を毎日行き帰りするなんて規則正しい生活は、絶対に無理なダメ人間ですから」

　だとさ。

殺してやろうかと思ったよ。マジで。

いかにも「能無しはせいぜいサラリーマンでもやってろ」って言いたげで。「そこへゆくとオレは才能があるから自由業でもやっていけるんだぜ」みたいな。

冗談じゃないよ。オマエは一般的なサラリーマンのことを「会社に隷属して満足している主体性のない人間たち」と言って軽蔑するかもしれないが、そのサラリーマンがひとりも日本からいなくなってみろよ。いったいどうなると思ってるんだ。

いまみたいに平和な生活が真っ先にできなくなるのは、オマエだろうよ。オマエみたいにクソ同然の音楽を垂れ流して好き放題やった挙げ句に、上昇志向ばっかり強いアホな女性タレントをひっかけ

そこで唐突に文章は途切れ、完成していない。口羽公彦の筆跡は無数の虫が跳ね回っている図のように乱れに乱れており、激情に任せて殴り書きしたことがありありと見てとれる。彼が「殺してやろうかと思った」という文化人が誰なのかは記されていないが、どうやら歌手かミュージシャンのようだ。これまた文章は達者だし、内容にしても大人顔負けの穿った見解とも言えるが、やはり根底に何やら歪んだものが淀んでいる。

「――つまり口羽公彦は」修多羅は全員の反応をひとりずつ確認しながら、ゆっくり嚙んでふくめるように言った。「自分は他人よりも遥かに優れた人間であると。いや、優れた人間でなければいけないという、ある種の強迫観念の持ち主だったと考えられます。それ

は言うまでもなく、コンプレックスの裏返しです。臆面もなく己れを真面目な優等生と看做したり、やりたいことを我慢しているのはあくまでも自分であって他人ではないと決めつけているのがその証拠でしょう。彼がこんなふうに己れの鬱屈した思いを文章化する習慣を持っていたのは、考えをまとめる時の癖というばかりではなく、さまざまな雑感を言語化できる技術がある自分を再確認することで、自己の優秀さに陶酔したいという願望も働いていたからではないでしょうか。しかし、そんなふうに自分は並の高校生たちとはレベルがちがう存在なんだと思い込もうとしても何かの拍子に、決してそうではないんだという現実が見えてしまう。肥大したエゴはその虚構と現実のギャップに耐えられなくなり、ついに決定的に己れの優越性を証明するために、殺人という極端を選ばざるを得ないところまで追い詰められたのです」

「仮にそうなのだとしたら」黙っていようと思っていたのに我慢できなくなったかのように弓子が口を挟んだ。「どうして口羽公彦は素顔を晒して犯行に及んだのですか？　修多羅さんのお考えだと、四人の被害者それぞれに対する彼の思い入れに特に差はない、というふうに聞こえます。ということは、もしかして口羽公彦は一礼比さんの時だけでなくすべての犯行において素顔を晒して臨んでいた、というふうに解釈しているのですか？」

「そこです」よくぞ指摘してくれました、とでも言いたげに両掌《りょうてのひら》を擦り合わせながら修多羅は弓子のほうへ歩み寄った。「まさにそこなんですよ、先生。口羽公彦は素顔を晒して犯行に及んだのだと考えられる。もちろん、すべての犯行においてです。しかしそれは被害者たちに対する憎悪ゆえではない。自己満足のためです。彼は死んでゆく被害者たちに対し、超越者たる己れの相貌を焼きつかせることで、歪んだ優越感を満足させていたのです」

「おいおい。きみ、まるでその場にいて、見てきたかのようだな」

＊

「見てはいませんが、そう考えられる根拠はちゃんとあるんです」凡河の皮肉にも修多羅はいっこうに動じない。「みなさまもむろんご存じですよね。一礼比さんの通報によって警官たちが駈けつけた時、現場である〈めぞんフォルテ〉の一階の廊下で、ひとりの男がうろうろしていたことを」

「籾山慶一のこと？」

「さよう」修多羅は芝居がかった仕種で亜李沙を指さした。「彼は一礼比さんの悲鳴を聞いて、すぐに自室である〈めぞんフォルテ〉一〇二号室から飛び出してきたと言っています。さてそこでご本人に確認したいのですが、一礼比さん、あなたが助けを求めて悲鳴を上げた時、口羽公彦はまだ現場である一〇六号室の中にいたんですよね？」

「はい。いました」なぜここで籾山慶一の名前が出てくるのか、まだ梢絵にはよく判らない。「といっても、すぐに逃げたようでしたけど。あたし、頭を殴られて朦朧としていたので、実際に彼が逃げてゆくところは見ていませんが」

「もしも口羽公彦が一〇六号室の玄関のドアから逃げていったのだとしたら、廊下で籾山慶一と鉢合わせしていたはずですよね。〈めぞんフォルテ〉の玄関は一〇一号室側にあり、一〇六号室側は隣りの住宅の壁で行き止まりになっていたんですから。ひとが通り抜けられるほどの隙間も建物と建物のあいだにはなかった。従って、そちらから脱出できたはずはない」

あ。梢絵はようやく、修多羅が何を言わんとしているかに思い当たった。

「しかし籾山慶一は、警官たちが到着するまでのあいだ、口羽公彦はもちろん、他の誰にも遭遇していないと証言しているんです。双侶さん、そうでしたよね？」

「はい」双侶も修多羅の論旨を悟ったらしく顔つきが厳しくなっている。「彼は当初、悲鳴が隣りの一〇三号室から聞こえたと思ったと言っています。そこでまず一〇三号室のチャイムを鳴らしてみた。何回か鳴らしてみたが応答がない。窓から室内も窺ってみたが、ひとの気配がしないため、どうやら留守のようだと判断した。ちなみに籾山慶一は知らなかったようですが、一〇三号室は当時、住人が引っ越して空き室になったばかりでした。籾山は、もしかしたら自分は悲鳴が聞こえてきた方角を勘違いしたのかもしれないと思いなおし、一〇一号室へ向かい、ドアチャイムを押してみた。しかし、やはり応答がない。ちなみに一〇一号室の住人が——重住《しげすみ》という名前ですが——その時間帯、留守にしていたことは確認が取れています」

「籾山慶一が最初一〇四号室のほうへ様子を見にゆかなかったのは、そこが空き室だと知っていたからだ、という話でしたよね？」

「そうです。彼は、悲鳴が聞こえてきたのが一〇三号室ではないのだとしたら一〇四号室のほうかもしれないと一瞬考えたそうです。しかし一〇四号室は空き室だった。一〇三号室の住人が引っ越していることは知らなかった籾山ですが、一〇四号室が空き室であることは知っていたんですね。いくらなんでも一〇五号室から聞こえたとは思えなかったので、方角が違っていたんだと考えなおして、一〇一号室を調べてみた。しかし結局一〇一号室でもなかったので、いったいどうしたらいいのか判らなくなってうろうろしていたら、そこへ警官たちがやってきてくれてホッとした——籾山慶一の証言はざっとこんな具合です」

「その証言を全面的に信ずるならば、口羽公彦は一〇六号室から逃走する際、玄関ドアからは出ていかなかったことになります。そうですよね。当然、ベランダに面したガラス戸しか、もう逃走経路は残されていない」

「そのとおりです。実際警官たちが到着した際、ガラス戸は開いていた。口羽公彦はそこから逃走したのだろう。そう判断されました」

「しかし、その結論を覆しかねない証言が、別口から飛び出してきたんでしたよね？」

双侶は頷いた。やや険しい顔つきになっているのは、あるいは修多羅が警察の捜査ミスを糾弾してくるのを警戒しているからかもしれない。

〈めぞんフォルテ〉のベランダ側には、塀と小さな庭を挟んで民家が隣接しており、当時ここに衰地《そらち》という名前の老女が独りで暮らしていた。衰地刀自《とじ》は常日頃から知人たちに、四階建ての賃貸マンション〈めぞんフォルテ〉のことで愚痴をこぼしていたという。自宅のすぐ隣りにあんなマンションが建ってしまったお蔭で陽当たりが悪くなったとか、若い住人が多いせいかゴミ出しなど近所の公共マナーが眼に見えて悪化したとか。そもそも立地がそれほど良くなく未だにどの階も空き室のほうが多いくらい不人気なマンションなのに、わざわざ四階建てなんかにする必要があったのか云々《うんぬん》。

　そうした数々の不満や敵意が背景にあったため、彼女は、監視というと大袈裟だが、なんとなく日頃から〈めぞんフォルテ〉の様子を窺《うかが》う癖がついていたのだという。問題の一九九七年十一月六日。衰地刀自は〈めぞんフォルテ〉に面した部屋で、夜七時頃から九時頃まで本を読んでいた。窓からは梢絵の部屋である一〇六号室とその隣りの一〇五号室のガラス戸が庭と塀越しに見えていたという。

「衰地さんはお耳が遠くなっておりまして、一礼比さんの悲鳴には気づかなかったそうです。しかし、自分が本を読んでいるあいだ、一〇六号室からは誰も出てこなかったと証言している。もしも誰かがガラス戸から出てきていたら、きっと気がついていたはずだと言うのです」

「哀地さんの証言が事実だとすると、なんとも面妖なことになります」その面妖な展開が嬉しいのだろう、修多羅はいささか不謹慎なくらい浮きうきしている。「口羽公彦は結局、一〇六号室の廊下側のドアからも、ベランダ側のガラス戸からも逃げられなかった、そういう結論になってしまうからです。もちろん彼は室内に潜んでいたわけでもない。一〇六号室に一礼比さんしかいなかったことは、駈けつけた警官たちがちゃんと確認している。これはいったい、どういうことなのでしょう？　あたかも口羽公彦は、現場から煙の如く消えてしまったかのようではありませんか」

「まさしく密室殺人てやつね」修多羅を揶揄《やゆ》しているのか追従《ついしょう》しているのか妙に判然としない笑い声を上げた亜李沙は、ふと梢絵のほうを向いて取り繕うように言いなおした。

「厳密に言えば、密室殺人未遂事件、なわけだけど」

さすがに梢絵も〝密室殺人〟という言葉は知っていたが、まさか自分が直接かかわった事件にそんなファンタジックな用語が絡んでくるとは夢にも思わなかった。先刻の〝ミッシングリンク〟といい、どうも修多羅はそうした特殊な世界にすべてを引き寄せたがっているようである。凡河のようにあまりにも現実主義的視点をもってすべてを切り捨てられるのも閉口するが、修多羅のように思いつけば何でもありという姿勢も困ったものかもしれないと、梢絵はそっと嘆息する。

「我々は結局、衰地刀自が口羽公彦の姿を見落としたのだろうと判断しました」そんな修多羅や亜李沙とは対照的に、双侶はあくまでも淡白、かつ事務的に続けた。「彼女の家と〈めぞんフォルテ〉のあいだには、それほど高くないとはいえ一応塀がある。身を屈めて一〇六号室のガラス戸からこっそりと抜け出して、衰地刀自の眼に触れぬよう塀づたいに逃げることは、決して不可能ではなかったはずだからです」

「しかしですね、双侶さん、それだと」またしても修多羅は芝居がかった仕種で腕組みをして、ぴんと指を立てる。「あたかも口羽公彦が、現場の隣家の住人の眼をはばかったかのように聞こえる。一礼比さんの思わぬ反撃に遭い慌てていたはずの彼に、そんな余裕があったんですかね？　なにしろ彼は大切な生徒手帳さえ、そのまま放置していっているんですよ」

「手帳を落としたことに気がついていなかったのかもしれないじゃないですか？」

「いいえいいえ」修多羅は弓子に向かって子供っぽく首を横に振りたくり、眼を剝《む》いてみせた。「そんなはずはない。そんなはずはありませんとも。一礼比さんの証言によれば、彼女は首を絞められ、抵抗しようと無我夢中で口羽公彦の身体をまさぐった。そして偶然、彼のポケットから手帳を引っ張り出す恰好になった。そちらに口羽公彦の注意が逸れた一瞬の隙を衝いて、かろうじて反撃することができた——と。そうでしたよね？」

「ええ。はい」梢絵は、口羽公彦に首を絞められた時のことをひとつひとつ憶い出しながら、用心深く答えた。「たしかにそんな感じでした」

「ね？」修多羅は得意げに座を見回す。「口羽公彦は自分の手帳がポケットから落ちていたことに、ちゃんと気がついていたんです。にもかかわらず、それを拾ってゆく余裕さえなかった。他の物ならともかく、よりにもよって己れの連続殺人計画の詳細が記入されている手帳を、ですよ？　しかも自分の名前こそ記していないとはいえ、当時通っていた浴永高校の生徒手帳だ。かかる致命的な失態に繋がりかねない重要な証拠品すら放置してゆかざるを得なかったのは、つまり彼がそれだけ一礼比さんからの反撃にダメージを受けていたからでしょう。そんな彼が現場から逃走する際、隣家の住人の眼をはばかるような余裕があったとは到底思えません」

「あの。ちょっといいかしら」弓子が火のついていないタバコの先端を修多羅に向けた。「話の腰を折るようだけれど、ついでに強調しておけば、彼が手帳の回収を諦めたという事実もまた口羽公彦が既に自殺しているという推論を補強してくれる、と。そう考えてもいいですよね？」

「ん。ああなるほど。そうですね」修多羅は、どこか恩を着せるような趣きで、鷹揚《おうよう》に頷いた。「彼は一礼比さんが警察に通報したことに当然気がついていたでしょうからね。逮捕されるのを潔しとしなかった口羽公彦は、ともかく現場から逃走することを優先した。一礼比さんに顔を見られてしまったショックに加え、手帳の回収を諦めた瞬間から、自殺という選択は彼にとって既定路線となっていたのでしょう。未だにその遺体が発見されていないあたりにも、愚民たちに見られるような場所では死にたくないという彼の超越者思想によるこだわりの片鱗が窺えて、なかなか興味深いですが――ええと。あれ。何の話でしたっけ？」

「密室殺人でしょ」亜李沙は含み笑い。「あなたの大好きな」

「ああそうだった。そう。いったい口羽公彦はどのようにして現場から逃走したのか。ベランダ側から出ていったとは到底思えない」

「つまり、修多羅先生は」双侶は腕組みをして考え込んだ。「仮に口羽公彦が〈めぞんフォルテ〉一〇六号室のベランダ側から逃走したのだとしたら、衰地刀自がそれに気づかなかったはずはない、と。そうおっしゃりたいのですね」

「いかにもいかにも。そういうことです」

「しかし、ガラス戸の周辺には彼の足跡がおびただしく残されていましたが」

「だからといって彼がそこから逃げたとは限りません。現場で靴跡が入り乱れていたのは単に、彼が一礼比さんの反撃に遭って瞬間的にうろたえ、室内を右往左往してしまった結果でしょう」

「では、口羽公彦はいったいどこから逃走したとお考えなのですか？」

「もしかして、修多羅くん」凡河は、しきりに首をひねっている。「籾山慶一の証言を疑っているのかね？」

「いいえ。ぼくが思うに、籾山慶一は多分嘘をついてはいない。さっきもちらりと触れましたが、これは本格ミステリで言うところの〝密室〟なのです。ただし、多くの作例がそうであるように、犯人が意図して出来上がった密室ではない。偶然そういうふうになってしまったのです」

「ではそのからくりを解き明かしてみせてよ、修多羅くん」からかうような口調は変わらないものの、亜李沙はけっこう興味津々のようだ。「口羽公彦はいったいどうやって、煙のように現場から消え失せたというの？」

「それはやはり、一〇六号室の玄関ドアから出ていったんだろうね」

「なんだ。じゃあやっぱり、籾山氏は嘘をついているってこと？　ほんとうは口羽公彦と鉢合わせしているのに見ていないと言い張ったとか、それともそもそも廊下に出ていなかったとか？」

「いいやちがう。籾山慶一はたしかに〈めぞんフォルテ〉一階の廊下にいたし、嘘もついていない。しかし、にもかかわらず彼は、口羽公彦の姿を見落としてしまったんだ」

「そんなことがどうしてあり得るの。口羽公彦はたしか身長が一八〇以上あったんでしょ。

うっかり見逃すにしては、ちょっと大きすぎるわよ。それとも何？ どこかに彼が隠れられるような場所があったとでも――」

「そのとおり」

「え」

「あったんだよ。彼が隠れられる場所が」

＊

梢絵は驚いた。彼女だけではない。みんな驚いている。そんな魔法のような可能性があるとは夢にも思わなかった梢絵は初めて、修多羅の意見を真剣に聞く気になる。

「いいかい。一礼比さんの一〇三号室から悲鳴を聞いた籾山慶一はすぐに自室の一〇二号室から飛び出した。当初は隣りの一〇三号室から聞こえてきたと思っていたのだが、それはちがっていた。では一〇一号室のほうかと思いなおしてそちらへ向かった――そういう経緯だったんだよね。つまりその時、籾山は一〇六号室のほうへは背中を向けていたわけだ。その隙に口羽公彦は一〇六号室のドアから出てきた」

「ちょっと待ってよ。籾山氏は背中を向けていたから廊下に出てきた口羽公彦の姿が見えなかった、と言いたいの？ でもそれだと、いくらその時は死角に入っていても、すぐに気づくはずでしょ」

「簡単なことさ。口羽公彦は、籾山慶一に気づかれる前に素早く隠れてしまったんだ」

「だから、どこへ、よ？」

「現場のすぐ隣りの部屋の」修多羅は亜李沙には答えず、双侶のほうを向いた。「一〇五号室も当時、空き室だったという話でしたよね？」

「ええ……」何を思ったのか双侶は困惑の表情でしばらく口籠もったが、やがて気を取り直したように喋り始める。「失礼——さきほど隣家に住む衰地刀自の話が出た時にも触れましたが、立地の関係で当時〈めぞんフォルテ〉はあまり人気のあるマンションとは言えませんでした。たまに新規の入居者があっても長続きしない。しょっちゅう住人の顔ぶれが入れ替わっていたようで、籾山慶一が一〇四号室の住人が引っ越していたことは知っていたにもかかわらず、すぐ隣りの一〇三号室がいつの間にか空き室になっているのに気づかなかったのには、そうした要因もあったようです。事件当時、一階の一〇三号室、一〇四号室、そして一〇五号室の三室はすべて空き部屋でした」

「なるほどなるほど。では、口羽公彦が飛び込んだのはその三室のいずれであってもおかしくない。ただ位置関係からして、一番可能性のあるのは現場のすぐ隣りの一〇五号室でしょうね。彼はそこへ隠れたんだ」

梢絵は修多羅が何を言っているのか咄嗟には理解できず、ぽかんとなってしまった。理解したらしたで唖然《あぜん》となる。彼女だけではなく、亜李沙も含めて概《おおむ》ね全員が似たような反応を示していた。

「つまり、その……籾山氏が背中を向けているあいだに、口羽公彦は素早く一〇六号室から出てきて、そして空き室だった隣りの一〇五号室に隠れてしまった……というの？」

亜李沙が露骨に皮肉っぽく確認しても修多羅はまるで動じない。それどころか得意げに頷いている。何よそれは。梢絵は呆気にとられてしまった。真剣に耳を傾けて損をした気分になる。

「あらかじめお断りしておきますが、この結果〝密室〟が構成されてしまったのは決して口羽公彦が意図した現象ではなかったのです。さっきも言ったように、この時の彼はとにかく逃げることしか頭になかった。なにしろ問題の生徒手帳すら放ったらかしだったんですからね。いかなる作為も施している余裕なぞなかった。口羽公彦はただ無我夢中で一〇六号室の玄関ドアから逃げ出すと、闇雲に一〇五号室へ飛び込んで身を隠した。それがたまたま籾山慶一が背中を向けたタイミングに重なり、あたかも彼が現場から煙の如く消えてしまったかのような状況をつくり上げてしまった。つまりすべては単なる偶然だったというわけです」

「あのねえ、修多羅くん」亜李沙はもはや揶揄する気力もなく困っているようだ。「仮にそういう微妙なタイミングが偶然によって成立したとしてもよ、籾山氏がそのことにまったく気がついていないというのは、いかがなものかな。各部屋のドアを素早く開けたり閉めたりする以上、それなりに大きな音が響いただろうし――」

「だから、廊下へ飛び出した口羽公彦は籾山慶一の姿に気がついて、さすがにドアの開閉だけは音を立てないようにやってのけたのさ。ハンドルレバーを押し下げたまま動かして」

あまりのご都合主義的説明に、梢絵は腹が立ってきた。逃走時の口羽公彦にはいかなる偽装を施す余裕もなかったはずだと、他ならぬ修多羅がさっき断言したばかりではないか。

「一〇五号室のドアのロックを外す音まで消せるかしらね？」その点に関して理詰めで追及するのもばかばかしいと最初から諦めているのか、亜李沙は彼の答えを待たずに別の疑問を口にする。「そもそも口羽公彦は、いったいどうやって一〇五号室のドアを開けられたっていうのよ？　いくら空き室といったってロックはされていたはずでしょ。偶然にも管理人が施錠するのを忘れていたんだ、なんて言ったら張り倒すからね」

「もちろんちがうさ。彼はちゃんと合鍵を使ってドアを開けたんだ」

「ど、どうして口羽公彦が一〇五号室の合鍵なんかを持っているのよっ」

「あらかじめ用意しておいたのさ」

梢絵は頭痛がしてきた。ああ言えばこう言う。こう言えばああ言う。ほんとに何でもあり状態になってきた。ひょっとして修多羅はふざけているのではないかと本気で疑う。こちらは真剣に事件の再考をしようとしているのに……双侶を盗み見る梢絵の眼がつい恨みがましくなる。警察以外の識者に知恵を借りるというアイデア自体はいいとしても、これは明らかに人選ミスではないか、と。しかし修多羅は決してふざけているわけではなかった。彼は彼なりに真面目に論理を組み立てようとしていたのだと梢絵が悟るのは、この数分後である。

「いや。これは正確じゃないな。正しくは、口羽公彦はあらかじめ、すなわち一礼比さんを襲う前に、一〇五号室のドアのロックを外しておいたんだ。いざというケースを想定して、ね。従って籾山慶一がドアの開閉に気づかなかったのは当然さ。その時、既にロックは外されていたんだから。音が響くはずもない」

「何のために？　口羽公彦はいったい何のために、事前に現場の隣りの部屋のドアのロックを外したりしておいたの？　部外者が合鍵を入手するというのは口で言うほど簡単なことじゃないわ。そんな手間をかけてまで、彼はいったい何の準備をしていたというの？　いざというケースって何？」

「ここで、ぼくが最初に提唱した議論に舞い戻ってくるんだ。すなわち口羽公彦の動機の問題さ。彼は自分が国家的法律も社会的モラルも超越した特別な人間であることを証明するために、それまで面識もなかったまったく無関係な赤の他人を四人アトランダムに選んで殺害する計画を立てた。彼の肥大したエゴを満足させるためには、被害者たちに自分の顔を焼きつかせておかなければいけない——というあの話だけど。憶えてくれているかな」

「まあだいたいね」

「しかしだ、これまたさっきも話に出たように、素顔を晒して殺人を決行するのはそれなりのリスクを覚悟しなければならない。そこで彼は不測の事態を想定し、常に何らかの形で逃げ道をあらかじめ用意しておいてから犯行に及んでいたんだと思う。第一から第三の事件まではたまたま何もかもがうまくいったため〝保険〟を使う機会がなかった。だから我々もそれらが具体的にどういう逃げ道だったのかを知らないままなんだ。口羽公彦が用意しておいた保険が初めて役に立ったのは、一礼比さんを襲って予想外の反撃に遭った時だったんだよ。隣りの一〇五号室のドアのロックをあらかじめ外しておいたお蔭で、からくも彼は逮捕を免れることができたというわけさ」

「でも彼は、どうやって一〇五号室のキーを入手できたの？　そんな芸当が可能だったのなら一礼比さんの部屋の合鍵だって事前に用意できた、つまり彼女の帰宅時をわざわざ狙わなくてもよかったんじゃないか、という気がするけどね」

「それは一概には言えないよ。入居者がいる部屋といない部屋とでは、やはり事情がちがうし」さらに何か反論しかけた亜李沙を、修多羅は手を挙げて遮った。「それに、だ。口羽公彦が連続殺人を計画するにあたって事前に入念な準備をしていたはずだという傍証は、ちゃんとある」

「何よそれは」

「空白期間さ」

「空白……？」

「口羽公彦が失踪したのは四年前の一九九七年二月十五日だ。なのに最初の犠牲者である架谷耕次郎が殺害されたのが、その年の八月七日。そのあいだ約半年間ものブランクがある。この事実はいったい何を意味するのか？」

その指摘に、さっきまでとは明らかに座の空気が一変した。一同の表情によぎる緊張感に梢絵が思わず、どきりとしてしまったくらいに。

「他でもない。彼の犯行が決して衝動的なものではなく、綿密な準備をした冷酷非情な計画であったことを示しているんだ」

# 第五章　化

「ところで、ここで少し一番最初の被害者である架谷耕次郎氏に話を移したいと思うのですが」修多羅の独演会は続いている。「架谷氏が殺されたのは、妻子と別居して独り暮らしをしていた賃貸マンション〈ハイム浅黄〉の八〇八号室でした。ところがですね、彼はそれとは別にもうひとつ、部屋を借りていたのです」

公には報道されてはいない事柄だが、〈恋謎会〉のメンバーたちは双侶によって提供された資料を読んで知っているのだろう。もちろん梢絵もよく知っている。どの顔も、何をいまさら、といった鈍い反応である。

「〈浄穴《うげな》フラッツ〉のことですね」と双侶が補足した。「こちらも賃貸タイプのマンションで、架谷氏は五階にある五〇五号室、２ＬＤＫの部屋を借りていました。もっとも、本人がそこに住んでいたわけではないようなのですが――」

「どうやら〈浄穴フラッツ〉は架谷氏の隠れ家的な場所だったようですね。身も蓋もない言い方で恐縮ですが、女性との密会用というわけです。マンションの他の住人や管理人の証言によると、この五〇五号室には当初、若い女性が独りで暮らしている様子だったといいます。そこへ架谷氏が足繁《あししげ》く通ってくる、そういう構図ですね。さて」喉が渇いたのか修多羅は自分のカップを手に取ると、もうとっくに冷めていると思われるコーヒーの残りを、ぐいと一気に飲み干した。「どうしてぼくがわざわざこんな話題を持ち出したのか、みなさんもおおよそお判りでしょう。事件後この〈浄穴フラッツ〉五〇五号室から、他でもない、口羽公彦のジーンズやバスケットシューズが発見されているのです」

病院で梢絵の事情聴取を終えた警察は、改めて他の被害者たちの周辺を徹底的に調べた。その結果、架谷耕次郎の、いわゆる〝隠れ家〟の存在が明らかになったのである。〈浄穴フラッツ〉の管理人は、警察の事情聴取を受けるまで店子《たなこ》のひとりが殺害されているという事実にまったく気がついていなかった。というのも実は、五〇五号室は別人の名義で賃貸契約が交わされており、架谷耕次郎はその保証人という形をとっていたからだ。

「〈浄穴フラッツ〉五〇五号室の住人は契約上『舎人浩美《とねりひろみ》』という名前の女性であることになっていました。しかも家賃は一年分、あらかじめ支払われていたという。管理人の話によりますと、最初の数カ月間は若い女性が独り暮らしをしている様子で、そこへ時折中年男性が泊まりにやってきていたといいます。いかにも、愛人を囲っている、という雰囲気を感じたとか」

「その通っていた中年男というのが、殺された架谷耕次郎だった、というわけか」凡河が身を乗り出した。「時にその〈浄穴フラッツ〉というのは、古いマンションなのかね？」

「いいえ。当時まだ新築だったそうで、なかなかお洒落な外観の建物だったとか」

「じゃあ家賃もそれなりに高かったんじゃないのかね。それを一年分も前払いするなんて、ずいぶん羽振りがよかったんだなあ、架谷氏というおひとは。ねえ」

「そりゃお医者さまですからね。少なくともぼくなんかよりはずっと甲斐性があったでしょう。加えて架谷氏はなかなかまめな性格だったらしくて、不動産屋との交渉など事務的な手続も全部彼がやったようですね。賃貸契約してから数カ月も経つと、部屋の住人である若い女性は滅多に五〇五号室へは帰ってこなくなったようだ、と管理人は証言している。たまに立ち寄ったと思ったら必ず、同じ中年男性が一緒だったそうですが、いつしか、たまに〈浄穴フラッツ〉へ姿を現すのはその若い女性だけになってしまったとか」

「最初は夢中になっていた愛人にも、だんだん飽きてきたということだな」

「いやいや、ちがうんですよ、先生」修多羅は苦笑いして凡河に、かぶりを振ってみせる。

「実はこの頃、架谷氏は通ってこようにも通ってこられない状態になっていた。既に殺されていたんです。〈浄穴フラッツ〉の管理人がくだんの中年男性を見かけなくなったのと、架谷氏が殺害された時期は一致している。管理人は、架谷耕次郎という名前の医者が殺された事件そのものは知っていたんですが、それが五〇五号室に出入りしていた中年男性であるとまでは気づいていなかった。そしてやがて五〇五号室には誰も出入りしなくなったといいますが、管理人はそのまま放っておいた。どうせ道ならぬ男女が密会用に借りているんだろうと思い込んでいたので、多少ひとの気配がしない期間が続いても気にしなかったんでしょうね。なにしろ家賃も一年分はあらかじめ支払われていたわけだし」

「厳密に言いますと」と再び双侶が補足した。「架谷氏が殺害された一九九七年八月七日以降は、彼の銀行口座が凍結されたため、料金の引き落としができなくなった〈浄穴フラッツ〉五〇五号室の水道や電気、それからガスなどは止められていました。普通に生活することはできない状態になっていたため、くだんの若い女性もそこから足が遠のいてしまったということでしょう」

「当然管理人もそのことには気づいていたんでしょうが、どうせ逢い引きのためだけの部屋、電気やガスが止まっても別に困りはしないだろうし、困ったなら本人たちでなんとかするだろう、そんなふうに傍観していたようです」

聞いているうちに梢絵はイライラしてきた。架谷耕次郎の艶聞なんかどうでもいい。自分は口羽公彦の動機が知りたいのだ。そのために今夜、ここへ来ているのに。いったい、いつになったら肝心の話題へ戻ってくれるのだろう。そんな彼女の胸中の不満が聞こえたかのように修多羅は、からっと笑って仕切りなおした。

「さて。さっきも言ったように、実はこの五〇五号室から口羽公彦の遺留品が発見されました。察するに彼は架谷氏を殺害した後、どうやってかはともかく、〈浄穴フラッツ〉の存在を知り、おそらくは被害者から部屋のキーを奪い、そのまま自分のアジトとして転用していたのではないか。そんなふうに考えられます。もちろん、これだけのことでしたら警察もとっくに思い至っているわけで、わざわざぼくが改めて指摘するにも及びませんが」

どうしてこの男は、こんなに勿体《もったい》ぶった話し方をするんだろう。梢絵は徐々に退屈してきた。警察が見落としている点に自分は気づいているんだと言いたいのは判ったから、さっさと核心へ入ってちょうだい。それとも入るべき核心なんかなかったりしてね――内心そう冷笑していた彼女は、修多羅の次の言葉に驚かされることになる。

「よろしいですか。どうして警察が着目しなかったのか不思議なのですが、架谷耕次郎が『舎人浩美』名義で〈浄穴フラッツ〉五〇五号室を借りたのは、一九九七年三月一日からなんです。この事実に何か符合を感じませんか?」

あ。梢絵は思わず声を上げそうになった。「ひょっとして……」修多羅が何を言おうとしているのか見当がついたような気がして、彼女は初めて自ら口を挟んだ。おずおずと。

「ひょっとして、それは口羽公彦が失踪した直後のことだ、と。そうおっしゃりたいのですか？」

＊

「まさしく。まさしくそのとおり」梢絵の反応が嬉しかったらしく、修多羅は相好を崩して、ほとんど小躍りしている。「そのとおりなんですよ、よくお気づきになりましたね。そしてみなさん。いいですか。さっきから言っているように、口羽公彦は連続無差別殺人を実行するにあたって入念な準備が必要だった。彼が家出をしたのは、そのためだったのです」

「でも、わざわざ家出までしなきゃできないようなことだったのかな」亜李沙は新しいタバコに火をつけた。「普通に家族と生活をしながらでも大抵の準備はできそうなものだけど」

「彼のこの選択を、唐突で短絡的と見る向きも当然あるだろうね。しかし所詮それは大人の物の見方だよ。忘れちゃいけない。なにしろ口羽公彦は、当時まだ十六歳の少年だったんだ。学校の授業や家族の眼に束縛されていては思うように時間が使えない。いつまで経っても自分のすばらしい計画を実行に移せない。そう考えて決断したんだね。若者らしい性急さでもって」

「まあね。この作文を見ても――」と亜李沙は、さっき修多羅が配ったコピーを手に取った。優等生はむくわれない云々の口羽公彦の文章だ。「彼が楽しくて楽しくてたまらない学校生活を送っていたとは考えにくいしね。何かきっかけさえあれば即座に家族も学校も捨て去ろう、常日頃からそう決めていたのかもしれない。その心情自体はよく判るわ。でもね。言うは易《やす》し、行うは難し、よ。彼が当時まだ十六歳の子供だったことを忘れちゃいけないというのは、こちらの科白だわ。家出してから最初の事件を起こすまでの半年近くものあいだ、口羽公彦はいったいどこにいたっていうの？　どうやって衣食住を確保していたっていうの？」

「判らないかい？」

修多羅は意味ありげな微笑とともに、腰に両手を当ててその場に立ち止まった。

「……まさか」指に挟んだタバコが、喫わないまま半分ほど灰になるあいだ黙り込んだ後、ぼそりと亜李沙は呟いた。「彼は、架谷耕次郎氏を殺害した八月以降ではなくて、最初から――家出した直後から〈浄穴フラッツ〉五〇五号室に潜伏していた……そう言いたいの？　そしてそこで犯行の準備をしていた、と？」

「まさしくそのとおり」

「でも、そんなの無理よ。だってその部屋には架谷氏の愛人である若い女性が住んでいたんでしょ。少なくとも口羽公彦が家出した直後の時期には。それともまさか、その女、少年が自室に転がり込んできたのを黙認していた、なんて言うんじゃないでしょうね？　それこそあり得ないわ、絶対に。その彼女がかまわなくても、パトロンである架谷氏が許すとは到底思えないもの」

「どうだろう。案外、架谷氏のほうが容認していたのかもしれないぜ。口羽公彦が〈浄穴フラッツ〉に住むことを」

「ちょっと待ってください。ふたりは知り合いだったというのですか？」さすがに双侶は仰天したようだった。「修多羅先生、いくらなんでもそれは……言い訳するわけではありませんが、我々は必死で調べました。あらゆる可能性を調べ尽くしたと断言させていただきます。しかし、両者のあいだには何の繋がりも認められていません」

「それは警察が、架谷耕次郎氏と口羽公彦の関係、という前提で調べたからですよ」

「え……？」

「発想の転換ですよ、双侶さん。架谷氏と『舎人浩美』のあいだには、これは疑いなく関係があったはずだ。そうでしょう？」

「そ、それはそうですが……」

「では仮に、その『舎人浩美』と口羽公彦が同一人物だったとしたら、どうです？」

「まさか……」

双侶以下、他の者たちは呆気にとられたようだったが、ひとり梢絵だけは感心する。へえ、なかなか眼のつけどころがいいじゃない、と。ちょっぴり修多羅を見直す気持ちになって。

「そのまさかじゃないかと思うんですけどね。『舎人浩美』の名前で〈浄穴フラッツ〉五〇五号室に住んでいた人物が、契約書に記載していた本籍地やその連絡先などはすべて出《で》鱈目《たらめ》だったことが明らかになっている。そうでしょ？　だったらその性別だって偽られていたという可能性も当然浮上する。『舎人浩美』は実は女性ではなかった。男だった。口羽公彦だったのです」

「それは考えられません」いくらか冷静になったのか、双侶は声を落とした。「ご婦人方の前なので言及するのは遠慮しておりましたが、賃貸契約を交わした三月以降、五〇五号室の周囲の部屋の住人たちが度々、情交のものとおぼしき声や音を聞いているのです」

「知っています。察するにSM的なプレイでもしていたのか、当初はもしかして暴行事件ではないかと心配になるほど激しい音だったため、警察に通報すべきかと悩んだ住人がいたらしいですね」

　そういう時は躊躇せず早急に通報するべきではないかと梢絵は、修多羅の軽薄な口調に対する苛立ちも相俟《あいま》って、憤懣《ふんまん》やるかたない。厄介ごとにかかわり合いになりたくないという事なかれ主義や優柔不断さが思わぬ悲劇を生む可能性を考えれば、結果的に勘違いだったと笑い話で済めば、けっこうなことではないか、と。

ふと梢絵は、口羽公彦に襲われた時のことを思い浮かべた。あの時もっと早く……そう、彼に部屋へ押し入ってこられる前に悲鳴を上げていればよかった、と。そう悔やまずにはいられない。そうすれば事態はもっとちがう様相を呈していたかもしれないのに。すっかり身が竦んで声も出ず、彼の侵入を許してしまった。もちろん、玄関先で思い切り悲鳴を上げていたとしても誰かが助けにきてくれていたという保証はないわけだが。

「しかしその睦言《むつごと》が男女のそれであると肉眼で確認した住人はいないわけでしょ？　だったらそれは男同士のものだったかもしれない」

「それはちょっと、どんなものでしょうな」塩の塊りを嚥下《えんげ》したかのような表情で丁部が横から口を出した。「もちろん断定はできないが、架谷耕次郎氏にホモセクシュアルな嗜《し》好《こう》はなかったはずです。少なくとも私たちが調査した限りでは、そんな傾向を窺わせる話は皆無だった。むしろ耳に入ってくるのは、まったく正反対の——」

「そう。そうそう。ビョーキかと思うくらい女好きだったそうですね、架谷氏は。それが原因で奥さんとも離婚寸前だったわけだし。なんでも大柄で体格のいい女性がお好みだったとか。自身が一五〇センチ台という小柄な体格だった反動なのでしょうか、相手の女性は少なくとも一六〇センチ以上は上背があってグラマーじゃないと嫌だという、そういう趣味の持ち主だったそうで。ああ。ちょうど一礼比さんのように——」と口走ってから、さすがにまずいと思ったのか、「すてきなモデルのように、すらりと長身の女性がお好みだったんですな」と、わざとらしく付け加える。

そんな修多羅の向《む》こう脛《ずね》を、亜李沙が椅子に座ったまま無言で蹴っ飛ばしたものだから、梢絵は驚いた。少し身を折っただけでかろうじて声は呑み下したものの、スリッパの爪先で急所を直撃された修多羅は相当痛そうだ。むかっ腹を立てていたこともすっかり忘れ、梢絵は再びワイドショー的好奇心の虜《とりこ》になる。やっぱりこのふたり、何かあるんじゃないかしら、と。

ともかくひとまず溜飲を下げた梢絵は、自分が怒っていないことを一同に示すため、意識してにこやかに異を唱えた。「やっぱりそのお考えは無理がありすぎだと思いますわ、修多羅先生。だって、そこまで女性の好みにこだわりがあった方が、まさか男なんかに性的興味を抱くはずないでしょ」

「そうよねえ」いまや梢絵よりも亜李沙のほうがよほど苦々しげだ。「ほんとにこのひとったら。一人二役とか、性別誤認トリックとか、そういう特殊な世界が好きなんだから。そんな突飛なこと、実際の事件で起こるわけないでしょ」

「判りませんよ、こればかりは」

「ばかばかしい。いい加減になさい」

「いや、真面目な話なんだってば。ほんとに判らないものなんだって、ひとの趣味嗜好というのはその本人にしか。いや、本人にさえ判っていないかもしれない。そんな趣味はないとばかり思い込んでいた男性が、ふと何かの拍子に男同士のセックスを試してみたら意外に抵抗がなくてびっくりしたというのもよく聞く話だし」

「ふーん。もしかして」梢絵が見てもどきりとするくらい色っぽく、そして怖い上眼遣いで、亜李沙はちろりと修多羅を睨んだ。「あんたもそういう経験があるの？」

「な。ば。ば。ばかな。これは、そ、そ、そういう話じゃなくて。あ。あああ。あの」

「口羽公彦と『舎人浩美』同一人物説ですが」はてしなく脱線してしまいそうな話題を、双侶が冷静に軌道修正する。「仮に修多羅先生のお考えが当たっているとしても、架谷氏が口羽公彦と知り合ったきっかけが判りません。もう何度も強調してきたことですが、生前の架谷氏と口羽公彦とのあいだには何の接点もありませんでした。架谷氏の職業が職業でしたから、もしかしたら口羽公彦は大学病院へ通院したことがあったのかもしれないと思い、かなり重点的に調査もした。しかし、口羽公彦は大学付属病院への通院歴はおろか、知人の見舞いに訪れた経験もなかった。知人たちの証言によれば、付属病院の建物の中へ入ったことすらなかったんじゃないかという話で」

「ですから、双侶さん、何も病院内でなければ出会えないなんて道理はないわけでしょ」

修多羅はこそこそと卑屈な動作で亜李沙に背を向ける。「その手の趣味を同じくする者たちがパートナーを探すための、それなりの場所というものがこの世にはある。彼らはそこで知り合ったのです」

「つまり、いわゆるゲイたちがお互いに交流する場所で、ですか？　しかし何のために彼らはそんなところへ行ったというんです。男同士のセックスを経験してみるために、ですか」

「架谷氏のほうはそのつもりだったんでしょうね。しかし口羽公彦の場合は、少し事情がちがう。彼は最初から自分の潜伏場所を提供してくれるパトロンを探すつもりで、その類いの交流場へ出入りしていた。そこで引っかかったのが架谷氏だったというわけです。口羽公彦が家出をしたのは一九九七年二月十五日。そして架谷氏が〈浄穴フラッツ〉五〇五号室の賃貸契約を交わし、正式に部屋を借り始めたのが同三月一日。多少は運も働いただろうとはいえ、わずか二週間足らずでパトロンを獲得したわけですから、なかなかの手際ですな」

「しかしですね、修多羅先生、それは——」

「こう考えられる根拠はちゃんとあるんですよ。よく考えてみてください。もし仮に架谷氏が『舎人浩美』なる女性と愛人関係になって逢い引きを繰り返していたとしましょう。だとしたら、どうして彼らは〈浄穴フラッツ〉なんて隠れ家をわざわざ用意しなければならなかったんです？　そんな必要はないじゃありませんか。架谷氏は妻子と別居して独り暮らしだったんですよ。愛人と逢い引きするためだけなら、その女性を自宅の〈ハイム浅黄〉へ連れてくれればそれでいいはずでしょ？」

なるほど。それはそうだ。梢絵は再び修多羅の着眼点に感心した。個人的にはどうにも好きになれないタイプだが、なかなか鋭い指摘が多々あることも認めざるを得ない。

「協議離婚の調停の最中に新しい女性関係が発覚したら自分の立場が不利になるかもしれないと警戒したのではないか。そんなふうにお考えの向きもあるかもしれないが、そもそも別居の原因が架谷氏の女性問題にあったことを思えば何をいまさら、でしょ。愛人と逢い引きしたいのなら堂々と自宅に連れ込めばよかったのです」

「しかしそれは一概には言えんだろ」凡河は自分のカップを覗き込んだ。どうやら空になっているらしい。「そもそも〈浄穴フラッツ〉の部屋が密会のためにしか使われていなかった、とする根拠はない。それこそ『舎人浩美』という女性の住居だったかもしれんじゃないか。彼女は経済的に困窮していて自力では部屋を借りられなかった、そこへ男が肉体関係と引き換えに救いの手を差し伸べた――と考えれば、架谷氏が自宅とは別のマンションを借りていたのもそれほど不自然な話ではない」

これまた鋭い。梢絵は凡河の指摘に唸った。しかし修多羅はこの程度の反論は予想していたらしく、相変わらず自信満々である。

「残念ながらその考え方は成立しないんですよ、先生」とポットを持って凡河のところへ行くと、彼のカップに紅茶を注ぐ。「もしも五〇五号室が『舎人浩美』なる女性のために提供された純然たる住居であったとしたら、架谷氏が殺害された八月以降、彼女の姿が

〈浄穴フラッツ〉で目撃されたはずはありません。さっきも話に出たように、架谷氏の死亡に伴って料金引き落とし用の銀行口座が凍結されてしまいガスも電気も止められた。そんな部屋で住めるわけはない。もしも『舎人浩美』なる女性がほんとうに経済的に逼迫《ひっぱく》していた〝渡り鳥〟だったのだとしたら、いつまでもくだんの五〇五号室でぐずぐずしていた道理はありません。さっさと別のパトロンを見つけて余所《よそ》へ引っ越していたはずだ。ね。そうでしょ？」

「引っ越すといっても、そんなに迅速にはできんだろう。新しいパトロン探しにしても同様だ。少しずつ自分の荷物を整理しに通ってきていたのかもしれない。八月以降に彼女の姿が目撃されているのは、そういう事情だったのかもしれないぞ」

「それにしたって、一礼比さんが襲われた十一月頃まで『舎人浩美』が〈浄穴フラッツ〉へ出入りしていたというのは、どう考えても不自然です。それは五〇五号室が彼女にとって寝泊まりする住居というより、単にアジト的な活動拠点に過ぎなかったことを示すものでしょう。いや、正確に言えば、彼にとって――ですがね」

「ふむ」若輩に完膚なきまでに論破されても凡河は気を悪くしたふうもなく、素直に頷いている。

「そうだなあ。修多羅くんの言うとおりかもな。なんといっても五〇五号室から口羽公彦の遺留品が発見されている、という事実もあることだし」

「そうです。そうなんですよ、先生。架谷耕次郎氏は愛人と密会するためにわざわざ別宅を用意する必要はなかったんです。ただし――」と修多羅は思わせぶりに声を低めた。「その相手がほんとうに女性であったなら、の話ですが」

「架谷氏がわざわざ別のマンションの賃貸契約をしたのは相手が男だったから、というんですか」弓子はどうにも納得しかねている様子だ。「だから世間の眼をはばかった、と？」

「さすがに、その秘密が同僚などに知られたら体裁が悪いと警戒したんでしょうね。いや、あるいは口羽公彦がそんなふうに架谷氏を言いくるめて、〈浄穴フラッツ〉の部屋を女性名義で借りてくれるように、うまく話を持っていったのかもしれません。己れの行動を完全に世間から隠すために。うん。そちらのほうがどうも当たっていそうだ。そうやってまんまと口羽公彦は秘密のアジトを確保した、そういう経緯だったのです」

　さすがにミステリ作家、なかなかそれらしいストーリーを組み立てられるものだ、と梢絵は素直に感心した。しかし、やはりいまひとつ机上の空論的印象が拭《ぬぐ》い切《き》れないのは、口羽公彦と『舎人浩美』同一人物説を裏づける物的な証拠が何ひとつないからだ――と侮っていたら、修多羅はとんでもないカードを切ってきた。

「そしてもうひとつ。これはみなさん、きっと驚かれると思いますが」向こう脛の痛みもひいたのか、修多羅は元の調子を取り戻し、オーバーアクションをまじえて洋間を歩き回る。「実は『舎人浩美』の正体が口羽公彦だったことを示す、決定的な証拠があるんですよ」

「この偽名は、適当にでっち上げられた代物ではない。ちゃんと出所があるんです」

「え」

＊

一同の反応に気を好くしたのか、修多羅はスキップでもしかねない調子で、またもやみんなにコピーを配った。見てみると男女の名前がずらりと四十名ほど記載されている。何かの名簿のようだ。

「マーカーで印をつけたところを、チェックしてみてください」

梢絵は言われたとおり、蛍光色のマーキングをされた箇所を上段から見ていった。『浴永高校一年Ｃ組』とあり、下のマーキングに眼を移すと、そこには『口羽公彦』と記されている。どうやらこれは口羽公彦が通っていた学校の、彼のクラスの生徒名簿のコピーらしい。

そして最後にマーキングされた箇所を見て梢絵は驚いた。そこにはまぎれもなく『舎人浩美』とあるではないか。

「……これって」亜李沙も驚きを隠せない。「ほんとうにいたんだ。舎人浩美っていう名前の女の子が……しかも口羽公彦のクラスに」

「いやいやいや」修多羅はにやにやと、この上もなく嬉しそうである。「そうじゃないんだ」

「え。何を言ってんのよ。現にこうして——」

「それは女子生徒じゃない。男子生徒なんだよ、舎人浩美というのは」

「あ」と梢絵は思わず素っ頓狂な声を上げてしまった。まさか『舎人浩美』が男だとは考えもしなかったからだ。ずっと女性の名前だとばかり思い込んでいて。

「そう。男の子なんですよこれが。浴永高校は生徒名簿が男子と女子とに分けられていてね。舎人浩美の名前は当然、男子生徒のほうの欄に記入されている。あるいは、そのせいで警察も見逃してしまったのかもしれないけど」

「そのとおりです」双侶は素直に認めた。「修多羅先生にご指摘を受け、今夜の会合のために調べておいて欲しいと頼まれるまで、我々はまったくこの名前に気がついておりませんでした」

「あの」少し遠慮がちに弓子が口を挟む。「これはたしかに重要な発見です。口羽公彦が『舎人浩美』だったことはほぼまちがいないでしょう。でも、もうひとつよく判らないのは、彼が女性になりすますにあたり、どうして男子生徒の名前を拝借したのかというその心理です。同じクラスメートの名前から選ぶのなら、やはり女の子たちのほうへ眼が向くのが自然の流れのような気がするのですが」

「それはそうですよね。でも、ひょっとしたら」と梢絵は咄嗟に思いついたことを口にしてみた。

「単に、とねりひろみ、という響きが気に入ったから、だったりするのかも」

「いやいや。実はね、それにもちゃんと理由があるんですよ」次から次へと修多羅は切札を畳みかけてくる。「ぼくも泉館先生がおっしゃったことが気になりましてね。ちょっと調べてもらったところ、興味深い事実が判明した。実は口羽公彦は、この舎人浩美という男子生徒と極めて仲が悪かった、というんですな」

　何か歯車のようなものが梢絵の頭の中で、ぐりっと大きく回る実感があった。はっきりと。自分が何よりも知りたいこと。その謎を解明してくれる鍵がそこにあるという感触を得たものの、どうも気持ちが混乱していて、そこから思考をうまく膨らませられない。修多羅に何か質問したいような気もしたのだが、適当な言葉を探しあぐねているうちに機会を逸してしまった。

「ほう」と凡河がメガネをずり上げる。「仲が悪かった、とな」

「といっても喧嘩とかをするわけじゃなくて、口羽公彦が一方的に舎人浩美という男子生徒を忌み嫌っていた、というのが真相らしいんですが」

「一方的にというと、では舎人浩美のほうはどうだったんだね？」

「口羽公彦のことなど相手にしていなかったようですね。それがまた口惜しくて口羽公彦は、彼に対する敵意を募らせるという悪循環だったとか。そんなクラスメートの名前を女性になりすますための偽名として採用した心理というのは、なかなか意味深長だと思いませんか、泉館先生？」

「そうですね」弓子は頷いた。「彼は、愛人に囲われている若い女という架空の人物――厳密には口羽公彦本人なわけですが――に『舎人浩美』の名前を冠した。それが本物の舎人浩美に対する婉曲な悪意の表明であることは疑い得ません」

「でしょ。なにしろ自分がなりすましている人物の立場が立場だ。〈浄穴フラッツ〉や近所で『舎人浩美』という人物に関する悪評が立ってもおかしくない。いやむしろ『舎人浩美』に芳しくない評判が立つのは必然だったとも言えるわけで、そうした環境において自分としては何の痛痒《つうよう》も感じないで済む嫌いな名前を、口羽公彦は最初から選んだというわけです」

「しかし、それはなんとも聞き捨てならない話じゃないかね。え」修多羅が喋り終わらないうちに凡河が勢い込んできた。「口羽公彦がそんなふうに、はっきりと敵意を向けていた相手が存在した、というのは」

「ん。ああ」短く考え込んでから修多羅は首を横に振った。「なるほど。おっしゃりたいことは判りますが、でも先生、舎人浩美本人はこの事件とは何の関係もありません。これについては疑問の余地もなく確実です。というのも彼は、既に鬼籍に入っていまして」

「え。亡くなられているのか？」

「といっても殺されたとかそんな物騒な話ではありません。舎人浩美は病死しているんです。事件そのものが起こる前に。ええと。一九九七年の春頃、でしたか？」と双侶に確認しておいてから修多羅は続けた。「二年生に進級する直前、新学期を待たずに亡くなったそうです。その前の年の冬頃から、入院生活を余儀なくされていたとか。たしか脳腫瘍か何かだったという話で」

「それはまた若いのに、なんとも気の毒な。ん。待てよ」と凡河は手を打った。「もしかして、それが原因だったんじゃないのかね？」

「え。何のお話です？」

「だから口羽公彦は、その舎人浩美という男子生徒を毛嫌いしていたんだろ。それは彼が病気だったからではないかね？　舎人浩美が脳腫瘍であると周囲にどの程度知れ渡っていたのかは判らんが、それほど重い病気ならば彼が闘病生活を送っていることを担任教師やクラスメートたちが承知していてもおかしくあるまい。当然、みんな彼の身の上に多大な同情を寄せていたはずだ」

「あ。なるほど」さっき修多羅が配った口羽公彦の作文のコピーを手に取って弓子は眼を瞠《みは》った。よほど感心したのか、凡河に向ける表情が珍しく好意的に輝いている。「口羽公彦はそれが我慢ならなかった、というわけですね」

「そうか。さすが、凡河先生」お世辞というより、修多羅は自分で気がつかなかったことが口惜しいようだ。「そのとおりだ。口羽公彦にしてみれば、病気というだけでみんなから好意や愛情を注いでもらえる舎人浩美のことが憎らしかったんでしょうね。オレよりも劣ったヤツのくせに不幸をネタにして得しやがって――なんて」

そうだ。そうなのだ。梢絵は、さきほど自分がうまく言語化できなかった事柄がようやく整理されてきたことを悟る。しかしまだまだ全体像を摑むにはほど遠い。いや、真相のすぐ近くまで迫ってきたような気もするのだが、そのほんのわずかの距離を埋めるための発想のジャンプがなかなかできず、もどかしくてたまらない。

「そういう憎らしい相手の名前を、女性になりすますための偽名に使うなんて、やっぱり相当の悪意が感じられます」

「そうですね」弓子のお墨付きを得て自信を持ったのか、修多羅は控えめにまとめた。

「ともかく口羽公彦のクラスメートに、男子とはいえ、舎人浩美という生徒がいたのは見逃せない事実です。とても偶然とは思えません」

「なるほど……なるほど」最初は胡散臭《うさんくさ》げな表情を隠しもしなかった丁部だが、徐々に納得させられたらしく、何度も頷きながら腕組みをする。「なんという無茶なことを言い出すんだろうと思っていたんだが。いやはや。修多羅先生、感服しました。口羽公彦が架谷耕次郎に取り入ってアジトを確保していたのは、まちがいないでしょう。というのも、いま憶い出したんだが、〈浄穴フラッツ〉の住人が目撃した『舎人浩美』なる人物はかなり長身だったらしい。それも一七〇か一八〇センチくらいの。そういえば、最初は男かと思った、という表現をした住人もいましたっけ。それは実は、女装した口羽公彦だったのかもしれませんな」

あの少年が女装……ねえ。梢絵は頭の中で、化粧をしたり鬘《かつら》を被ったりしている口羽公彦の姿を想像してみた。あまり凹凸のない顔だちだったので、それなりにさまになったのかもしれないものの、どうにも違和感が拭えない。一番のネックはやはり長身だろうが、あれぐらい大柄な女性だっていないわけではないし。まあ、ありなのかも。

「きっとそうだったんですよ。さて。ずいぶん長い回り道をしてしまいましたが、ようやく元の結論に戻ってまいりました」

*

修多羅はテーブルへ寄って自分のカップを手に取ったが、もちろん空だ。サイホンにももうコーヒーは残っていない。喉を湿すのは諦めたのか、すぐに喋り続ける。

「こうしてまんまとアジトを確保した口羽公彦は、自分が綿密に立てた連続無差別殺人計画を実行に移すべく入念な準備を始める。具体的には被害者たちの選定、そして素行調査などですね。さっきも言ったように、彼は変装などによって自分の顔を隠すつもりは毛頭なかった。否、むしろ被害者たちの眼に自分の姿を焼きつかせて殺す。加害者と被害者、どちらが俗世を超越した特別な人間であるかをはっきりさせるために。そうやって歪んだエゴを満足させつつ四件もの殺人を遂行するためには、いざという時のための安全弁が必要でした。彼はいずれの犯行においても万一のための逃げ道など、何らかの形での保険を用意していたはずです。それが第一から第三の犯行は、すべてことがうまく運んだため、それらを活用する機会がなかった。それだけの話だったのです」

「一礼比さんを襲って思わぬ反撃に遭い、失敗してしまった彼は――」双侶は立ち上がってテーブルの上の紅茶のポットを手にとったが、こちらも既に空のようだ。「初めてその保険を活用した、というのですか」

「まさしくそういうことです」口癖なのか、修多羅はさっきから同じフレーズを反復する。

「口羽公彦は事前に、一礼比さんの部屋の隣りの一〇五号室のドアのロックを外しておいた。合鍵をどうやって入手したのかは判りませんが、前の住人がつくってあったコピーをこっそりくすねるとか、その気になればいろいろ方法はあるでしょう。なにしろ半年も準備期間があったんですからね。それによって万一の時には隣りの部屋へ逃げ込めるようにしておいたわけです。むろんそんな保険は使わないに越したことはなかったでしょうが、実際に一礼比さんから手痛い逆襲を被った以上、彼の周到な用心は決して無駄ではなかったわけです。それが結果的に、口羽公彦があたかも煙のように密室状況下から消え失せてしまったかのような現象をつくり上げたのは、さっきも言ったように、まったく偶然の産物だった。意図してできたものではなかったのです」

「しかしですね、修多羅先生」コーヒーや紅茶の追加を用意してこようとでも思ったのか一旦は洋間から出てゆく素振りを見せた双侶だが、結局自分の椅子へ戻る。「もしもそうだとすると、口羽公彦は我々が現場検証中、ずっと隣りの部屋で息をひそめていた、という結論になりますが……そんなことがあり得るのでしょうか」

「思いもよらぬことが起こるのがこの世の常です。灯台もと暗しというやつですな」

「いつ彼は現場から立ち去ったのですか？　事件直後〈めぞんフォルテ〉は封鎖されていた。見張りの警官も立っていたはずですが」

「永久に封鎖されていたわけじゃないんだから。ひととおりの現場検証が終わった後は、見張りの警官もいなくなっていたんでしょ？　殺人事件ではなく殺人未遂だったんだし。それほど長期間、近所に厳戒態勢が敷かれていたとも思えませんが。どうだったんですか、実際のところは」

「それは……まあ」詳細を語ろうとはしなかったものの、双侶はしぶしぶ認める。「それはそうかもしれませんが」

「加えて多少の油断もあったと思います。だって、まさか現場のすぐ隣りの部屋に犯人がひそんでいるとは誰も夢にも思わなかったろうし」

「すると、完全に誰にも見咎《みとが》められる心配がなくなるのを待ってから、口羽公彦はこっそり一〇五号室を抜け出し、逃走した——というのですね？」腕組みをすると双侶は何かを警戒しているかのような口調で付け加えた。「厳密に言えば、それは一〇五号室ではないかもしれない。ともかく〈めぞんフォルテ〉の一〇三号室、一〇四号室、もしくは一〇五号室のうちのどれかだった、と？」

「常識的に考えれば現場のすぐ隣りの一〇五号室が一番可能性が高いですけどね。ともかく、そうして〈めぞんフォルテ〉から逃走した口羽公彦は、アジトである〈浄穴フラッツ〉へ一旦逃げかえる。あるいはほとぼりが冷めるのを待って再び一礼比さんを狙うことも考えたかもしれませんが、それは結局断念したんでしょうね」

「どうしてそう考えられますか？」

「彼の犯行動機ゆえです。そもそも口羽公彦は、自分が国家の法も社会のモラルも超越する特別な存在であることを証明するために連続無差別殺人を計画した。さきほどラスコーリニコフの名前を出しましたが、彼もやはりそうした内向的な傾向が嵩《こう》じて倒錯した観念を持つに至ったのでしょう。いわゆる引き籠もりとか登校拒否などには至ってはいなかったようですが、口羽公彦は己れを正当に評価してくれない周囲に対する恨みつらみを文章化することで、歪んだエゴを肥大させてゆきました。当然、社会における彼の実像と、彼自身が己れに対して抱くセルフイメージとのあいだに齟齬《そご》が拡がってゆき、それは通常の研鑽《けんさん》や努力では埋め難いほどのギャップになってしまった。彼はもう正攻法で他人より優れた存在にはなり得なかった。少なくとも本人はそう思い詰めてしまったのです。何がなんでも己れの優越意識を満足させるためには既成の法やモラルを無視するしかない。いや、破壊するしかない、と。そうした経緯で連続無差別殺人に手を染めた口羽公彦にとって、失敗は最初から視野に入っていなかったのでしょう。しかし実際に失敗してしまった時、彼は気がついたにちがいないのです。それはもはや自身にとって何の救済も残されてはいない、すべての終焉《しゅうえん》を意味するのだ、と」

　長々と説明するわりには、修多羅の説明は相変わらず抽象的で判りにくい。要するに己れの計画を最後まで完遂できなかった以上、自ら死を選ぶ道しか口羽公彦には残されていなかった、と言いたいらしいのだが、梢絵としてはその意見にすんなりとは同意できない。はたして彼はそれほど潔いタイプだろうか？　もちろん彼女は口羽公彦とは襲撃された時に顔を見ただけで言葉を交わしもしていない。従ってその内面まで窺い知ることはできないと言ってしまえばそれまでだ。しかし、どうもちがうような気がする。梢絵にとって、あの少年はもっと未練がましいというか、卑怯《ひきょう》な性格であるとの印象が強い。どういう種類のものであれ失敗を自分の責任として引き受ける度量なぞないのではなかろうか？

むしろその尻拭いを周囲に押しつけて、けろっと忘れたりする。そういうタイプなのではあるまいか。自分が不幸なのはすべて社会のせいだとでも言わんばかりの論調の自己愛的な作文にしても、そんな梢絵のイメージを助長する。

「つまり、やはり口羽公彦はもう生きてはいないんですよね」弓子は組んでいた脚をほどくと身を乗り出した。「どこかで既に自殺しているんだわ。まちがいなく。おそらくは四年前。一礼比さん殺害に失敗した直後に」

梢絵は変な気がした。弓子の口ぶりはまるで、彼が死亡していなければ困る、とでも言わんばかりに聞こえたからだ。しかし仮に口羽公彦が現在も生存していたとしても、弓子が困るようなことは何もないはずだが。それとも、連続無差別殺人を計画するような男が未だに逮捕もされず、どこかで生きていると思うと怖くてたまらないとか、そういうことなのだろうか？

口羽公彦は自殺している——その結論をあたかも自分の〝手柄〟であるかの如く弓子は感じ、大切に温存しようとしているのではないか。ふとそう思い当たり、梢絵は急にしらけた気分になった。仮にこれから先、口羽公彦の遺体がどこかで発見されたとしよう、そして彼が自殺したのだと証明されたと仮定しよう。その場合〈恋謎会〉というごく内輪でのこととはいえ、それは泉館弓子先生が〝予測〟していた功績としてクレジットされる——要するにそのための保険なのだ、と。

気がついてみると、弓子はこれまでのところ事件に関して、それほどの量や内容の見解を示してはいない。修多羅のようになんでもかんでもたくさん語ればいいというものでもないが、今夜の会合に限って公平に言えば彼女の影はまだまだ薄い。本人もそのことは自覚しており、職業的なプライドに危機感を覚えているのかもしれない。

もちろんこれは穿ちすぎた見方だろう。しかし梢絵にとって、この時から泉館弓子という女性に対する評価が変わったのは事実だった。良く言えば以前よりも身近に感じるようになったし、悪く言えば底の浅い人格に見え始めた。

「当然そうだと思います」修多羅は相変わらずご機嫌で弓子のほうを向いている。「自ら課したノルマを果たせなかった罰として、口羽公彦は自らを処刑した。遺体が未だに発見されていないのは、彼が敢えて他人の眼には触れない方法や場所での死を選んだからでしょう。具体的には判りませんが、例えば富士の樹海に入るとかね。遺体を晒すのはすなわち己れの知性の敗北を世間に対して認めることを意味し、彼の極限まで肥大しきったエゴはそれを到底許容できなかったのでしょう」

修多羅の展開する奔放なストーリーに幻惑されていた梢絵は、ふと我に返った。まてよ。ということは、このミステリ作家はこう言いたいわけだ——口羽公彦があたしを殺そうとしたのは、さしたる理由があったからではない、と。いや、連続無差別殺人を計画するにあたって少年なりの動機づけはあったのだが、少なくとも一礼比梢絵という個人に対しては特に恨みがあったわけでもなんでもない。単に無作為に標的として選ばれたのだ、と。

それでいいんだろうか……梢絵は急に不安になった。たしかにこれまでの彼女の気持ちとしては、見ず知らずの他人にいつの間にか殺されそうになるほど憎まれていたという形が一番怖いと、そう思っていた。そんな可能性が真相であって欲しくないと、この四年間ずっと、そう祈り続けてきたことも事実だ。しかし。

しかし特に憎まれていたわけでもないのに無差別殺人の犠牲になりかけた、すなわち単に運が悪かっただけ、というのが真実なのだとしたら、そこにはまた別種の暗黒が生じる。それが怒りなのか恐怖なのか、はたまた別のものなのかよく判らないが、おぞましいことはたしかだ。ただ、おぞましい。ひたすら、おぞましい。

梢絵は再び記憶の中から口羽公彦の表情を引っ張り出してみた。あなたは誰でもよかったの？　単に適当にあたしを選んだだけ？　そう問いかけてみても応えは返ってこない。その表情は殺意に彩られているような気もするが、彼は殺人を犯そうとしていたわけだから、これはある意味当然だ。問題は、そこに一礼比梢絵という個人に対する特別な思い入れがあるか否かなわけで。

やっぱり無差別殺人だったというのが正しいのかもしれない……そんな諦観が徐々に梢絵を蝕《むしば》んでゆく。彼女自身、いくら必死に頭をしぼって考えてみても、事件以前に口羽公彦という少年と接触した覚えがないという事実が、修多羅の仮説に絶大な説得力を付与する。

誰でもよかったんだ……誰でも……あたしは単に運が悪かった……それだけ……しかし……しかし、はたして自分はそれを事実として受け容れられるのだろうか？　梢絵にはまったく自信がない。この四年間ずっと苦しめられ続けてきたものとはまた全然ちがう種類の精神的危機をかかえ込みそうな予感。悪夢に悩まされ、怖くて眠れない夜がこれからも続くのだろうか？　そう思うと泣きたくなる。こんなことなら双侶に変な懇願をするのではなかった。そう後悔しても遅い。その双侶が「あの」と躊躇《ためら》いがちに口を開いて、梢絵は我に返った。

*

「実は、非常に申し上げにくいことなのですが、修多羅先生」

「何でしょうか。はい」

「先生の推理の大筋についてはともかくとして、ひとつだけ、明らかに事実とは異なっている点があるのです」

「ん。ど、どの点がですか。双侶さん」

「一礼比さん殺害に失敗した口羽公彦が〈めぞんフォルテ〉から逃走する際、一〇六号室の玄関ドアから出ていった、という点です」

「え。どうしてですか。その仮定が成立しないとするならば逆に、少年がベランダ側のガラス戸から逃げたということを確定した事実として立証しなければいけませんよ。でも、そんなことを裏づける証拠も証言も出てきていないわけで——」

「たしかに、それを実証するに足る物的証拠はありませんが、状況的に判断して口羽公彦がベランダ側から逃げたことはまちがいありません。なぜならば——」何かを言いかけた修多羅を双侶は手を眼の高さに掲げて遮った。「もしも少年が一〇六号室の玄関ドアから出ていったのだとしたら、確実に籾山慶一氏と鉢合わせしていたはずだからです。にもかかわらず両者が遭遇していないのは、口羽公彦が空き室のどれかに隠れたからではない。少年にそんな芸当は不可能でした」

「なぜ、そう断言できるんです？　たしかに合鍵の問題はネックかもしれませんが、それなりに時間をかければクリアできないほどでは——」

「鍵の問題ではないんですよ。修多羅先生。実はですね、事件発生後、我々は一階の空き室を三室ともすべて調べているのです。隈《くま》なく」

「え」さすがに修多羅は狼狽した。「調べたって、そ、それはほんとに事件発生直後に、ですか。つまり、その日のうちに、ですか？」

「マンションの隣人の衰地刀自の証言によって、少年がベランダ側からは逃げていないのかもしれないという可能性が浮上した後ですから、厳密には事件発生のその日にしたことではありません」

「だったら」ここぞとばかりに熱を込めて反撃に転じる。「警察が空き室を調べた時には、もう彼は逃げた後だったんですよ」

「残念ながらそれもあり得ません。というのは、もしも修多羅先生の推理が正しいのだとしたら、口羽公彦は一〇五号室もしくは他の空き室の中で、少なくとも一昼夜以上は息をひそめ、隠れていた——そういう理屈になりますよね？」

「それは警察が、その」だんだん修多羅の歯切れが悪くなってきた。「どれくらいのあいだマンションを封鎖していたか、にもよりますが」

「近所の現場検証なども含めて、少なくとも翌々日の昼までは確実に見張りの警官が立っていました。仮にそれだけ長時間、少年が空き室に閉じ籠もっていたのだとすれば、トイレの問題も含めて、何の痕跡も残さずに立ち去るなんてことは、まず不可能です。しかしながら我々が三室の空き室を調べたところ、埃《ほこり》の積もり具合などからして、ひとが最近入った様子はまったく見受けられませんでした。バスルームや水道などの設備が使われた形跡も皆無。もちろん、どの部屋も、です」

修多羅は、ぐうの音も出ないようだった。察するに、よほど自分の推理に自信があったらしい。引きつった泣き笑いの表情のまま固まっている。それが「いや。しかし、なるほど。面白い」と凡河が軽く拍手する音で、ようやく眼の焦点が合った。

「空き室云々の問題は別として、なかなか見事な推理だよ、修多羅くん。なんといっても、口羽公彦と架谷耕次郎氏の隠された関係という着眼点がすばらしい。けだし卓見というべきだろう」

「いやあははどうも。先生にお褒めにあずかるなんて。恐縮です」

立ちなおりの早い性格らしく、さっきまで悄然《しょうぜん》としていたのが、けろっとしている。双侶に弱点を鋭く突かれたものの、自分の推理はまだ全面的に否定されたわけではない、と前向きに思いなおしたのかもしれない。

「まあね。その。ぼくのはね。今夜の考察会のね。ほんの露払《つゆはら》いということで。ははは」

「いやいや大したものだ。ついては、修多羅くん。きみのその仮説に、わしもちょっと便乗させてもらってもかまわんかね」

どうやら凡河にも何か考えがあるらしい。修多羅の熱弁に刺戟されたのか、意欲満々である。

「は。ええ、どうぞどうぞ」

「といっても実はわしの推理は、きみのそれと一番肝心の点で喰いちがっているんだが」

「一番肝心の点——といいますと」

「犯人だよ」

「え」

「みなさん、どうも今夜は最初から、犯人は口羽公彦であるという前提で話を進めているようだ。しかし、はたしてそれを事実と看做してしまって、ほんとうにいいのかな」

梢絵はまさに仰天した。嫌でも修多羅の仮説を受け容れるしかないのかと、既に今夜の会合が終了したかのような錯覚とともに鬱々としていたのが、それどころではなくなってしまった。もちろん驚嘆しているのは彼女ばかりではない。修多羅も、亜李沙も、弓子も、そして丁部もそれぞれ眼を剝いたり、眉をひそめたりしている。

いや。ひとりだけ冷静な者がいた。少なくとも梢絵の眼に、双侶澄樹だけは落ち着いているように見える。なんだか不自然なくらいに。

そんな一同をじっくりと見回しておいてから、凡河は重々しい口ぶりで宣言した。

「真犯人は、口羽公彦という少年ではなく、まったく別人なのではないか——実はわしは、そう考えているんだ」

「——といっても別に、一礼比さんの証言を疑っているという意味ではないので、そこは誤解しないでくれたまえ」梢絵が憮然としていることに気づいたのか、凡河は慌てて黒板に書かれたチョークの文字を消そうとしているみたいに手をぶんぶんと振りたくった。「あなたを襲ったのは口羽公彦である、その事実まで否定するつもりはないですよ。うん。それはお断りしておかないと」

あたりまえでしょ。梢絵は辟易《へきえき》する。そもそも彼女は、口羽公彦が自分を襲った理由を知りたいだけなのだ。なのに肝心の襲撃の事実自体を疑われたりするのでは、何をしにわざわざここへ来たのかも判らなくなってしまう。どうも先刻から、梢絵にとっては精神衛生上あまりよろしくない発言ばかり飛び交っていて、ダメージを受けることおびただしい。なんだか疲れてきた。もう席を立って帰ってしまおうかとすら真剣に考える。

「しかし、だ」凡河は一旦言葉を切ると、痺《しび》れが切れるくらいゆっくりと一同を見回した。「架谷耕次郎、矢頭倉美郷、そして寸八寸義文。この三人を殺したのも口羽公彦であると断定して、はたしていいものだろうかね？」

「いいも悪いも、先生」長い独演を終えた修多羅はようやく自分の椅子へ戻って腰を下ろした。「一礼比さんを襲ったのが口羽公彦ならば、あとの三人を殺害したのも彼でしょう。四件の犯行が同一人物の手によるものであることは、例の生徒手帳の記述からも明らかですし」

「逆に言えば、あの生徒手帳の記述しかない、そうとも言えるのではないかね？　すべてが口羽公彦の犯行であるとする根拠は」

「それは——あ。そうそう」座ったばかりの修多羅は再び立ち上がった。「せっかくのお話を止めてしまって申し訳ありませんが、先生、本格的に推理をご披露なさる前に、ちょこっと腹ごしらえをしておきませんか？　そろそろ、ほら——」

「ん？」と修多羅が指さす動きに合わせて凡河が壁時計を見上げたのをきっかけに、ほぼ全員がそれぞれの腕時計を見た。午後八時近くになっていて、梢絵はびっくりする。なんと。凡河邸を訪れてから、早くも三時間以上も経っていたなんて。時計を何回も見直してみても、なかなか信じられない。あれこれ思い煩いが多すぎて思考が散漫になっていたせいだろうか。

「おお、そうだな。まだ矢集さんの推理もこれからだし。夜は長くなりそうだから。ここらでひと息いれておこうか。よろしく頼むよ」

「判りました。では」

修多羅はさっさと洋間を出てゆく。てっきり出前でも取るために電話を掛けにいったのだろうと梢絵は思った。でも、みんなの注文の希望を聞かなくていいのかしら？　あたしはどうせ食欲がないからいいけど――などと考えていた彼女が、ふと洋間の隅っこの台座の上に電話機が鎮座しているのに気づくのと、修多羅が戻ってくるのがほぼ同時だった。しかも彼は、料理を載せたキャスター付きワゴンを押している。

「さ。みなさんどうぞ。立食パーティー形式ですので。恐縮ですが、すべてセルフサービスでお願いします」

修多羅が順次テーブルに移す大皿にはそれぞれローストビーフやパスタなどが盛られている。各人が好みのものを小皿へ取るバイキングスタイルの夕餉《ゆうげ》が始まった。最初は何も食べないつもりでいた梢絵も、つい場の雰囲気につられてサンドイッチをつまむ。相変わらず空腹は感じないが、どの料理も見るからに美味しそうだ。

「うむ。んまいっ」梢絵と同じものをもぐもぐと豪快に頬張りながら亜李沙は修多羅に、指でＯＫサインをつくってみせた。「なかなかいいじゃない、このチキンサンド」

「おいおい。それは七面鳥だよ。この時期には欠かせないでしょ」

「って。あんたね。クリスマスはもう終わってるってば。ボケるにしても、しょぼすぎ。にしても相変わらずなかなかね。こちらの腕前だけは」

「え」ふたりのやりとりに、鴨のローストを皿に盛ろうとしていた梢絵の手が止まる。

「もしかして……このお料理って？」

「ん。そうですよ」修多羅は相変わらず無邪気に得意がる。「ぼくがつくったんです。全部」

　もはや驚くというより梢絵はほとんど感動してしまった。てっきりケータリングサービスか何かで取り寄せたものだと思っていたのに。味といい見栄えといいプロの料理人顔負けだ。それなのに梢絵以外の者たちは特に感銘を受けたふうでもなく、至極当然のような顔で次々に料理をたいらげている。どうやら〈恋謎会〉の会合で修多羅が料理の腕を揮《ふる》うのは恒例になっているらしい。

「美味しいです、ほんとに」自分では味噌汁も満足につくれない梢絵としては、諸手《もろて》を挙げて降参の気分だ。「いつもお料理はご自分で？」

「まあだいたいね。趣味なものでして」

「修多羅先生のお嫁さんは幸せですね」

「はっはっは。そうですかそうですか。今度、一礼比さんのほうから彼女に、きっちりとそう言ってやってください」という口ぶりからすると修多羅は結婚しているらしい。もうちょっと詳しく訊いてみようとしたのだが、彼に「飲み物はどうですか。ワインもありますよ」と勧められて、勢いを逸してしまった。

「いえ。あたしは――」

梢絵は慌てて断った。さすがに今夜は酔って楽しむ気分ではない。

「あたしも遠慮しとく」と、亜李沙は自分のグラスに掌で蓋をした。「推理のお披露目の順番がまだこれからだもんね。酔っぱらってしまったら、うまく筋道立てて話せなくなっちゃう」

亜李沙は自分が食べる合間を縫って、座ったままの凡河の希望を聞き、かいがいしく料理を運んでやっている。どうやら凡河は、歩けないというほどではないものの、だいぶ足腰が弱っているようだ。老大家に対する当然の気遣いといってしまえばそれまでだが、知らないひとが見たら実の父娘と勘違いするかもしれない。それだけ亜李沙の動作は、礼を逸しない程度に気安く、自然だった。そんな光景を見ているうちに梢絵は、最初ここへ来た時のものと、いま自分が抱いている〈恋謎会〉に対するイメージがまったく変わってきていることを感じざるを得なくなる。

「そうかい。じゃあぼくは、ひとまずお役目も終わったことだし。飲ませてもらおうかな」

嬉々として自分のグラスにワインを注いだ修多羅は、相変わらず軽薄なノリで泉館弓子のもとへ寄ってゆき、むりやり乾杯。スモーカーと同様、〈恋謎会〉はアルコールをたしなむ者の割合もあまり高くないのか、いまのところ飲んでいるのは修多羅と弓子のふたりだけである。

「あれだね、修多羅さんは」と丁部も料理を堪能しているのか、さっきまでと比べると笑顔があけっぴろげで素直だ。「職業の選択をまちがえたのかもしれないね。といっても他意はないんだが。これだけ見事だと。ねえ」

「ほんと、そうですよね」と弓子も便乗して短くお愛想。「シェフになればよかったのに」

「そうですかそうですか。いまからでも新しい人生を考えたりして。いやあ。我ながら怖いな。才能が豊かすぎると」

　笑い声があちこちで起こる。第三者が聞いても面白くもなんともない他愛ないやりとりだろうが、いまの梢絵にとっては微笑ましかった。そして、ふと寂しくなる。自分はもう何年もこんなふうに和やかで楽しい家族的な雰囲気を味わっていなかったことに改めて思い当たって。

　四年前の十一月以降、警察の許可を得て〈めぞんフォルテ〉を引き払った梢絵は、しばらくのあいだ実家の両親のもとへ身を寄せていた。といっても、望んでそうしたわけではない。〈めぞんフォルテ〉にはもう住みたくなかったのはたしかだから、すぐに引っ越そうとは考えていた。どこか別のアパートかマンションを探して。

しかし実家の両親がそれを許さなかった。それはまあ当然の反応だろう。彼女が暴漢に襲われて危うく殺されかけたと知った以上、娘を放任して再び独り暮らしをさせるほうがどうかしている。梢絵も、自分の立場としてはとりあえず家族のもとへ避難してみせるのが常識的な行動だろうと判断したので、両親の言いつけに従ったのだが、すぐに後悔した。とにかく気詰まりなのだ、両親と一緒に暮らすこと自体が。

父も母も梢絵に接する態度が、まるで腫れ物にさわるかのように距離をとる日があるかと思うや、近所への買物程度の外出まで厳しく禁じて束縛したりする日があったりして、なんとも両極端なのだ。それも無理もないとは思う。危うく殺されかけたという極めて非日常的で特殊な立場の者が、いきなり身内の中に登場したのだ。その精神状態が不安定になっていることは容易に想像できるものの、では実際にどのように接してやればいいのかは皆目見当がつかず、途方に暮れているにちがいない。それは両親ばかりではない。梢絵の友人たちも同様らしく、いつしか以前の彼女の交友関係の大半は自然消滅してしまっている。

事件を境いに梢絵を取り巻く世界は激変した。みんな変わってしまった。いや、それはむしろ逆かもしれない。彼女はそう思い当たる。変わったのは周囲の人間たちではなく、梢絵自身なのだ、と。もう彼女は以前の一礼比梢絵ではないのだ。別人といっても過言ではない。

とにかく他者と接触するのが鬱陶しくて仕方がない。事件のことは口にせずとも好奇心もあらわにじろじろ観察され、こちらの胸中を探られているような気がして落ち着かない。友だち付き合いが減ってしまったのは、そんな梢絵にとってむしろ歓迎すべき状態なのだ。

去年の夏、ほとぼりも充分冷めたと判断し、ようやく実家を出た。両親はいい顔をしなかったが、強引に引っ越しをして独り暮らしを再開させた。新しい住居は十階建ての賃貸マンションで、最上階の部屋から独り静かに景色を眺めるひとときだけが、いまの梢絵にとって心の安らぎである。いや、眼下の地面を凝視しているうちに、ふと引きずり寄せられそうな感覚と、しばしばその衝動に身を委ねようとしている自分に気がついて怖くなったりもするが。ともかく仕事以外の時間帯、独りになれるのはありがたかった。

梢絵は両親とも、そして友人たちとも、もう元の平凡な関係を築けはしない。それができない身体になってしまった。平和で安穏な日常生活を送る資格を喪失してしまったのだ。すべてあの事件を境いにして……あの少年のせいで。

改めて口羽公彦に対する憎しみが梢絵の胸に渦巻く。しかしそれは、どこまでいっても虚しい感情の空回りでしかない。思い返せば口羽公彦の動機の解明だけに拘泥し続けたこの四年間。その果てに、いったい自分は何を得ようとしているのだろう？　ふと気がついてみれば彼女は、いったいなんと遠いところまで来てしまったのか。もといた平和な世界は遥か地平線の彼方だ。

もう戻れない。戻れはしないのだ。元の自分の人生には。永遠に。

「……あの」うっかり涙ぐみそうになり、梢絵は慌てて修多羅に声をかけた。「やっぱり、その、一杯いただいてもよろしいですか？」

事件以降、これまでにもアルコールに逃避したことが全然ないわけではなかったが、今夜初めて梢絵は己れの弱さを自覚した。頭の傷を治療するために数日間入院した以外は休職せず、仕事もずっと続けてきた。何もかも己れの気力と体力だけを頼りにやり遂げた。そんな自負をこの四年間の心の支えにしてきた梢絵も〈恋謎会〉の和やかなムードを前にして、すっかり弱気になってしまう。素面《しらふ》のままで平常心を保つことに自信が持てない。

「お。どうぞどうぞ」修多羅は上機嫌だ。「赤でいいですか？　白もありますが」

「えと。すみません。あたし、できればワイン以外のものがいいんですけど」

ワインが嫌いなわけではない。むしろ好きなほうだが口当たりがよいせいか飲み過ぎて、いつも悪酔いしてしまう。同じ理由で日本酒や焼酎も駄目だ。ビールもコップに半分くらいなら平気だが、すぐにお腹がいっぱいになって苦しくなってしまう。もちろん普段の梢絵なら多少のことは気にしないで何でも飲むのだが、さすがに今夜はみんなの前で醜態を晒すような危険は冒したくない。絶対に。気分の落ち込みを急に加速させないで、ちびちび飲めるものがいいのだが。

「ええと。それでは」梢絵の事細かな注文に、修多羅は困ったように頭を掻いた。「ウイスキイにしますか？　水割りかロックで――」

「ウイスキイなんか用意してるの、あなた？」

「あ。あ。しまった」

「そうだ。ブランデーでよければあるぞ」亜李沙に突っ込まれて狼狽している修多羅に、凡河が助け船を出した。「書斎に。お歳暮に送ってきてくれた編集者がいてね」

「へえ？　新人ですか、そのひと。先生がお飲みにならないことを知らないとは」

「サラリーマン時代に付き合いの酒席で失敗したエピソードを、以前エッセイにおもしろおかしく書いたことがあってね。どうもそれを読んで、いけるクチだと勘違いしたんじゃないのかな」

というわけで梢絵は思わぬ高級ブランデーを、ブランデーグラスが凡河邸にはなかったのでワイングラスに注いで、賞味することになった。それはいいのだが、艶やかな花びらがひらくかのような芳香といい、まろやかな舌ざわりといい、やっぱり飲み過ぎてしまうかもしれないと一抹の不安を彼女に抱かせる逸品である。

「あの」自分だけで味わうのも気がひけた梢絵は、双侶に声をかけた。「ひとくちいかがですか？　とってもすばらしい香りと味ですよ」

「いや、わたしは今夜は――」と断りかけた双侶だったが、「今夜飲まないでいつ飲むんだ。非番なんだろ？」という丁部の冷やかしを受け、「では、ほんの少しだけ」と微笑んだ。

　ひととおり食事を済ませた一同は、修多羅の後片付けが済むのを待っていたため、事件の考察会が再開されたのは午後十時半近くだった。梢絵は、ひとりで皿洗いをするという修多羅を手伝おうとしたのだが、亜李沙に止められる。

「だめだめ。他人が手伝うと却って遅くなっちゃったりするのよね、彼の場合」

「どうしてですか？」

「汚れの落ち具合が気になって、ひとがやってくれた分もまた自分でやりなおしたりするから」

「へえ」双侶も初めて聞く話らしく、眼をしばたたく。「意外ですね、なんだか。あ。いや。こんな言い方は失礼ですが」

「ううん全然。失礼でも何でもないんですけど。ああ見えて、けっこう神経質なのよね、彼」

　梢絵の眼にも修多羅はお気楽で豪放磊落《ごうほうらいらく》なように見え、そんな細かいことを気にするタイプとは思えないのだが。なるほど。ひとは外観で判断できないものだなと改めて感じる。

　修多羅を待つあいだ、梢絵は化粧室を使わせてもらったついでに凡河邸の洗面所や風呂場をこっそり覗いてみた。綺麗に掃除されていて清潔だが、やはり他の家族の気配はしない。特に女性の匂いがまったくない。老大家はこの広大な屋敷に独り暮らしのようだ。足腰が弱っているので掃除などの家事は多分ひとを雇っているのだろう。

＊

「――さてさて。まずここで、ひとつはっきりさせておきたいのだが」修多羅が洋間へ戻ってくるのを待って、凡河は話を再開した。「一礼比さんの件は別として一連の事件、すなわち架谷耕次郎、矢頭倉美郷、寸八寸義文の各氏が殺害されたその現場に物的な証拠が残されていたわけではないんだ。そうだろ？　例えば、口羽公彦の指紋が検出されたりしているかね？」

「たしかに第一から第三の事件において、現場周辺から犯人のものと思われる指紋などは検出されておりません」座の中で唯一の現職刑事という己れの立場を改めて意識したのか、双侶は再び事務的で、用心深い口ぶりに戻った。「被害者たちの首に巻きついていたビニール紐以外、特に遺留品もありませんでしたし。ただ、架谷氏と寸八寸氏の件では現場に靴跡が残っていました。口羽公彦のバスケットシューズのものです。これは立派な物的証拠だと思いますが」

「それがますます怪しい。なるほど、バスケットシューズ自体は口羽公彦のものなんだろう。彼の家族もそれを確認したという話だし。しかし靴なんて、きみ、誰が履いても同じ跡がつくわけだよ。ね。しかも、そんなはっきりとした証拠品をわざわざアジトである〈浄穴フラッツ〉へ残してゆくなんて、なんだか変だとは思わないかね？　いかにも出来すぎている感じで」

なるほど。足跡などは偽装工作ではないかと疑う者も当然出てくるだろうと予測するべきだった、と梢絵は思わず苦笑した。なにしろここにはミステリ作家が三人も揃っているんだし。

「修多羅くんと泉館先生は、口羽公彦はもう生きてはいないだろうという意見なんだね。なるほど、それはわしも同感だ。しかし、彼が自殺したとするのはどうかな。誰かに殺されているのかもしれない。そうだろ？」

「誰かに、って」自説を否定されたことに反発を覚えるという以前に、弓子はきょとんとしているようである。「いったい誰に、です？」

「一連の事件の真犯人に、ですよ。もちろん」

「口羽公彦ではないのだとしたら――」弓子も自分のワイングラスに、さきほど梢絵と双侶が味わっていたブランデーを注いだ。「いったい誰が真犯人だとおっしゃるのですか？」

「それは判らない――と今夜の会合が始まる前までは、そう答えるしかないと諦めていたんだが。さっきの修多羅くんの推理を聞いていて、ふとある可能性に思い当たった。もちろん、真犯人の正体に関してだよ。が、それを披露するのは少し後回しにさせていただこう」

ややもったいをつけるように凡河はデザートのケーキに舌鼓を打つ。ちなみにこれも修多羅が自宅で焼いて、持ってきたものだという。どこまでもまめな男である。

「さて。問題の生徒手帳のことだ。口羽公彦はなぜあんなふうに、無差別殺人計画の概要を事細かに記したりしていたのだろう？　鍵が掛けられる日記本ならまだしも、うっかり誰かに内容を読まれたりしたらどうする。危険極まりないじゃないか。しかもだよ、そんなものをよりによって犯行時にまで律儀に携帯していたなんて。どうにも不自然に思えてならんのだがね、わしには」

「さきほど修多羅先生がお配りになったコピーを見てもお判りのように、口羽公彦は大学ノートなどにいろいろメモを書いて自分の考えをまとめる癖があったと家族や知人が証言しています」双侶自身も同じような癖があるのか、自分の膝を机がわりにしてコピーの裏にボールペンで何かを書き込みながら喋っている。「特に生徒手帳はサイズが小さくて便利なので重宝していたようです。わりといつも持ち歩いていたらしいので、犯行時にもうっかり普段の癖が出てしまった、と。単にそれだけの話なのではありませんか？」

「なるほど。彼がそういう癖の持ち主だったことは事実なんだろう。しかし逆に言えば、その生徒手帳をいつも持ち歩く習慣を彼は、真犯人に利用されてしまったんじゃないだろうか。わしはそんなふうに考えているんだが」

「利用、といいますと」

「結論から言うと、口羽公彦は一連の連続無差別殺人事件の犯人に仕立て上げられてしまったんだ。真犯人が仕掛けた巧妙な罠によって」

「しかしですね、先生」修多羅は凡河と双侶を交互に見た。「あの手帳に書かれていた筆跡はまちがいなく口羽公彦本人のものであるとの鑑定結果が、たしか出ているはずですが」

「もちろん、手帳の記述は口羽公彦本人の手によるものだろう。そこまで否定するつもりはないが、だからといって彼が犯人だとは限らないんだよ。いいかね。そもそもあの生徒手帳には、極めて不自然な点がある」

「もしかして、本人の名前や連絡先のページが破かれていたことですか」

「いやいや。それはむしろ自然な点だろう。犯罪に手を染める者の心理としては己れの素性は隠そうとして当然だ。それこそさっき言ったように、重宝している手帳だからこそ、いつなんどき他人に中を覗かれるか判らんのだからな」

じゃあやっぱり口羽公彦が犯人だと言いたいのだろうかと梢絵は一瞬混乱したが、凡河の「犯罪に手を染める」云々はどうやら梢絵が襲撃された事実のみを指しているらしい、と察する。他の三人を殺害した犯人はあくまでも別にいる、と主張するつもりのようだ。

「では、どこが不自然だというんです？」

「判らないかね、修多羅くん。書き方だよ」

「書き方？」

「口羽公彦は架谷耕次郎氏から始めて、被害者たちの名前や住所を一ページごとに記している。見開きの右のほうのページに、だ。ただし左のページは空白にしてあるから、厳密に言えば二ページごとにひとり分の情報を記載していたわけだ。ここまではいいかな？」

「あ。なるほど。そういえば」タバコに火をつけようとしていた弓子は手を止めて、いささか不躾《ぶしつけ》に勢い込んだ。「そういえば一番最後の一礼比さんの名前だけ、ちがう書き方でしたよね」

「いかにもそのとおりですよ、先生」凡河は弓子が察しのいいところを見せてくれたのが嬉しいのか、相好を崩す。「他の三人とちがい、一礼比梢絵さんの名前だけ手帳の見開きの左側のページに書き込まれていた。右側のページに、殺し方の手順やマスコミへの犯行声明などに関する心得などの覚書が記されていた箇所だ。どうして一礼比さんに関するデータだけ、こんな窮屈な書き方をしたんだろう？　非常に不自然ではないかね」

なるほど。それはそのとおりだと梢絵も認めざるを得ない。それにしても、窮屈な書き方、とはなかなかうまい表現である。

「メモの整理の仕方には各人の癖というものがあって、それは無意識に形づくられるわけだから、本人が自由意志で書いている以上、こんなふうにリズムが崩れてしまうことはまずあり得ないんだ。そうでしょう。もしもあの記述をすべて口羽公彦が書いたのだとしたら、一礼比さんの名前や住所は本来、殺し方の手順に関する覚書が書かれているページに記されていなければいけなかったはずなんだ。そして殺し方の手順に関する覚書は次の見開きの右側のページに記載される——とね。そんなふうになっていなければならん」

聞いていて梢絵は感心した。この老大家も——最初会った時と比べるとかなりイメージが変わってきているとはいえ——個人的にあまり好きになれそうにないタイプだが、やはりなかなか着眼点は鋭い。あまり偏見に囚われていては肝心のことを聞き逃すかもしれないと、彼女はちょっと心を入れ替え、いずまいを正した。

「つまりだ、一礼比さんのデータだけは、後から別人が口羽公彦の筆跡を真似て書き加えた——そう考えられはしまいか？」

「いや、先生。それは無理でしょう。だってちゃんと鑑定結果が——」

「たしかに」と丁部が修多羅を遮った。「手帳に記された筆跡は全般的に口羽公彦のものであるとの判定が下されている。しかしながら、仮にほんの一部分だけ模写が紛れ込んでいたとしても、それを見破るのはなかなか困難だと思われます」

どうも丁部は、阿諛追従《あゆついしょう》というと大袈裟だが、他の者と比べると凡河の意見を持ち上げたがる傾向があるようだ。気のせいかもしれないが、梢絵はそんなふうに感じる。

「つまり」と凡河は満足げに頷いた。「一礼比さんに関するデータだけ別人が書いたとする仮説は、それほど無理のあるものではないんだ。実際、手帳の内容のコピーも見せてもらったが、どうも問題のページの筆跡だけ他の記述とちがって、ぎこちない印象を受けるんだね。どことなく」

それは単に、そう思い込んで見てしまうせいじゃないですか、と誰かが突っ込みを入れるのではないかと梢絵は待ったが、凡河に遠慮しているのか、誰も何も言わない。彼女もとりあえず黙っておくことにする。

「いろんなことを考え合わせると、わしとしては一礼比さんの名前だけは口羽公彦ではなく、別人が書き加えたものだと判断せざるを得ない」

「その別人が真犯人、というわけですか」

「さよう」

「誰なんですいったい？　ぼくの話を聞いて思いついたとかなんとかおっしゃっていましたが、ということは、ぼくもそうとは知らずにその名前をどこかで出しました？」

焦れたように腰を浮かす修多羅を「まあまあ。それは後で詳しく説明するとして」と凡河は軽くいなす。当初はこんなふうに勿体ぶる彼の態度に反感しか覚えず苛々した梢絵だったが、いつの間にか、まるで他人事みたいにはらはらどきどきして耳を傾けている自分に気がついて思わず苦笑してしまう。凡河はさすがに大家だけあって、けっこう侮れない話術の持ち主なのかもしれない。

「その前に、真犯人の手順を具体的に整理しておこう。彼はまず――」

「というと男なんですか、真犯人は？」

「おっと。これは口がすべってしまったな。まあいいか。いずれ判ることだし。そう。彼は、考えをまとめる時にメモをとり、生徒手帳を常に持ち歩くという口羽公彦の癖を利用して、彼を無差別連続殺人の犯人に仕立て上げることを思いつき。ん。あれ。どちらも彼と呼んでいては混乱するな。犯人はXと呼ぶことにしよう。そのXは言葉巧みに、口羽公彦が自発的に生徒手帳にあんな記述を書くよう、話を持っていったのだ」

「つまり」本格ミステリ作家の血が騒ぐのか、修多羅は妙にそわそわし始めた。「メモを書いたのはたしかに口羽公彦だけれども、それはXに操られてのことだ、と？」

「そう。そしてここが重要なのだが、少年がXにうまく言いくるめられて問題の手帳のメモを作成したのは、おそらく一九九七年、十月二日以降のことだろうと考えられる」

「といいますと、三人目の被害者である寸八寸氏が殺害された後で、ですか？」双侶は困惑したようにボールペンをいじる手を止めた。「それはまた、どうしてです？」

「少年にメモをとらせる口実をうまくでっち上げるためだろうね。具体的に言うとXは、こんなふうに口羽公彦に話を持ちかけたのではないかな――架谷耕次郎、矢頭倉美郷、そして寸八寸義文と、既に三人もの無辜《むこ》の市民が殺害されている。ひとつ、この無差別連続殺人事件の真相を自分たちで推理してみないか、と」

「すると、当然」弓子はタバコを指で挟んだほうの手を軽く自分の額に当てている。「口羽公彦は、Xが一連の連続殺人事件の真犯人であるとは知らなかった――そういう前提なんですよね？　凡河先生のお考えは」

「そういうことになりますな。Xは言葉巧みに口羽公彦を操り、事件の考察と称して、まんまと被害者たちの名前や住所などの詳しいデータを彼の生徒手帳に記入させたのですよ」

「しかしですね、わたしの記憶ちがいかもしれませんけど」弓子は丁部と双侶を交互に見た。「三件の殺人事件が同一人物による犯行である、とする見解を警察は発表していましたっけ？　どうもそんな報道を眼にした覚えはないのですが」

「公式見解としては出していません」双侶がそう答えた。「特に、被害者たちの毛髪と一緒にマスコミに送りつけられてきた犯人の〝犯行声明文〟に関しては、秘匿事項として徹底的に箝口令が敷かれていました。しかしながら、一連の事件が同一区域内で起こっていることや、そして手口が酷似しているらしいという伝聞などから類推したのでしょう、犯人が同一人物であるという可能性は、噂として市民のあいだに流れていたようです」

「なるほど。ではXが、三件の殺人事件が同一犯人によるものだという前提で、口羽公彦に一緒に推理することを持ちかけたとしても、おかしくはないわけですね」

「そういうことですよ」凡河は大きなメガネの奥の細い眼をさらに細めて弓子を見た。

新装版 マンガ
## 日本の歴史
㉗ 太平洋戦争から高度成長時代まで

石ノ森章太郎

全巻完結

太平洋戦争へと突き進んだ日本は一九四五年八月、無条件降伏。占領下で民主化政策が実施され、米ソ冷戦のもと講和独立を獲得。高度経済成長時代を迎える。

●1320円

## 聯《れん》愁《しゅう》殺《さつ》 新装版

西澤保彦

迷宮入りの連続殺人事件、唯一の生存者から真相究明を託された〈恋謎会〉の面々。白熱の推理バトルのすえ、彼らが辿り着いた真実とは——!? 〈解説〉唐木 厚

●924円

## 冴子の東京物語

氷室冴子

長電話魔の著者が「電話代より家賃が安い!」と始めた東京暮らし。両親や友人の話、失敗談や女ならではのモンダイを綴る傑作エッセイ。〈解説〉青山美智子

●858円

## 中公文庫

### 漱石の白百合、三島の松
近代文学植物誌

塚谷裕一

虞美人草、スイートピーから紅茸まで、文豪は植物をいかに描写してきたか。広大な文学作品の森に息づく草花を植物学者の視点で読み解く。〈解説〉大岡 玲

●990円

### 川端康成異相短篇集
川端康成　高原英理 編

没後50年

現世界への見方が通常の認識とは異なる別の相を感知していると読める作品（小説十六篇、随筆三篇）をセレクト。川端文学の謎めいた魅力を一望する小説選。

●990円

### 般若心経 生まれ変わる
ひろさちや

自分の弱さを知り、あるがままを受け入れ、無理して頑張らないで生きよう。般若心経の世界をQ&Aでわかりやすく語ったひろさちやさんの最期のメッセージ。

●858円

### 狩場の悲劇
チェーホフ　原 卓也 訳

殺人事件をめぐる小説原稿に隠された秘密と、読み終えてなお解け残る謎。近代ロシア文学を代表する作家が残した恐るべき大トリック。〈解説〉佐々木敦

●1100円

## 今月の新刊

# 会社員、夢を追う

はらだみずき

※『銀座の紙ひこうき』を改題

仕入部に配属された銀栄紙商事の新入社員・神井航樹。仲間たちと品薄な用紙の確保に奔走しつつ、航樹はある夢をとりもどそうとしていた。〈解説〉狩野大樹

●990円

# ひと夜の恋

元禄お犬小屋異聞

諸田玲子

※『犬吉』を改題

「生類憐みの令」のもと犬を収容する「御囲」に、「犬吉」と呼ばれる娘がいた。赤穂浪士が討ち入りを果たしたあくる夜、彼女の身に起きた運命の出来事を描く。

●770円

# 組織の盛衰

決定版

堺屋太一

日本史上の巨大組織の盛衰から、組織の「死に至る病」を検証、未来への処方箋を提案する。二十年以上にわたる組織論研究の集大成に著者解説を付した決定版。

●990円

中央公論新社　http://www.chuko.co.jp/
〒100-8152 東京都千代田区大手町1-7-1 ☎03-5299-1730(販売)
◎表示価格は消費税(10%)を含みます。◎本紙の内容は変更になる場合があります。

「そうやってまんまとXは少年に、被害者たちのデータを彼の生徒手帳に書かせた。そしてそれだけでは証拠品としての重みが足りないと見てか、殺し方の手順やマスコミへの犯行声明文に関する覚書まで彼に書き加えさせたのです」

「それはいったい、どんなふうにして」もう最初の頃のように凡河を無視するのは諦めているのか、それとも彼の話に興味を抱いているのか、むしろ積極的に弓子は質問を続ける。「少年を唆《そそのか》したというのでしょうか？」

「それは想像を逞《たくま》しくするしかないが、例えばXはこんなふうに口羽公彦に持ちかけたんじゃありませんかね——自分が考えるに、連続殺人事件の犯人は警察かマスコミに対して犯行声明文の類いを出しているのではないか、と。そういう仮説を仄めかして少年の興味を誘ったんでしょうな」

修多羅といい凡河といい、次から次へといろいろ思いつくのはよしとして、どうしてこう無理めなアイデアばかり持ち出してくるのだろう。皮肉ではなく素直に梢絵は感心する。そういう方法が絶対に実現不可能だとまで断言する気もないのだが。

「被害者たちの頭髪がマスコミ各社に送りつけられているという事実は公表されていなかったが、もちろんXは知っていた。なにしろ自分自身の仕業だったんだからね。それを知らん顔して、あれこれ口羽公彦に対して水を向けるわけだ——犯行声明文である以上、真犯人しか持ち得ない証拠でも添えていなければ説得力がない、と。例えば被害者の遺体の一部をマスコミに送りつけているかもしれないが、当然そんなことは世間には公表されていないだろう、とか。いろいろとね。Xのそれらしい話を聞いているうちに興味をそそられた口羽公彦は諸々のデータを、いつも持ち歩いていた生徒手帳に順次記入していったのですよ」

「そんなふうにして少年の生徒手帳は、あたかも真犯人の殺し方手順や犯行声明文に関する覚書みたいな体裁を整えてしまった——というわけですか。まんまとXの思惑通りに？」

弓子も、それなりに興味は抱くものの、基本的には梢絵と同様、あまり凡河の仮説にリアリティを感じてはいないようである。しかし彼はおかまいなしに続ける。

「そういうことです。こう考えると、殺し方手順の覚書のところに書かれていた、爺さんが禿げていたらどうする？　というくだりの意味もよく判る。そうでしょ。まるで口羽公彦が寸八寸氏のことを知らなかったみたいだという話が出たが、それも当然だよ。少年は被害者たちのことを知らなかったんだ。誰ひとり。彼は手帳にメモをしながら、きっとこんなふうに考えていたんだろう——たしかに耳や指を切り落としたりするよりは頭髪を送りつけて同一人物の犯行であることを強調するという方法はありそうな気がするけど、でも仮に被害者の中に禿げたひとが混ざっていたら犯人はどうするつもりだったのかな？　とね。そんな己れの素朴な疑問をそのまま書きつけた。それだけの話だったのさ」

「そういえば」と例によって丁部は凡河の仮説を支持しているようだ。「問題の生徒手帳ですが、最初の数ページを破ったような痕跡がありましたね。もしかしたら、あれも――」

「そうそう。それもおそらくXの仕業だろう。おそらく口羽公彦は、仮に彼が犯人だとしたら絶対に辻褄が合わないような内容を生徒手帳の最初のほうに書いていたんだろうね。それはもちろんXにとっては都合が悪かったから、一礼比さんの名前を付け加えるついでに、その部分をこっそりと破って処分しておいたにちがいない」

「そうやってXは、あたかも真犯人自身が書いたかのような手帳を口羽公彦につくらせることに成功した、というんですか?」弓子は今度は懐疑的な口調を隠さなかった。「しかし、だとするとおかしなことがあります。手帳の持ち主の名前と連絡先を記載するページまで破り捨てられていたのは、いったいどういうわけです? 凡河先生のお考えが正しいのだとしたら、口羽公彦は単に事件の考察をしようとしていた第三者に過ぎないのであって、そんな真似をする必要はなかったはずでは?」

「事件の考察をするだけで終わっていれば、ね。ところが終わらなかった。むしろXにとっては、そこからが本番だったんだから」

「口羽公彦を」丁部はまるで我がことのように得意げに頷く。「無差別連続殺人事件の犯人に仕立て上げることの、ですね」

「そのとおり。Xは何げないふりをして少年にあることを吹き込んだ――ここで誰か別人が同じ手口で殺人事件を起こしたら、その容疑も全部まとめて、この真犯人が被ってくれることになる、と。そういう意味のことを口羽公彦の耳もとで囁《ささや》いたのだ。まさに悪魔の囁きだね」

「すると」弓子は初めて凡河の言い分にリアリティを感じたのか、自信なげに表情を曇らせた。「少年はその口車に乗せられて……？」

「そうです。そこで初めて一礼比さんを殺そうと思いついたのです。それが真相だったのではないか。わしはそう思う。しかし彼は失敗してしまった」凡河は、ちらりと梢絵のほうを見た。自分は何か失言をしなかっただろうかと暗に彼女に確認しているかのような表情で。「その結末をXが予想していたかどうかは判らないが、いずれにせよ口羽公彦には犯人になってもらうつもりだったんだ。彼を生かしておくわけにはいかない。Xにとって都合がいいことに、少年は問題の生徒手帳を現場に落としてきたという。このまま彼が失踪してしまえば、口羽公彦が犯人という結論で一連の事件は落着する。自分は計画通り安全圏へと逃げきれそうだ。Xはそう判断して口羽公彦を殺害し、遺体をどこかへ隠した——そういう経緯だったんだと思うね、わしは」

一概に凡河の仮説を否定できないものの、どこかもうひとつ釈然としない——そんな複雑な空気が座に流れる。それを察知したのか、自信があるらしい凡河は余裕綽々《よゆうしゃくしゃく》で付け加えた。

「ああ。それからもうひとつ。真犯人が口羽公彦ではない、という傍証を示しておこうか」と、さきほど修多羅が配ったコピーを手に取って、ぴんと指ではじいてみせる。「それはこれだ」

「は？　えと」修多羅が慌てて自分の分のコピーに眼を落とした。「これの？　どこが？」

「いいかね。よく考えてみなさい。口羽公彦が犯人だと示す大きな根拠である彼の生徒手帳、そしてさきほど修多羅くんがコピーを配ってくれた少年の作文。いずれも手書きではないか」

「そうですが。それが何か？」

「判らないのかね？　手帳は手書きであたりまえだから失念しているのかもしれないが、個人的にしたためていた作文までもが全部手書きという事実。これはいったい何を意味している？」

「そりゃあ、口羽公彦はワープロやパソコンを使っていなかった、という――」修多羅は、あっと声を上げた。「そ、そうか。そういえばマスコミに送られてきた〝犯行声明文〟は……」

「そう。ワープロで印字されていたんだよ。これはいったいどういうことだろうね？」

「でも、先生」亜李沙は冷静に指摘した。「それはさほどおかしなことでもないのでは？　だって手帳や大学ノートなんて他人に読ませるという前提で書いているわけではありませんもの。だから手書きでもおかしくない。でも、犯行声明文は証拠として残ってしまうんですから。自分の筆跡を残さぬようワープロでつくるのはむしろ当然で――」

「いやいや。そういう問題じゃないんだよ。わしはこの点に関して確認してみたんだ」と凡河は双侶のほうを顎でしゃくる。「口羽公彦は文章を書く時は手書き一辺倒、ワープロやパソコンなどのキーボード関係に親しんではいなかった。もちろん、機械も持っていなかった。そうだよね？」

「ええ」双侶は頷いた。「口羽家には、公彦のすぐ下の弟が使っているパソコンがありましたが、公彦本人はそういった機械を扱ってはいなかったようです。少なくとも自宅では」

「ほらね。キーボード関係に親しんでいなかったはずの口羽公彦が、どうしてワープロ印字の犯行声明文をつくれたんだね？　これはどう考えても不自然ではないか。もしかしたら一連の事件は彼の仕業ではなく、真犯人は別にいるかもしれない。そう考えるのが、むしろ当然だろ」

　なるほど。口羽公彦がキーボードに親しんでいなかったという事実をいま初めて知った梢絵は、ちょっと感心した。しかしどうだろう。たしかに着眼点は悪くないが、亜李沙の指摘も見逃せないのではないか。生徒手帳や大学ノートはともかく犯行声明文まで手書きにするというのは、それこそ逆に偽装工作っぽい臭いが強くなって、あまり真犯人らしくなくなるような気がする。それに——

「しかしですね、先生」梢絵の考えを代弁してくれたのは修多羅だ。「犯行声明文をマスコミに送りつけている頃、口羽公彦は既に家出をして行方が知れなかったわけです。ということは彼が自宅にワープロやパソコンを持っていなかったとしても、それはあまり大きな問題ではない——ということになりませんか。さっき彼女が言ったように」と亜李沙のほうを向いて頷いてみせる。「彼だって自分の筆跡は残したくなかっただろうから。失踪中にどこかでワープロなりパソコンなりを調達した。そう見るべきでしょう。それこそ架谷耕次郎が持っていたものを借りたのかもしれないし」

「なるほど。そういう考え方もできるわけか。では手書きとワープロの件に関しては、さしあたってこれ以上議論しないでおこう」と鷹揚にかまえた凡河だったが、決して自説を引っ込めたわけではなかったらしい。「ともかく口羽公彦は犯人ではない。それがわしの考えだ」

「仮にそうだとしましょう」議論に熱が入ってきたのか、そんな必要もないのに修多羅は再び立ち上がって、うろうろ歩き回り始める。「少年は単に利用されただけで真犯人はＸなる人物である、と。では、Ｘが架谷耕次郎、矢頭倉美郷、そして寸八寸義文の三人を無差別に殺害した動機は、いったい何だったんです？」

「さて。そこだ」と凡河はこの謎に関しても考えがあるようだが、またしても勿体ぶってか、なかなか説明し始めない。修多羅が焦れたように別の疑問を口にする。

「それに、先生のお考えですと、口羽公彦は口羽公彦で一礼比さんを殺害する動機があった、ということになってしまいますが——」

「あ。うん。あったんだろうね多分」途端に凡河の声はトーンダウンした。「うん……うん、多分ね。あったんだと思う。しかし残念ながら、少年がなぜ一礼比さんを殺そうとしたのかについては、わしは判らんのだよ」

梢絵は落胆した。いや、怒りを覚えたと言ったほうが正しい。それでは自分はいったい何のために、この老大家の独演を延々と聞いているのだ。まるで時間の無駄ではないか、と。椅子を蹴っ飛ばして帰ってやろうかと本気で考える。かろうじて思いとどまったのは、まだ亜李沙の推理が残っているし、こうなったら例の極上のブランデーをできる限りたくさん飲んでいってやろうと、いじましいことを考えたからでもある。

「ただひとつ言えるのは、なにしろ思春期の少年のことだ、大人には想像もつかない悩みで思い詰めた挙げ句に短絡的な行動に走っても少しも不思議ではない。例えば、どこかで一礼比さんのことを見初めた口羽公彦は日々嵩じる彼女への想いと、自分の願いは到底かなわぬという絶望の板挟みになり、いっそ彼女と心中を——とか。そんな歪んだロマンティシズムに逃げ込んだのではないかな。一礼比さんはこのとおりとてもお美しい方だし。身体と精神のバランスが不安定な時期の男の子が、その、こういう言い方が適切かどうかは判らんが、一線を踏み外しても無理はないのではないか、と」

冗談じゃない。新しくブランデーを注ぎなおすことでようやく怒りを鎮めていた梢絵は再び、かっとなった。たしかに、彼女のほうは全然知らなかったのに口羽公彦が一方的に梢絵のことを監視していたとか、そういう可能性は充分にあり得ることだ。しかしだからといって、そんな紋切り型で陳腐なストーリーでお茶を濁されてはたまらない。不満たらたらで、つい大量のブランデーを口に含んだ彼女は少し噎《む》せてしまった。どうも先刻の修多羅といい凡河といい、なかなか鋭い指摘をするものの、梢絵が知りたい肝心のことは遠巻きにして、うろうろするばかり。こうなったら亜李沙の仮説に期待するしかなさそうだ。早くそちらのほうを聞きたい。しかし、凡河の話はまだ終わらない。

「さて。わしが今夜、みなさんがお集まりになる前に考えていたのはざっとそのようなことで、具体的にXが誰であるかまでは思い至ってはいなかった。あるいは籾山慶一かもしれない、などと漠然と考えたりもしたのだが——」

「え。籾山慶一？」なぜその名前が出てくるのかと修多羅は意表を衝かれたようだ。「というと〈めぞんフォルテ〉の住人で、警官たちが駈けつけてきた時に廊下にいたという、あの籾山ですか？　それはどういうことです、先生？」

「生徒手帳の問題があったからね。というのも、Xは口羽公彦を犯人に仕立て上げるために、さっき説明したような手順であのような内容の記述を彼に書かせた。そこまではいい。

しかし、手帳が証拠品として必ず警察の手に渡るという保証はないわけだ。そうだろ」

それはそのとおりだ。梢絵は思った。口羽公彦が彼女を襲った際、どういうつもりでわざわざあの生徒手帳を携帯していたのかはよく判らない。おそらく、いつもの習慣だったとしか説明がつかないのだろう。ただ、梢絵が彼のポケットから手帳を引きずり出したことについては、まぎれもなく単なる偶然に過ぎなかったのだ。それは他ならぬ彼女が一番よく知っている。

「そこで、あの手帳が重要な証拠品として警察の眼に触れるように持ってゆくためには、さらなる作為がXには必要となる。現場近くにいた籾山慶一ならば口羽公彦の犯行後、一礼比さんの部屋へ忍び込んで、わざと手帳をそこへ放置してゆくとか。例えばそういう工作も可能かなと思ったんだ。しかし、一礼比さんの証言からして、どうやらそんなことではなかったようだし」

「生徒手帳は、彼女が抵抗しているうちに少年のポケットから引っ張り出したんですしね」

「あるいは一礼比さんが引っ張り出した手帳と、警察が発見した生徒手帳は、警官たちが到着する前にすり替えられたかもしれない、とか。一応ね、そんなふうにも考えてみたんだよ。一礼比さんは警察に通報した後、気絶していたわけだから、もし仮に籾山慶一か他の人物が現場に忍び込んできても気がつかなかっただろう、と。しかし、これもどうもありそうにないよね」

「そうですよね」酔い始めているのか、修多羅はさっきから自分のポケットから何かを取り出すようなジェスチャーを繰り返している。「籾山慶一にしろ誰にしろ、一〇六号室の中で一礼比さんが必ず気絶していると予測はできなかったはずですからね。仮に口羽公彦を陥れる目的で現場の近くで監視していたとしても、現場の中へ入ってゆくのはＸにとってリスクが大きすぎる」

「そのとおりだ」

「あの手帳が捜査陣の手に渡ったのは純然たる偶然です。ということは、もしも先生の仮説が正しいとしたら、口羽公彦を罠に嵌めようとしていたＸにとっては期待以上の成果があった――そういうことですよね、要するに」

「うむ。わしが考えるに、Ｘは口羽公彦を犯人に仕立て上げるための捏造《ねつぞう》証拠を、生徒手帳以外にもいろいろ用意していたはずだ。当初は状況に応じてそれらを小出しにしてゆくつもりだったのだろう。それが一礼比さん殺害を失敗した口羽公彦の口から、彼がなんと生徒手帳を現場に落としてきてしまったことを知る。Ｘにとってはラッキーこの上もない。しかも少年は、彼女に顔まで見られてしまったという。偽装工作は充分すぎるほどの成果を得たと判断したＸは、即座に口羽公彦を殺す。犯行の際に使った彼のバスケットシューズを〈浄穴フラッツ〉の五〇五号室に放置して、少年の遺体はどこかで処分した。そういう経緯だったんだ」

「つまり架谷耕次郎、矢頭倉美郷、そして寸八寸義文の三人を殺したのが口羽公彦ではなく、そのXという男であるとする以上」修多羅は片方の膝を上げて靴を履いているような仕種をした。「彼は口羽公彦のバスケットシューズを履いて犯行に及んだはずだ、と」

「もちろんそうだよ。Xは最初から口羽公彦を犯人に仕立て上げるつもりで、すべての計画を練ったんだから。そのためにこそXは、ホモセクシュアルな趣味嗜好を同じくする者たちが集い交流する場所へ出没し、そこで口羽公彦に眼をつけた」

「え」うろうろ歩き回っていた修多羅の足が止まった。「ちょ。ちょっと待ってください。するとまさか先生は、真犯人Xとは……」

「そう。他でもない、架谷耕次郎ではないかと、わしは睨んでおる」

＊

口羽公彦でなければいったい誰が真犯人だと言うつもりだろうと身構えていた梢絵は、思わず椅子から転げ落ちそうになった。もちろん呆気にとられているのは彼女だけではない。全員が凡河の正気を疑う表情になっている。

「し、しかし、先生っ」ますます酔いが回ってきているのか、修多羅は長髪を掻《か》き毟《むし》っている。「彼は死んでいるんですよ。架谷耕次郎は一番最初に殺されているんです。そんな彼が、いったいどうやってその後の犯行を――」

「四年前の八月九日、『架谷耕次郎』として〈ハイム浅黄〉の八〇八号室で発見された遺体は、まったく別人ではないかと思うんだ」

ちょっとちょっと、そんな……梢絵は驚いたり呆《あき》れたりするのを通り越して、いっそ笑い出したくなってしまった。連続殺人事件の真犯人が実は被害者のひとりだとばかり思い込まされていた人物というのは、ミステリ小説のラストによくある意外などんでん返しである。しかしこれは現実なのだ。現実の事件なのに。いくらなんでもそれは――

「それは、先生、いくらなんでも……」さすがに丁部もこれには承服しかねる様子だ。

「指紋の照合で本人にまちがいないという結果が出ましたし。遺族も遺体の身元確認をしています」

「それは架谷耕次郎によく似た、例えばホームレスのように、行方不明になってもすぐには判らないような立場の男性だったんじゃないかな。架谷耕次郎はその男を自分の身代わりに仕立てるべく、入念な準備をしていたのではないか。そんな気がするんだよ。あるいは穿った見方をすれば、彼が事件が発生する前から妻子と別居していたのも、そのためだったのかもしれない」

「自分を亡き者として偽装する計画の準備のためだった――」検討の余地があると思いな

おしたのか、途端に丁部の口調があらたまる。「と、おっしゃるのですか？」

「そうだ。架谷はあらかじめ自分の身代わりをふたり探し、用意しておいたんだよ。ひとりは『架谷耕次郎』として死んでくれる男を。そしてもうひとりは、すべての罪を被ってくれる人物、すなわち口羽公彦を、ね。この点に関して、さっきの修多羅くんとわしの考え方はまったく逆なんだな」

「ん。とおっしゃいますと、どの点が？」

「修多羅くんは、口羽公彦が一連の連続殺人事件の計画の一環として潜伏場所を提供してくれるパトロンを探すべく、ゲイのひとたちが集まる場所へ出没し、そして架谷耕次郎に眼をつけたと。そういう考え方なんだよね。だがわしは、ちがうと思うんだ。口羽公彦は単に衝動的に家出をしただけだよ。最後の目撃者である弟が感じたというように、何か学校生活で嫌なことでもあって、かわりばえのしない日常から逃げ出したくなったんだろう。ただ、生活の拠点を確保するためにホモセクシュアルなパトロンを得ようという発想がどこから出てきたのかは判らんが、あるいは彼にはもともとそういう嗜好があったからなのかもしれんな」

「しかしですね、そういう事実は」双侶は凡河の意見をどう評価したものか迷っているようだ。「どこからも出てきておりませんが。少なくとも、これまでのところは」

「それはむしろ当然ではないかな。なにしろ口羽公彦は当時、まだ十六歳だったのだ。自身が己れのセクシュアリティに関して混乱していたとしても少しもおかしくないし、周囲が彼の性的嗜好を的確に把握していることのほうが、むしろ稀《まれ》というものだろう。家出という、家族や友人の足枷《あしかせ》がない状態になってみて初めて口羽公彦本人も己れの嗜好に開眼したというのは充分にあり得る話だ。そして経済力のある男性の庇護を求めようとその手の出会いができる場所へ出入りしているうちに、架谷耕次郎に眼をつけられた。お互いの利害が一致した――というより、口羽公彦にとっては不幸な出会いだったと言わねばならんがね」

「すると、当然」手に取った新しいタバコに火もつけずに弄《もてあそ》びながら弓子が口を挟んだ。「さきほどからの先生のお考えに従えば、口羽公彦は最後まで自分のパトロンのほんとうの名前が架谷耕次郎であることは知らなかった――と？　そういうことになりますよね」

「もちろんそうですよ。架谷は最初から、邪悪な計画の準備のために、その手の場所へ出入りしていたんだからね。それでなくとも医者という社会的立場のある身だ。架谷がゲイの交流場で偽名を使ったのは理の当然というものだ」

「いや。待ってください」双侶は腕組みをほどいて身を乗り出した。「凡河先生も、さきほど修多羅さんが提起された、いわゆる『口羽公彦―舎人浩美同一人物説』に基づかれた上で、そうした仮説を展開されているのですか？　しかし、架谷氏は『舎人浩美』名義で〈浄穴フラッツ〉の部屋の賃貸契約をする際、本名で保証人になっているという事実がありますが――」

「それはそうだろう。〈浄穴フラッツ〉の光熱費などは架谷氏の銀行口座から引き落としされるようになっていたんだから。そんなところで偽名を使っては却ってまずいだろうし、本名を使ったところで口羽公彦には気づかれなかっただろうさ。少年にしてみれば生活する場所さえ提供してもらえばよかったわけで、部屋の契約書なんか見もしなかったろうしね。何の差し支えもなかったんだよ」

完全に納得したわけではなさそうだったが、双侶は「なるほど」と呟いた。

「そうやって自分の身代わりをふたり確保した架谷は、いよいよ計画を実行に移す。まず自分によく似たまったく別の男性を『架谷耕次郎』として殺した上で、矢頭倉美郷、寸八寸義文を次々に殺害する。そして何喰わぬ顔をして口羽公彦に、いま世間を騒がしている無差別連続殺人事件を考察してみないかと持ちかけ、例の生徒手帳という決定的証拠を捏造する。仕上げに彼を唆して一礼比さんを襲わせ、すべての罪を少年に被せた」

「しかし、なぜまた矢頭倉美郷、寸八寸義文という無関係なふたりも殺害したのです？」

「彼は『架谷耕次郎』という人間が死んだという状況を完璧に偽装する必要に迫られていた。それがすべての犯行動機だったんだね。しかし『彼』ひとりが死んだという状況を見せただけでは、何か作為を疑われてしまう背景があったんじゃないかな？　例えば、多額の借金返済を督促されていたとか、そういう――」

「そういった事実は出てきておりません」双侶は淡々と指摘した。「たしかに架谷氏は女遊びが激しくて、そのせいかどうかは未確認ですが、借金がないこともなかった。しかし、自分が死んでみせないと済まないほど追い込まれていたというような事実はなかったはずです」

「だから、これは例えばだよ。何かそういう、表舞台から自分の姿を消してみせなければいけない事情があったんだよ、きっと。わしはそう思うんだ。さっきも言ったように、妻子と別居したのもそのための工作の一端だった。換言すると、女遊びが激しいと見せていたのも計画のための準備だった。そういう可能性だってあるぞ。ともかく『架谷耕次郎』は無差別連続殺人事件の被害者のひとりとして死んだ――そういう状況が彼は欲しかったんだ。それがすべての動機なんだよ。『架谷耕次郎』だけが死んでみせても何か作為があるのではないかと疑われかねないが、謎の殺人鬼の犠牲者のひとりとして命を落としたとなれば、世間は彼が不運な死を遂げたものと信じて疑わないだろう、とな」

「ちょっとお訊きしたいんですけど――」何か言おうとした双侶を亜李沙が遮った。「架谷耕次郎が三人の被害者を選んだ基準は何だったと、先生はお考えになっているんでしょうか？」

「基準？　そんなものはないよ。いや。あるとしたらそれは最初の『架谷耕次郎』として殺された男性だけだろう。言うまでもなく、身代わりをつとめられるくらい自分とよく似た男でないといけなかったわけだからね」

「では、矢頭倉美郷と寸八寸義文がなぜ被害者として選ばれたのかについては」亜李沙は悪戯っぽく含み笑いをしている。「先生も修多羅くんと同じく、何のお考えもないのですね？」

「まあね。修多羅くんも同じことを言っていたが、やっぱりなるべく性別や年齢をばらけさせたんだろうな。それはあるかもしれない。そのほうがいかにも無差別殺人という印象を強調できる。架谷耕次郎の動機がわしの仮説通りだとしたら、彼にとってそのほうが都合がいいことは改めて言うまでもあるまい？　仮に被害者を選ぶ基準というものがあるとすれば、その程度のことだろうとわしは思うね。それとも」と凡河は椅子の中で身をよじると興味深そうに上半身を乗り出した。「矢集さんには何か他に考えがあるとでもいうのかな？」

「ええ、もちろん」自信たっぷりの声でそう宣言するや、亜李沙は立ち上がった。「四人の被害者たちにはまぎれもなく、ある共通点があります」

「ほう。それはどういう。いやまてよ。四人ということは、きみは——？」

「申し訳ありませんが」亜李沙は、まだうろうろしている修多羅に座るよう促すと、彼にかわって舞台俳優よろしく歩き始めた。どうやら自説を披露するつもりらしい。「あたしは凡河先生の『架谷耕次郎犯人説』に与《くみ》することはできません。犯人はやはり口羽公彦だったと考えています」

一旦言葉を切ると亜李沙は、凡河から梢絵のほうへとゆっくりと視線を移した。

「口羽公彦は、ある明確な基準に則《のっと》って、架谷耕次郎、矢頭倉美郷、寸八寸義文、そして一礼比梢絵さんを被害者として選んだのです」

# 第七章　聯

「――まず、みなさま」亜李沙は、先の修多羅のスタイルを真似てか、オペラ女優のように悠然と洋間を歩き回る。「四人の被害者たちの名前を見て、何かお気づきになりません？」

「名前？」「はて」といった呟きが交錯する。誰も何も考えつかないらしく、首を傾げたりお互いに顔を見合わせたりしている。

　梢絵も何も思い当たらない。名前？　あたしの名前がいったい何だというのかしら。亜李沙は、さきほどの口ぶりからすると、被害者たちが特定の基準の下に選ばれた、という考え方のようだ。つまり、四人の名前には何か共通する点がある――ということなのだろうか？

「名前、ねえ」宙に何かの字を書いているみたいに指を踊らせながら、凡河は首を傾げた。

「四人の名前の中に何か特定の基準が隠されている、というのかね？」

「さようですわ、先生」

「いったい何だ？」

「お判りになりません？」

「降参だよ。教えてくれたまえ」

「四人とも、ですね」亜李沙は腰に手を当てて、ゆっくりと一同を見回した。「それぞれ数字を表す字が入っていますでしょ？」

「え」「数字？」「というと」などと再び戸惑ったような呟きが交錯する。

「おいおい」修多羅は呆れ顔である。「一礼比さんは判るよ。『一』だろ。寸八寸氏も『八』。一目瞭然だ。しかしだ、あとのふたりは——」

「あら。ひょっとして」弓子に至っては、ぷっと吹き出してしまった。「架谷氏は『二』だとおっしゃりたいんですか？　下の名前の耕次郎の『次』という字が？」

「ええ」笑われても亜李沙の自信に満ちた態度は揺るぎもしない。「そういうことですわ」

「それはいいとしても」却って弓子のほうが鼻白んでしまったようだ。「矢頭倉美郷は？」

「美郷の『み』が『三』に通じるでしょ？」

　梢絵は唖然となった。怒るべきなのか、呆れるべきなのか、それとも泣くべきなのか。くだらなさすぎて、くらくら眩暈《めまい》がする。いったいどんな大胆な仮説が聞けるのかと期待していたのに。まさかこんな幼稚な言い種が飛び出してくるなんて予想していなかった。

他の者たちも困惑の表情を隠さない。しかし、まさかこんな芸のない戯言《ざれごと》だけを根拠にして亜李沙がこれほど自信たっぷりの態度をとるはずはない、とでも警戒しているのか、揶揄や批判はとりあえず保留しようという構えのようだ。

「そりゃきみ、しかし」修多羅も、亜李沙が当然反論を用意していることを用心してか、慎重に言葉を選んでいるようだ。「こじつけが過ぎるよ。いくらなんでも」

「まさにそういうことね」はたして亜李沙はまるで動じない。「さらにこじつけついでに言えば、寸八寸氏に関しては、あたしは『八』だとは思っていないのね。義文の『よ』のほうよ。つまり彼は『四』てわけ」

「つ、つまり何か」修多羅はひきつった笑いを浮かべた。「被害者たちは一礼比さんの『一』から始まって『二』『三』『四』と順番に揃っている……と言いたいの？　もしかして？」

「そういうこと。改めてお断りしておきますけど、これはこじつけです。そう。単なるこじつけに過ぎません」伊達《だて》や酔狂でこの話題を持ち出したのではないことを強調するためか、亜李沙の声音がいきなり低く、重々しいものに変わる。「数字を表す文字が名前に入っている者を被害者として選ぶというのなら、もっとはっきり『三』や『四』などの漢数字が含まれる苗字は他にいくらでもあるわけですからね。しかし口羽公彦はそこを敢えてこじつけた。あたしはそんな気がするんです。『三』や『四』などの漢字を含む名前の持ち主のかわりに矢頭倉美郷や寸八寸義文をわざわざ選んだ。それはなぜか？　被害者候補として選べる対象が限られていたからに他なりません」

　どうやら亜李沙は、ふざけているわけではないらしい。大真面目だ。何か確固たる考えがあるのだろう。そう思いなおして梢絵はいずまいを正したが、しかしどうも彼女が言わんとする要点が、よく判らない。それは他の者たちも同じらしく、凡河が困惑したように訊いた。

「要するにどういうことなんだね、矢集さん。口羽公彦は、名前に数字を表す字が入っている者という基準で被害者を選んだのか？　それとも選ばなかったのか？　どっちなんだ？」

「詳しくご説明する前に——」と亜李沙は、傍らのテーブルに置いてあった大きめの封筒から何かを取り出した。「みなさま、これをご覧になってみてくださいな」

　何か活字がコピーされている紙だ。四枚組をホッチキスで綴《と》じたものを亜李沙は、ひとりに一部ずつ配った。

「あ」

　自分に配られたコピー用紙を見て、思わず梢絵は声を上げた。そこには彼女自身の名前が記されていたからである。『町なかで反省させられたこと』と題されたその文章は、地元新聞の読者コーナーに初めて——そしてその一度だけ——採用された梢絵の雑文だ。内容はこんな具合である。

先日、私は商店街を歩いていました。出勤する途中だったため、もうめちゃくちゃ慌てていました。

そんな私のすぐ目の前を、腰の曲がったお婆さんが、杖をついて歩いていました。すごくゆったりと歩かれていたので、慌てていた私は追い越そうとして危うく、そのお婆さんにぶつかってしまうところでした。ひと込みの中を泳ぐようにして、なんとか避けましたが。

ホッとして、さあ急がなくちゃと思った時、背後で何やら声が上がりました。何だろうと思って振り返ってみると、さきほどのお婆さんです。転んで地面に手をついていました。持っていた荷物の中味が飛び出して、散らばっていました。

その横を、中学生か高校生の集団が通りすぎてゆきます。お婆さんのほうをちらっと見ましたが、何も言わなければ、何もしません。はっきりとは聞き取れませんでしたが、お婆さんはその子たちに何か言っていました。怒っているようでした。どうやら、その子たちの中の誰かが、さっきの私のようには避けきれなくてお婆さんに激突し、突き倒してしまった。そういうことだったようです。

でも、その子たちは誰も、謝ろうとはしません。転んでいるお婆さんに手を貸そうともしません。そのくせ、学校に遅刻しそうだから急いでいるのかといえば、そんなこともない。だらしないくらいのんびり、ぞろぞろ立ち去ってゆきました。

正直、腹が立ちましたが、私も急いでいたので、その場を立ち去ろうとしました。するとその時、ランドセルを背負った小学生の女の子が無言で、さっとお婆さんに近寄りました。何も手を出さずに通り過ぎてゆく大人たちを尻目にその女の子は、てきぱきとお婆さんの荷物を拾い上げ、そしてお婆さんに手を貸してあげたのでした。

そのあいだ、相変わらず他の通行人たちは、まるでお婆さんと女の子がそこにいることにも気づいていないかのように、知らん顔して通り過ぎてゆきます。

私もそのひとりなんだ。そう思い当たると急に恥ずかしくなりました。私には、さっきの子たちや他の通行人を腹立たしく思う資格はないんだし、それどころか、他のひともこんな私の姿を見て腹立たしい気持ちをかかえているのかもしれません。

見てみぬふり。それをしているのは、あなたと、そして私なのです。

文末に『一礼比梢絵』という名前と住所が記載されていて、職業は『ＯＬ』となっている。採用されて嬉しかった梢絵はこれを何回も読み返している。いまでも内容を諳《そら》んじられるくらいに。掲載されたのは五年前。一九九六年九月八日だ。従って住所の部分だけは——

ふいに「あ」と声が上がった。今度は梢絵ではない。見ると丁部だ。やはり綴じられたコピーを見て何やら驚いている。

「どうなさったんですの？」

「い、いや。なんでもない」丁部は慌てて亜李沙に向かってかぶりを振った。「なんでもありません。失礼しました。どうぞ。先を続けてください、矢集先生」

「ほんとによろしいのですか？　それでは」気分を仕切りなおそうとしてか、亜李沙は再度一同を見回した。「みなさま。ご覧になったとおり、これは地元新聞に寄せられた読者の投書です。一番最初のコピーが一礼比梢絵さんによる文章で、その他に三人分あります。掲載された日付はまちまちですが、すべて五年前の一九九六年に集中している。この四人の投稿者の名前を見てくだされば、賢明なるみなさまのこと、あたしが何を言いたいのかを、すぐにお察しいただけると思いますが」

そのとおりだった。梢絵の文章に続き、二枚目のコピーの投稿者の名前は架谷耕次郎。投書のタイトルは『立ち読みは窃盗罪も同じこと』とあり、書店での雑誌や書籍の立ち読み行為に対する不快感を表明する内容だ。

昔からそうなのだが、書店へ寄ると不愉快なことがある。老若男女、みんながみんな、雑誌や書籍を立ち読みしていることである。しかも自分の行為に何の疑問も覚えずに。

　どういう内容かを確認したいのなら、まだ判る。しかし、ここで私が言う立ち読みとは、そんな生易しいものではない。知人との待ち合わせのために、あるいは単なる暇つぶしのために買うつもりもない雑誌を延々と読みふける。ページが折れても平気である。それを堂々ともとの本棚に戻したりしている。

　商品を傷つけておきながら、弁償もしないのである。これが他の商店なら許されることではない。いや、書店でだって本来許されるべき行為ではないのだ。それがいまは誰も、こうした常識に思い当たらないのであろうか、注意すべき立場の店員も咎めもしない。ただ為すがままという感じである。

　へたに客を咎めるとややこしいことになると諦めているのか。それとも、そもそも立ち読みが罪悪であることを認識していないのか。どうも私は後者であるような気がする。書物とは、そしてそこに書かれている内容とは本来、代金と引き換えにすべき立派な商品であるという常識が欠落している。

　しかも、暇つぶしに雑誌を立ち読みするどころか、何日も書店に通って小説本を完読することを習慣にしている剛の者までいる。まったく、嘆かわしいことである。そんな者たちが「書籍代だって馬鹿にならないから」と小賢《こざか》しく言い訳する声が聞こえてくるようである。

そんなばかな話があるものか。金が払えない者は本を読むべきではない。極論だと言うなかれ。それが当然ではないか。人間は喰わないと生きていけないが、食費も馬鹿にならないからと言い訳すれば、無銭飲食をしても許されるとでも思っているのか。許されるはずがない。小学生にだって判る道理だろう。それと同じことである。最後に強調しておく。立ち読みという行為は、立派な窃盗罪である、と。

そして文末に『架谷耕次郎』という名前と『〈ハイム浅黄〉八〇八号室』という彼の住所が記載されている。職業は『医師』となっていて、掲載されたのは一九九六年、四月十八日の地元新聞だ。

三枚目のコピーは矢頭倉美郷の投書で、タイトルは『弱い者にやさしくするのが大人』とある。公共交通機関の中で老人に席を譲らない乗客や、女性に対して差別的な態度をとる男性一般に対しての諫言《かんげん》が綴られている。

この前、学校で「強きをくじき、弱きをたすく」という言葉を習いました。いい言葉だと思うけど、はたして現実はどうでしょう。「弱きをくじき、強きをたすく」ひとたちばかりではないですか?

バスに乗ると、若い男のひとが、ふたりぶんの座席を占領して座っていたりします。足腰の弱そうなお年寄りが乗ってきても知らん顔。だらしなく足を拡げたまま。そんなお兄さんが、怖そうな顔をしたおじさんが乗ってくると、慌てて足をぴたっと閉じたりするのです。席を譲れと頼まれてもいないのに、ぱっと立ち上がったりして。おかしいんだけど、もちろん笑いごとではありません。「弱い者にやさしい」社会なんて、いったいどこにあるんでしょう？　うちは共働きなので、母もある会社に勤めていますが、休暇願いなどを出そうとすると、係のひとに必ず厭味を言われるそうです。「これだから女は」とかなんとか。

　法律で保障されている権利を使うのに、どうしていちいち厭味を言われなければいけないんですか？　男性社員が休暇願いを出したからといって「これだから男は」なんて言うひとはいないと思います。それって変だとは思わないんですか？　大人のくせに。

　学校の先生や周囲の大人たちは「他人に気づかいのできる人間にならなければいけない」とわたしたちに言います。明るい未来をつくるのがわたしたちの役目であり、その責任があるんだそうです。でも、だったらちゃんと、わたしたちに「いい大人」のお手本を見せて欲しいと思います。

「他人にやさしくない大人」が「やさしい人間になれ」なんて、子供にいくら言い聞かせても無駄ではないでしょうか。

文末に『矢頭倉美郷』の名前と彼女の住所が記載されている。職業のかわりに『浴永小学校五年生』とあり、掲載されたのは一九九六年、十月一日の地元新聞だ。

それにしても達者な文章である。もしかしたら自分よりもうまいかもしれない、と梢絵は舌を巻く。殺害された当時まだ十二歳だったことを考えると不自然なくらいだ。小学生でもびっくりするくらい作文がじょうずな子もいるので一概には言えないが、もしかしたら親が添削とかして手伝ったのかもしれない。というより、もしも自分が母親だとしたら、新聞に投書しようとしている娘に対して「ここはこんなふうに書きなさい」なんてアドバイスをするだろう。きっと。そう思い当たった梢絵は、まるでむりやり汚物でも見せられたかのような嫌な気分になってしまった。

加えて内容が内容だ。矢頭倉美郷は母親の勤め先の男性社員を批判しているが、これは明らかにこの投書が同僚たちの眼につく可能性を視野に入れている母親の思惑が感じられる。投稿は匿名希望にすることもできるのに、わざわざ本名と住所を記載しているのがその証拠だ。自分の娘をダシにして職場での不満の意趣返しをする母親の姑息さと無神経さが、読む者に生理的嫌悪を催させる。小学生ながらしっかりした意見を持っているという点が評価されたのだろうが、少なくとも梢絵は、こんな投書を採用した新聞社の良識を疑ってしまった。

そして四枚目のコピーは寸八寸義文の文章だ。投書のタイトルは『目にあまる男女カップル』で、公の場で他人の視線をはばからずに睦み合う若い男女に対しての苦言が呈されている。内容はこんな具合だ。

私の趣味は散歩である。静かな公園や河川敷で景色を愛《め》で、あれこれ夢想にふけりながら、ゆったりと散策するのが、歳老いた身にとって無上の楽しみである。

しかし最近は外出すること自体が、なんとも苦痛になってきている。見苦しい若者たちが多すぎるからだ。だらしない服装やらマナーを心得ないといったことばかりではない。その程度なら無視すればいいことだ。私は彼らの親でもなければ教師でもないので、みっともない若者たちを躾《しつ》けてやる義務なぞない。

しかし、無視しようにも、どうにも眼のやり場に困ることがある。それは、まるで自分の部屋で寛いでいるみたいに、公衆の面前でお互いの身体をまさぐり合う男女がいることである。はしたないのも、いい加減にして欲しいものである。

もちろん、愛し合うのはけっこうなことであるし、まだ若いからいけない、なんて言っているのでもない。そこまで偏狭ではないつもりだ。

しかし、くちづけひとつをとっても、それはあくまでも秘め事なのである。秘め事にはやはり、それに相応しい場所と時間というものがあるはずだ。

それは他人を不愉快にするばかりではない。節度を忘れた秘め事というものは何の実りももたらさない。慎みというものを忘れた行為によって損をするのは他人ではない。当人たちなのである。

他人の眼をはばかる、というのは、どういうことなのか。若いひとたちには、もっとよく考えてみて欲しいものである。

文末の名前は『寸八寸義文』、住所は『〈ひめ寿荘〉弐号』となっている。職業は『無職』で、掲載日は他の三人と同じく一九九六年。日付は十二月二十日である。

いずれの投書も、よくいえば正論、悪くいえば毒にも薬にもならないような、生産性のかけらもない駄文である。文章も達者といえばそれなりに達者なのだろうが格調とか美文とは言い難い、自分のことはとりあえず棚に上げて梢絵は辛辣《しんらつ》にそう思う。自ら文章を書くのは好きなものの、新聞の読者コーナーも含め、これまであまり他の素人が書いたものを読んだことがなかったため、ある意味、新鮮な体験ではあった。ひとことで言えば、みんな暇なのね、という感じ。

「お判りいただけまして？」全員がひととおりコピーに眼を通した頃合いを見計らって、亜李沙は誇らしげに断定した。「そうなのです。これこそが四人の被害者たちの共通点なのです」

「すると……」圧倒されているのか、しばらく開けていた口を修多羅は一旦閉じた。「口羽公彦は、この読者コーナーの中から被害者たちを選んだ――そう言いたいの？」

「そういうこと。無作為にね。この点については修多羅くんの意見と似ているんだけど、口羽公彦は結局、四人の被害者の中の特に誰を狙ったというわけでもない。とにかく、こんなふうに地元新聞の読者コーナーに投書が掲載されたことのある人間ならば誰でもよかったのです」

「しかし、なぜ？　なぜ投書なんだ？」

「ひとことで言えば、これは彼のジェラシーではないかと思うのね」

「え。ジェラシー？」

「これまたあなたの意見と被ってしまうけど、口羽公彦は早くから活字に親しむ、早熟で頭のいい少年だった。さきほどの大学ノートの文章のコピーを見ても判るように、自分の考えを文章にまとめる習慣があったわけです。そんな少年ですから、新聞や雑誌などの読者コーナーに投稿する常連だったというのは大いにあり得ることです。そうでしょ？　さっきの『不幸ネタ』に関する文章にしても、もしかしたら何かに投稿しようと思ってしたためていたのかもしれない」

なるほど。そういえば口羽公彦と自分とはよく似た側面があるのかもしれない。梢絵は、ふとそう思った。思った途端、なんとも言えない不快感が全身に毒のように回る。瑣末《さまつ》な出来事をいちいち取り上げて文章化する。文章を書ける己れに何の根拠もない特権意識を感じて悦に入る。客観視してみると単なる嫌な奴である。そんな梢絵はおそらく、自覚している以上に口羽公彦とよく似ているのだ。その認識を否定したくても否定できない現実が、梢絵には、おぞましい。

「しかしこの四人とちがって、口羽公彦は何度投稿してみても自分の文章がなかなか採用されなかったのでしょうね、きっと。その証拠に、一九九六年を中心にして前後数年間、地元新聞に掲載された読者コーナーを調べてみましたが、少なくとも口羽公彦の名前で採用された文章は、ひとつも発見されておりません」

誰のものかは判らなかったが唸り声が聞こえた。梢絵もまた唸りたい気分だった。亜李沙の仮説は突飛は突飛だったが、こうして実際に四人の被害者たちの共通点の〝現物〟を見せられては、言葉の説得力や重みが全然ちがう。喋り始める前から彼女があんなに自信満々だったのも宜《むべ》なるかな。

「それにしても、よく気がついたもんだね、こんなことに」感嘆のあまりか、修多羅はまるで手品のネタを明かしてくれとせがむ子供みたいだ。「いったいどこからこういう発想が出てきたの？　何かヒントでもあったのかい？」

「それは企業秘密――と言いたいところだけど、種明かしは至って単純なのよね、実は。

聞いたら、きっとがっかりするわよ」

「どうして。なんでもいいから教えてくれよ。勿体ぶらずにさ」

「答えはね、あたしがこの手の投稿欄の隠れマニアだから、なのでした」

「え」梢絵は、さっきとは全然別の意味で驚いてしまった。「え。え。ひょっとして、や、矢集先生も投書されるのですか、こういう媒体に？」

「いえ。自分では書かないんですけどね。読むのが好きなの。雑誌や新聞でこの手の読者コーナーを見つけたら、必ず隅から隅まで眼を通すんです」

「へええ。それはあれですか、やっぱり作品のネタに使うとか、そういう目的で？」

「うーん。全然参考にしないというと嘘になるかもしれないけど。まあ、あんまりないですね。ただ読むこと自体が好きなんですよ。いろんな人生が垣間見えるような気がして。特に地元新聞のこの読者コーナーは朝ご飯の後、必ず一番最初に読むという習慣が、そうですね、この十年くらいかな、続いておりまして」

「じゃあ当然、あたしたちの投書も掲載された日の新聞でリアルタイムで読まれているわけですよね。それで憶えておられたんですか」

「ただ、投稿者の名前をすべて憶えたりはしていないですよ。もちろん。今夜の考察会の依頼を双侶さんからお受けして、いただいた資料に眼を通していたら、どうも見慣れた字面の名前があるのね。架谷とか、寸八寸とか。あれ。どこかで見たことがあるような気がすると思ってよくよく考えてみたら、読者コーナーの常連だった」

ということは架谷耕次郎や寸八寸義文は、一回しか採用されたことのない梢絵とはちがって、過去何回も投書が掲載されているわけだ。

「思いついたものの、まさかと思ってたんですけどね、最初は。でも、いざ過去の読者コーナーを調べてみたら矢頭倉美郷さんも、そして一礼比さんの名前もあるじゃありませんか。あ、これだ——と思ったってわけ。ね。手の内を見せたら、なんてことなかったでしょ？」

「いやいや」修多羅は肩を竦めてみせた。「それでも大したものです。はい」

「えーと。それでは」まだ質問はあるかと問いたげに亜李沙は一拍措く。「話を元へ戻しますね。口羽公彦のことですが。先の『不幸ネタ』の文章を読んでも判るとおり、彼は非常に僻《ひが》みっぽい少年であると思われます。自意識過剰で、自分に都合の悪いことはすべてその責任を社会や他者に押しつけがちな甘ったれた性格なんですね。そんな彼は、これら採用された投書を見るにつけ、いったいどんなことを考えていたのでしょう？　みんなろくなものを書いていないじゃないか——そんなふうに僻んだとしても少しも不思議ではありません。どうしてこんなのが採用されるんだ、どう考えても文章も内容もオレのほうが上なのに、何がいけないんだ、と。そんな鬱屈した不満を募らせていたのでしょう」

口羽公彦のその悶々とした心情を梢絵はありありと想像することができる。なぜなら彼女自身、投書を送っても送っても採用してもらえない不遇に同じように不貞腐《ふてくさ》れ、そして世の不条理を恨んでいた時期があるからだ。

やっぱりこの少年と自分は似ている……そんな思いが湧いてきて梢絵は悲鳴を上げそうになった。嫌よ。いや。いやイヤ嫌。あんな奴と。あんな奴とあたしが似ている、だなんて。そんなの嫌。嫌。絶対に嫌。

「もちろん、そうした不満がそのまま無差別連続殺人の動機に繋がると結論づけるのはいささか早計ではないかと思われる向きもあるでしょう。しかし、彼は若者にありがちな劣等意識や、そして社会に対する根強い不公平感を長いあいだ、くすぶらせ続けていた。それがある日、決定的な何かをきっかけにして、自分が欲しくてたまらないのにどうしても手に入れられないものを易々と得ている者たちへの殺意として爆発してしまった——そんなふうに考えられます」

「決定的な何かをきっかけに、というのは」亜李沙の話に引き込まれているのか、修多羅は声が上擦っている。「どんなことなんだ、具体的には。少年に何があったというんだろう？」

「さて。そこは想像を逞しくするしかないんでしょうけど。例えばあたしは、口羽公彦が行方不明になったのが四年前の二月十五日だったというのは、なかなか注目に値する事実だと思っているのよね。その前日ってみなさまもご存じのとおり、バレンタインデーでしょ。大人の眼から見たらばかばかしくても、思春期の男の子にとってはけっこう重要なイベントですから」

「つまり、何ですか」弓子は、さっきのように吹き出すのをこらえているみたいな顔つきだ。「好きな女の子からチョコレートをもらえなくて落ち込んだとか――ひょっとして、そんなことを考えていらっしゃるの？」

「特定の娘《こ》がどうというより、彼はどの女の子からも一個もチョコレートをもらえなかったんじゃないかと、あたしは考えているんですよ。ちょっと想像過多かもしれないけれど。こういう自意識過剰タイプは概して女の子からの受けが悪いですからね。他のクラスメートたちが彼とは対照的にたくさんチョコをもらっていたりするのを見せつけられたら、これはなかなか傷つくと思うんです」

「チョコレート、ねえ」世代のちがいのせいもあるのか凡河はなかなか実感が湧かないらしく、困惑かつ慨嘆しきりである。「しかし、そんなに重要なことなのかなあ、女の子からもらうのって。そりゃ、もらえればそれなりに嬉しいのは判るが、別にもらえなくても大して――」

「これがね、先生。なかなか侮れないらしいんですよ。あたしの知人に男女共学私立高校の教員がいまして、話を聞いたことがあるんですけど。本命チョコと義理チョコの相違、判ります？」

「まあね。本命は限りなく愛の告白に近いけど、義理というのは挨拶というか、おしるしみたいなものなんだろ？」

「ええ。社会人の場合は職場で、例えばＯＬたちがお金を出し合って同僚の男性社員全員に隈なく配ったりするわけです、義理チョコを。純粋に儀礼的な意味合いでね。ところが女子高生たちは、お金がないという事情もあるんだけど、義理チョコなんか配らないんですよ。仮にあげるとしても、それは袖の下というか、賄賂《わいろ》に近い感覚で男性教師に手渡すものに限られるんだそうです。少なくともその知人の学校ではそんな感じなんだとか」

「それはまた世知辛いというのか、シビアというのか、夢も何もない話だねえ」

「もちろん、純粋に男性教師に憧れてというケースもないわけじゃないんでしょうけれど、その場合は本命に近い感覚ですからね。いずれにしろ女子高生は義理チョコなんかを配る余裕はないんですよ、金銭的にも精神的にも。もちろん、そもそもバレンタインデーなんてイベントには興味がないという娘たちを除いての話ですけどね。彼女たちは本命一個にすべての情熱と労力を注ぐわけです。そのことを受け手側の男の子たちも重々承知している。だからこそ、もらえなかった時のショックは大きい」

「どうもそこが、よく判らんのだ。いくら子供とはいえ高校生にもなれば、女の子の誰も彼もが自分に好意を寄せているわけではないという道理くらいわきまえていそうなものだろ。それに、儀礼的な義理チョコならともかく、本命はもらって嬉しいとは限るまい。こちらが相手の娘に対してどうしても好意を持てなかったりしたら、それは大いなる負担になりかねない。もらったからといって喜んでばかりはいられないということになるぞ」

「そこは思春期の男の子ですから。そうそう理屈で割り切れないんですよ。知人の話によりますと、もらえる子にはそれこそ何十個という数のチョコが集中する。だけど、もらえない子というのはほんとに一個ももらえない。その落差が同級生たちの前で嫌でも強調されてしまうイベントなんですね。大人の感覚からすれば笑い話だけど、一個ももらえなかったという敗北感に打ちのめされて深刻に傷ついてしまうケースもあるのだとか。そのため、くだんの知人の学校では数年前から校内でのチョコレートのやりとりが禁止されたほどです」

「ふうん。でもね。しつこいようで申し訳ないが、矢集さんの話を聞いていると、もてるタイプの男の子に本命もしくは限りなく本命に近いチョコレートが集中するわけだ。そうだろ。結果的には一個ももらえない男の子たちのほうが多数派、という理屈にならないかね？　だったら——」

「もちろんそうですよ。でもね、もらえなかった男の子の心理としては、同じ立場の同級生の姿なんか見えてやしないんです。オレだけじゃなくてあいつもこいつも一個ももらえなかったんだから、まあいいか——とは、ならないんですよ。なぜだかね。彼の眼に入ってくるのは、たくさんもらっているクラスメートの姿だけで。そちらと自分をどうしても比べてしまう。だから辛いんです」

「それはそうだよ。うん」修多羅はまるで身に覚えがあるかのような悲痛な表情で悶える。

「あれは辛い。辛すぎます。分別ある大人よ、たかがチョコレートと言うなかれ、だ」

「他のヤツらはみんないい思いをしているのに、なんでオレだけこんな惨めな目に遭わなきゃいけないんだろう、と。口羽公彦もきっと、そんな視野の狭い僻みを持て余し、不条理な怒りにかられたことでしょう。そしてそれは少年の内部で、常日頃いくら投稿しても読者コーナーに採用してもらえない不満と結びついて一気に爆発した。そういうことだったのではないでしょうか」

　ちょ、ちょっと待ってよ。梢絵は頭をかかえた。もしもその考えが当たっているとしたら、あたしはバレンタインデーにチョコレートをもらえなかった男の子の恨みつらみが嵩じたせいで危うく殺されそうになった、という結論になる。そんなのって、ありなの？たしかに修多羅が言うように、たかがチョコレートくらいで、と思うのは大人の感覚だろう。思春期の男の子にとってバレンタインデーは、同年輩の少年少女たちのコミュニティという限定された閉鎖社会における己れの評価が決定される、重要なイベントだ。チョコレートが一個ももらえなかったという結末は、彼にはコミュニティにおける魅力がない、すなわち何の価値もないという烙印を押されたことを意味する。

　それが「辛い」というのはよく判る。普段から自分が世間一般から不当に過少評価されているという不満をかかえていたとすれば相乗効果で、短絡的な行動に走ってしまいかねないほど自暴自棄になりかねない可能性も充分に理解できる。それでもなお梢絵は、ある種の脱力感を覚えてしまうのだ——いくらなんでもチョコレートのせいってのはないでしょ、と。いくらなんでも。

「しかしそれだと、彼の殺意はチョコレートをくれなかった学校の女子生徒たちに向かってもおかしくないような気もするのだが」

「そこは彼なりに知恵を働かせたのですわ」亜李沙は、もっともな指摘をする凡河のほうに向けて両腕を拡げた。「例えば、同じクラスの女子生徒が殺害された場合、何かの拍子に自分に嫌疑がかからないとも限らない。そう用心したのです。それならば、自分とはまったく無関係な、どこからどう見ても動機なんかありそうにないひとたちを殺すことで鬱憤を晴らしてやる、と。口羽公彦はそうした若者らしい短絡さでもって決意した。そして被害者候補を選ぶために設けた基準が、いつまで経っても自分の投書を採用してくれない地元新聞の読者コーナーだった、というわけです」

「するとほんとうに、投書が採用されたことのあるひとなら誰でもよかったのか」

凡河は得心したかのように顎を撫でている。亜李沙はいわば彼の考え方の全面否定を前提に自説を展開しているわけだが、そんな彼女に対し、老大家はプライドをそこねて気を悪くしたふうもない。自説に自信があるから動じないということでもなく、純粋にこうした議論、すなわち広い意味でのお喋りを楽しんでいる様子だ。

　思い当たってみれば、弓子にばかりかまいたがる困ったお爺さんといった凡河に対するマイナスイメージは梢絵の中ですっかり払拭されている。弓子の意見をいちいち否定して、まるで彼女に絡んでいるかのような印象しか抱けなかったのだが、少しちがった角度から見てみると、あれも凡河なりの気遣いだったのかもしれない。なかなかエンジンのかからない座の雰囲気を賦活するために、敢えて議論上の悪役を買って出て会話を盛り上げようとしていたのかもしれない。そう解釈すると、考察会がすっかり軌道に乗ったいま割合素直に他人の話を聞く態度に変わっていることも頷ける。

　そんなふうに梢絵の中で凡河の印象が好意的に変化したのは、弓子に対するイメージが下落したことも多少は影響しているのかもしれないが。人間にしても事象にしても、ひとつ見方を変えることでまったく変質してしまうという真理を、梢絵は改めて実感する。

「そのとおりですわ、先生」これまた修多羅の真似をしているのか、亜李沙は芝居がかった仕種で凡河を指さしてみせる。「ただし、匿名ではない投稿者に限る、という条件付きですけれど」

「それは当然だろうな。匿名の投書が誰の手によるものなのかを調べる手だてが一介の高校生にあるはずもないし」

「とりあえず名前と住所というデータが公開されている投稿者なら、誰でもよかったんでしょうね、ターゲットとして」

聞いていて梢絵は息苦しくなってしまった。チョコレートというのも嫌だが、地元新聞の読者コーナーへの投書が原因だったのだとしたら、心情的になかなかきついものがある。もしそれが当たっていたりしたら、いったいどんなふうに自分の中で真実との折り合いをつければいいのだろう。

＊

「ところで」と亜李沙は上半身を屈めるような姿勢で梢絵の顔を覗き込んできた。「あたしが考えるに一礼比さんは最初、口羽公彦のターゲットのリストには入っていなかったと思うんですよ」

「——え」あれこれ思い煩っていた梢絵は我に返って驚いた。「あたしが？　リストに入っていなかった……って、どういうことです」

「少年の生徒手帳、最初の数ページを破った跡がありましたよね。それはなぜか。最初は全然ちがうひとの名前がターゲットとして書かれていたからだと思うんです。それが男なのか女なのかは判りませんが、ともかく口羽公彦は当初そちらの人物を殺すつもりで、そうメモしていた。しかし途中で気が変わったのです」

気が変わった——もしもほんとうにそんな経緯で自分が狙われたのだとしたら、これまたどう受け止めたものやら判らない。不運だったというのも、なんだかばかばかしい。こんな陰惨な事件の考察をする以上、どのみち彼女の耳に快い仮説なんて出てきっこないのだろうが。そんな諦観を噛みしめつつ梢絵は訊いてみた。

「それはいったい、どういうわけで？」

「その理由は、どうせ標的をアトランダムに選ぶのなら、そこに自分だけにしか判らない何らかの法則性をもたせたい、と。口羽公彦の中でそんな遊び心が湧いてきたんでしょうね。最初のページに記してあった名前はそれに適合しなかった。だから急遽、被害者候補となる者を変更したわけです」

「法則性——というと」梢絵もだんだん亜李沙が言わんとするポイントが判ってきた。

「もしかして、それがさっきおっしゃっていた、名前の中の数字云々ですか？」

「そのとおりですわ。架谷氏の『次』は『二』に、矢頭倉さんの『み』は『三』に、そして寸八寸氏の『よ』は『四』に読み換えられることに気づいた。三番目や四番目の標的にしても、できればもっとはっきりした漢数字が名前に入っているほうがよかったのかもしれませんが、ちょうど該当する者がいなかったんでしょうね。あるいは誰が見ても一目瞭然ではなく、自分にだけ判る符丁のほうが面白いと思ったのかもしれない。どうせ誰でもいいんだから。でもひとりくらいは、はっきりと漢数字が入っている名前にしたい、そう思って探したら、苗字に『一』の字がある投稿者がいた。これさいわいとばかりに口羽公彦は当初ターゲット候補として挙げていた名前を破棄して、その『一』と差し替えた。こうして選ばれたのが、一礼比さん、あなただったというわけです」

「すると、一礼比さんの名前だけ、見開きの左側にという変則的な書かれ方をしていたのも？」

「ええ」と亜李沙は凡河に頷いてみせる。「思いついた法則性に則って後から付け加えたからです。一旦は全然別のリストが完成していたからこそ、殺し方の手順に関する覚書もあの位置にあった。それを無理に修正した結果、一礼比さんの名前だけ、凡河先生のおっしゃるところの〝窮屈な書き方〟になってしまったというわけです」

なんとまあ。梢絵は感心するというよりも、なんだか拍子抜けしたような気分だ。亜李沙もなかなか破天荒な思考の持ち主のようである。修多羅や凡河に勝るとも劣らない。まさか、梢絵の名前の記載の仕方だけ変則的であるという事実に、そんな説明がつけられるとは夢にも思っていなかった。こじつけようと思えば何でもこじつけられるものなんだと、つくづく思う。

「でも、おかしいじゃありませんか。そこまで自分だけにしか判らない法則性という、ある種の遊びにこだわりたかったのなら、どうして口羽公彦は一礼比さんから先に殺さなかったの？　一から順番に。二、三、四と——あ。不謹慎な言い方で、ごめんなさい」

嫌なことを言うひとだなあと不快に思ったのが知らないうちに顔に出ていたらしく、弓子は梢絵に向かって頭を下げた。いけない、いけない。梢絵はブランデーを注ぎ足しかけていた手を止めた。調子に乗って飲んでいたら酔っぱらってしまって、思わぬ失態を晒すかもしれない。双侶の前なんだから注意しないと……と考えている自分に気がついて、どきりとした。

「でも、矢集さんの考え方だと明らかに、そうしたほうが自然でしょ？　実際一礼比さん以外は二番以降、三、四と順番に並んでいるのに。なぜ一番のはずのひとが最後になっているんです？」

「それはですね」この点に関しても亜李沙は妙案があるらしく、その指摘を待ってましたと言わんばかりに破顔する。「おそらく修多羅くんの考えが当たっているからなんですよ」

「え。ぼくの？」いきなり話を振られて修多羅は、きょとんとする。「っていうと……えーと。どの部分が？」

「口羽公彦は架谷耕次郎に〈浄穴フラッツ〉をアジトとして提供されていた、という事実よ。つまり、こういうことだったと思うんです。バレンタインデーが不本意な結果に終わった口羽公彦は、普段からの鬱屈を持て余して発作的に家出をした。しかし、なにしろそこは子供のこと、どこへ行けばいいのかも判らない。漫然と繁華街をうろついているうちに、自分がそちらに興味があったわけではないけれど、そういう趣味のひとに眼をつけられてしまった。それが架谷耕次郎だった」

「え。ちょっと待って。すると、ふたりが知り合ったのは偶然だったというのかい？」

「そうだったと思うわ。もしかしたら口羽公彦は架谷耕次郎からむりやり肉体関係を強要されたのかもしれない。嫌だったけれど、なんとなくもとの生活にも戻れずに逃げそびれていた少年は、ふとしたことで自分を囲っている架谷という男が、地元新聞の読者コーナーに投書が採用されたことのある人物だと気がつく」

「どうやって知ったんだ、そんなことを？」

「もちろん架谷氏が、掲載された新聞を自分で持っていたんでしょうよ。スクラップして。自分の文章が採用されたら、普通そうやって保存しておくものでしょ？」

亜李沙に訊かれて梢絵は頷いた。彼女も、自分の投書が掲載された日の新聞は、きちんと保存してある。いまは、引っ越しをした際、実家へ置いてきたままになっているが。

「それをきっかけにして口羽公彦の架谷氏を見る眼が一変したのでしょう。世間への不公平感が爆発した。このソドミーな医師も含めて、新聞の読者コーナーに採用されたことのあるひとたちを無作為に選んで殺してやろう。そんな極端な計画を思い詰めるくらい彼の不満は鬱積していたのね。そして図書館へ通うかどうかして過去の地元新聞の読者コーナーを調べ、適当なターゲットを選び出した。その途中で、さっきも言ったように当初予定していた標的をひとり、一礼比さんと差し替えた。こうして彼にとっては自分にしか判らない法則性が完成したわけだから、当初は一礼比さんから順番に、ひとりずつ殺してゆくつもりだったはずです。ところが、ある突発的な事態が起こって、その予定が狂わざるを得なくなってしまう」

「何だよ、突発的な事態って？」

「具体的な詳細は判らないけれど、パトロンだった架谷氏とのあいだで、何か決定的な衝突が起きたんでしょうね。そもそも口羽公彦のほうにどれだけホモセクシュアルな傾向があったのかは疑問です。仮にあたしが考えたように、バレンタインデーの結果がショックで家出をしたのなら、むしろヘテロ寄りだったんでしょうね。従って架谷氏との関係は、衣食住を保証してもらうのと引き換えの辛抱だと完全に割り切っていた」

「つまり本人としてはソドミーな関係を、いやいや結んでいたんだな。そういえば」修多羅は腕組みをして天井を見上げる。「少年のアジトだった〈浄穴フラッツ〉五〇五号室の周囲の住人によれば、時に暴行事件が起こっているんじゃないかと疑うくらい激しい声や音が聞こえてきた、という話だった。ほんとうにむりやりだったんだな」

「そう。普段から少年は架谷氏に対して歪んだ憎悪を抱いていたのよ。それが一気に爆発する何かが起こった。恥辱的なプレイでも要求されたのか、それとも単なる諍《いさか》いが嵩じた結果なのか、それは定かではないけれど。ともかく、これ以上架谷氏の存在に我慢できなくなった口羽公彦は、一礼比さんから順番に殺してゆくという当初のこだわりも忘れて発作的に架谷氏を一番最初に殺してしまった——そういうことだったのよ、きっと」

＊

「すみません。ちょっとお訊きしたいのですが」双侶がどことなく後ろめたげに口を挟んだ。「矢集先生のお考えによれば、口羽公彦は四人の被害者を、投書が掲載された新聞のデータだけを頼りに無作為に選んだ——そういうことですよね？」

「もちろんそうですとも。だからこそ彼は、寸八寸義文氏が禿げているのかいないのか、なんて基本的なことすら知らなかったわけで」

「しかしですね、だとすると」双侶は四枚綴じコピーの一枚目を指さした。「おかしなことがあるんですよ。ここをご覧になってください」

「一礼比さんの投書ですか」亜李沙は不審げに眉をひそめた。「これが何か？」

「内容が問題ではないんです。文末に一礼比さんのお名前と、そして住所が載っていますよね。その住所が、ほら——」

「え。あ……あら？」

　頓狂な声を上げたところをみると亜李沙は気がついていなかったようだが、そこには〈めぞんフォルテ〉という名称はなかった。『一礼比梢絵』のあとに住所として記されているのは『〈コーポラス欅《けやき》〉四〇五号室』である。

「そうなんです」このまま黙っていようかとも思い始めていたのだが、こうなったら仕方がない、梢絵はしぶしぶと認めた。「これ、掲載されたのが一九九六年の九月ですよね。あたしその当時は、ちがうマンションに住んでいたんです」

「ちがうマンション……それが、この？」

「はい。〈コーポラス欅〉というところです。あたし、大学を卒業した後、しばらく実家から通勤していたんですけど。独り暮らしがしたくなって。そこへ引っ越しました。でも、そこのマンションでは、なんていうのかな……その、いろいろトラブルがあったので、問題の〈めぞんフォルテ〉へとさらに引っ越したというわけです」

「それは」この事実によって己れの仮説が根底から覆されかねないという予感を嗅ぎ取っているのか、亜李沙は難詰するような勢いだ。「引っ越しをされたのはいつです？」

「ええと。この翌年の――」あんまり詳しく言うのが嫌で梢絵は、ぼかした言い方をした。

「二月くらい、だったかな」

「しかし、あなたが〈めぞんフォルテ〉に入居したのは、その年の六月だったはずでは？」

そんなことまで知られているのかと梢絵はうんざりしたが、しかし、こうなったら隠しても仕方がない。差し支えない範囲で説明しなければ。

「ええ。〈コーポラス欅〉を出た後、適当な引っ越し先が見つからなかったし。それにいろいろあったので、二月から六月のあいだは実家に身を寄せていたんです」

しかし実は、これは嘘なのだ。もともと〈コーポラス欅〉で独り暮らしを始めようとした時も、実家の両親はあまりいい顔をしなかった。そこを強行した負い目があったため、梢絵は〈コーポラス欅〉を引き払ったことを、しばらく実家には秘密にしていたのである。〈めぞんフォルテ〉という新しい住まいが見つかるまで。

では〈めぞんフォルテ〉へ移るまでの数カ月間、梢絵がどこに住んでいたのかというと、ある男のもとに身を寄せていたのである。しかし彼女は、その事実をここで正直に明かすのは嫌だった。仮に梢絵が問題の男に好意や愛情を寄せた結果そういう関係になっていたのだとしたら、さほど後ろめたくも感じなかったかもしれないが、実際にはまったく逆だった。その男とは打算のみの間柄でしかなかったのだ。いまとなっては憶い出したくもない、人生の汚点である。

そんな過去を自分の口から明かしたくはない。少なくとも双侶が同席している場では絶対に……そう思い詰めている自分が梢絵は滑稽で仕方がないが、伏せておけるものならば絶対に伏せておきたい。いや。この際、喋ってしまったほうが却って得策なのだろうか？へたに秘密を持たないほうがいいのだろうか。そうかもしれない。少なくとも心が身軽だと格段に楽だ。〈コーポラス欅〉を引き払った時、そのことをどうしても両親には打ち明けられなかった。トラブルに見舞われた結果だと知られたら、それみたことかと実家に連れ戻される展開は眼に見えていた。念願の独り暮らしを始めたばかりの梢絵にとってそれはなんとしても避けたい事態だったが、あの時、秘密を持ってしまったばかりにその後の人生――〈めぞんフォルテ〉へ引っ越したことも含めて――の歯車が狂っていったのは明らかである。

いっそのこと何もかも正直に喋ってしまおうか、梢絵はそんな誘惑にかられた。いまここで。双侶の前で。〈コーポラス欅〉から〈めぞんフォルテ〉へと引っ越すまでのあいだ、実はある男のもとへ身を寄せていました、と。そう赤裸々に告白する自分を双侶が、多情でインモラルな女だと軽蔑するのならそれでもいい、と。いっそきっぱりと自分から離れていってくれたほうが気が楽だ……そんな自虐的な激情にかられる。

半ば自棄糞《やけくそ》ですべてをぶちまけるべく梢絵が口を開こうとした、その刹那、「一礼比さんにお訊きしたいのですが――」と絶妙のタイミングで双侶が質問してきた。「新聞の読者コーナーにはよく投稿をされるのですか？」

「え、ええ……あたしは」かろうじて言葉の奔流を呑み下した梢絵は、どきどきする胸を押さえ、息を整えた。「自分で言うのもなんですけど、いわゆる投稿マニアなんです。正確には、だったんです、と過去形で言うべきかしら。さすがに最近は少し熱も冷めてきて――」

「実際に雑誌や新聞に採用されたことは何回もあるんですか」

「いえ。お恥ずかしいんですけど、活字になったのはこれの——」と綴じたコピーを示す。

「この時だけ、ですけど」

「換言しますと、口羽公彦の眼に触れる機会があった一礼比さんの個人データは、この地元新聞への投書が唯一のものである、と——そういうことになりますよね？」

　双侶に念を押されて梢絵は考えてみた。しかし考えてみるまでもない。自分の書いた文章が活字になったことはもとより一礼比梢絵という名前が公的な媒体に掲載されたのは、後にも先にもこの地元新聞の読者コーナー一回きりである。

「はい。そのとおりです」

「でも……でも、彼は」亜李沙は未練がましく言い募る。「一礼比さんの引っ越し先を調べて、追いかけていったのかも」

「それはおかしいですよ、矢集先生。だって先生のお考えによれば、口羽公彦は特定の被害者に対する思い入れはなかったはずです。一礼比さんがこの住所にはもはや住んでいないと知った時点で、彼女のことは諦め、他の投稿者の中からターゲットを選べばいい。それだけの話です」

　双侶の指摘のとおりだ。反論の余地はなく、亜李沙も「……たしかに」と呟くしか為《な》す術《すべ》がないようだった。

「つまり、仮に口羽公彦が何らかの基準の下に被害者たちを選んだのだとしても、それは新聞の読者コーナーではなかった。何か他のことだった。そういう理屈になります」

「――いや、双侶くん。ちょっと待ちなさい」そう反論の声が上がって梢絵は驚いた。見るとそれは丁部泰典だったからだ。「たしかにきみの言うとおりだが、一方で」と四枚綴じのコピーを掌で叩いてみせる。「四人の被害者たちに、こうして新聞の読者コーナーという共通点があったことは、まぎれもない事実だ。これは無視できまい」

たしかにそうだ。梢絵は思った。口羽公彦の殺人計画リストに名前が載っていた四人。それが全員地元新聞の読者コーナーに投書が掲載されたことのある人物だったというのは、単なる偶然とは考えにくい。もちろん、そうした偶然が絶対に起こり得ないとまでは言えないが、確率としてはかなり低い数字になるであろうこともまた、まちがいない。やはりこれは、何らかの形で事件に関係していると見るべきだろう。

「それは」双侶も同じように考えたのか、一旦間を空けた。「そうですが、しかし――」

「ともかく、そう結論を急ぎなさんな。仮に読者コーナーが被害者たちの共通点なのだとしたら、それは事件全体にどういう形で関係しているのか。そちらの方向から少し検証しなおしてみたほうがいいと思うのだが。どうかな」

「それはまったくもって同感ですが。丁部さんに何か具体的な考えはおありですか」

「うむ。ひとつ、こんなふうに仮定してみてはどうだろう――口羽公彦のほんとうの狙いは一礼比さんだけだった、と」

「え？」

梢絵は驚いた。どうしてあたしだけ？　第一その仮説なら、さっきも泉館弓子の口から出た上で、完全に否定されているはずじゃないの？

「ところが口羽公彦は何らかの理由で、一礼比さんひとりを殺すことは己れの不利益に繋がると判断して躊躇った。そんな時、一礼比さんの投書が新聞の読者コーナーに掲載されたことがあるのを知り、一計を案ずる。同じように投書が採用されたことのある者ばかりを選び、同一犯人による手口を強調してまとめて殺せば、それが被害者たちの共通点であると捜査陣も気づいてくれるだろう、と。結果、無差別連続殺人の中に紛れ込ませる形で、己れのほんとうの目的を糊塗《こと》することができる。修多羅さんのおっしゃっていた、ミッシングリンクのカモフラージュによって」

「しかしですね、丁部さん、おっしゃりたいことは判りますが、それは――」

修多羅も、その考え方はさっき弓子が披露したものと同じであり既に論理的に否定済み、と指摘しようとしたらしい。そう察してか、丁部は手を挙げて彼を遮った。

「いや。待ってください。たしかにさっき泉館先生も似たような仮説を披露された。そして一応否定されたんだが、私が言いたいのはその意見とは、ちょっと異なっておるのです。最初から説明させてもらってもいいかな」

「もちろんですとも。お願いします」

双侶が頷いたのが合図だったみたいに、亜李沙は椅子へ戻って腰を下ろす。とりあえずお役目は果たしたと認識しているのか、さっきまで自重していたらしいワインの新しいボトルを開け、グラスへ注いだ。すっきりしない表情をしている。自分の推理が完全否定されたわけではないものの、さてどこまで有効なのかも判断がつかず、中途半端な居心地の悪さを持て余しているのだろう。白ワインを干すピッチが速い。

「私が——」丁部は咳払いした。彼は修多羅や亜李沙のように立ち上がって歩き回りながら喋るつもりはないらしい。「口羽公彦が一礼比さんという特定の個人を狙っていたと私が考えるのには、ちゃんと根拠があるんだ」

「え」

期せずして一同の視線が梢絵に集中した。そんな根拠なんて、どんなに記憶を探ってみても身に覚えのない彼女は少し苛立つが、丁部が何を言おうとしているのかも気になる。

修多羅も同様らしく、そわそわしている。「何ですか、その根拠とは？」

「それは他でもない、さっきも話題に上った、彼女の引っ越しなんだ」

「え……引っ越し？」

丁部がどういうふうに自説を展開するつもりなのか、まるで先が読めないのだろう。みんな狐につままれたような顔をしている。むろん梢絵も自分の引っ越しからどういう推理が引き出されようとしているのか、てんで見当がつかない。

「一礼比さん」と丁部は梢絵を見て、再び咳払いをした。「あなたはさきほど、〈めぞんフォルテ〉へ引っ越す前に住んでいた〈コーポラス欅〉を引き払ったのは一九九七年二月頃のことだった、と言いましたね。引っ越した理由については、いろいろトラブルがあったというふうに曖昧にされた。なのに敢えてプライヴェートに踏み込むような真似をして大変恐縮なのだが、その理由には士堅《しかた》亮《あきら》氏の死が関係しているのではありませんか？」

知っていたのか……梢絵はついに観念した。士堅の名前をここで出して欲しくはなかった。特に双侶の前では。しかしこういう展開になった以上、いつまでも隠し通せるはずはない。そもそも四年前、警察に対して、士堅の死亡事故についてもっとよく調べてくれと訴えたのは梢絵本人だったのだ。県警ＯＢの丁部が、その一件を知っていたとしても何の不思議もない。

それにしても、今夜は聞き役に徹する、なんて殊勝なことを言っていたくせに。やっぱりこういうカードを出し惜しみしていたんじゃないの。油断も隙もない狸親父《たぬきおやじ》だ。そう苦々しく断じかけた梢絵だったが、ふと思いなおす。まてよ。あるいは丁部は冒頭の宣言通り、今夜は何も喋るつもりはなかったのかもしれない。士堅亮の一件を知ってはいても、そこから発展させるべき自説がまとまっていなかったのだが、たったいまそれが形になった、それだけの話なのかもしれない。多分、亜李沙の『被害者たちの共通点＝地元新聞読者コーナー説』に何かヒントを得たのだろう。

丁部は亜李沙の仮説をどんなふうに発展させているのか？　梢絵は俄然興味を抱いたが、それを知るためにはまず士堅亮のことを語らねばならない。彼女自身の口から。

「そうですね……そう言ってもいいと思います」無意識に双侶から眼を逸らしている自分に気がついて梢絵はなさけなくなる。「ではまず、あたしが引っ越しをすることになった経緯について」弱気の虫を押し殺して、毅然《きぜん》と——少なくとも本人はそのつもりで——双侶のほうを見た。「少し説明させていただけますか」

「どうぞ。そのほうが」と丁部は椅子に凭《もた》れかかりながら座を見回した。「みなさんにも事情が理解しやすいだろうし」

「さっきも言ったように、この読者コーナーの投書が掲載された一九九六年当時、あたしは〈コーポラス欅〉というマンションに住んでいました。ところが、いつ頃からか——多分その年末あたりからだったと思いますが——あたしの部屋へ無言電話が掛かってきたり、不審な郵便物が届いたりするようになったのです」

「不審な郵便物とは？」修多羅は探るような眼で梢絵と丁部を交互に見る。「手紙ですか？」

「ええ。封書です。へたくそな字で、おまえの秘密を知っているぞ、世間にばらされたくなければ言うことを聞け——とかなんとか。要するに脅すような内容です。でも、具体的にその秘密が何であるかは書いていないんです」

思い返しても腹立たしい。差出人の正体は未だに不明だが、きゃんきゃん遠吠えする負け犬みたいに文面だけは威勢がいい。具体的なフレーズを一言一句憶えてはいないが、毎回似たような趣旨を馬鹿のひとつおぼえみたいに繰り返すだけの、脅迫状としてのレベルも至って低い代物だった。こんな無芸な虚勢を張るしか能のない奴に、大した悪さもできるまい。そう判断した梢絵は、忌まいましく思うものの、まったく怖がってはいなかった——少なくともその当時は。

無言電話もおそらく郵便物と同一人物の仕業だろう。梢絵が出ても何も言わず、ただ低い息遣いだけが聞こえてくる。そのすかすかと気の抜けたようなリズムが、いかにも相手の卑屈な性格を如実に顕しているかのようで、無言には無言で返してやりながら梢絵は鼻で嗤《わら》っていたものである。これまた、少なくともその当時は——と、いまとなっては但書を付けて説明しなければならないが。

「あたしは、そんな手紙が仄めかすような後ろめたい秘密に心当たりはなかったので、単なるはったりにちがいないと、ずっと無視していたんです。無言電話にも、就寝時にはコネクターを抜いたりして対抗していました。特に警察に相談したりもしませんでした――その段階では」

「その段階では？ といいますと、それはどういう――」と身を乗り出しかけた修多羅は、亜李沙に眼で制されて口をつぐむ。

「ただ、さっき名前の出た士堅亮には時折、相談というほどでもないですが、最近こんな変な電話や手紙が来て閉口している――と、簡単に報告してはいましたが」

そういえば、彼女本人よりも士堅のほうが、あの無言電話や手紙については不安がっていたっけ……梢絵は感傷的な気分で憶い出す。電話番号を変えるか、思い切って引っ越しも検討したほうがいいと提言してくるほど。そんな対処の仕方はイタチごっこを生むだけだと強気の梢絵は、その時点ではどちらも実行しなかったのだが。

「年が明ける頃には、そんな無言電話や変な郵便物なども途絶えました。ずっと無視し続けたのが功を奏したんだとあたしは安堵して――」そう。やっぱり自分の方針は正しかったのだと、あの時は誇らしげな気持ちになったものだ。「嫌なこともすぐに忘れたのですが――」

「その士堅さん、というのは」と、さっき修多羅をたしなめた亜李沙は瞳を輝かせている。

「立ち入ったことを訊いてごめんなさい。でも、一礼比さんとはどういうご関係だったの？彼氏とか？」

「えーと……そうですね」

はからずも梢絵は考え込んでしまった。改まってそう訊かれると、士堅の存在とは自分にとって何だったのか、よく判らなくなってくる。当時はまだそれほど深い関係になっていなかったが、少なくとも精神的に頼り始めていたことはたしかだ。そうでなければ無言電話や手紙の件も打ち明けなかっただろうし、そして……そしてあの夜、彼に電話を掛けたりもしなかっただろう。

「そうですね。彼氏、か」ずいぶん長く黙り込んでしまっていることに気づいて、梢絵は慌てた。「ええ、はい。そう言っていいと思います」

「お付き合いは長かったのですか」

「いえ。その年、つまり一九九六年に、知り合ったばかりでした。連休に女友だち数人と連れ立って台湾へ旅行しまして。そこで若い男性ばかりの日本人グループと意気投合したんです。士堅はその中のひとりでした。当時あたしより三つくらい歳上で、三十になるかならないかくらい。現地では、みんな一緒に観光を楽しんだりしただけで、特に個人的な交流はありませんでしたが。別れ際に、彼とこっそりお互いの連絡先を交換して――」

いま思い返すと、我ながら大胆なアプローチをしたものだと感心してしまう。いつもの梢絵ならば不用意に己れの個人情報を他人に明かしたりはしなかっただろうが、独り暮らしを始めたばかりだった時期でもあり、解放的な気分に浮かれていたのかもしれない。

「で、それぞれ帰国してから、本格的にお付き合いが始まった、と？」

「そうです。士堅のほうから連絡があって。彼は平凡な営業マンで、あたしも普通のＯＬ。そんなところでも気が合ったのかな。そのうちお互いの時間の都合さえつけば、ふたりで映画やお芝居を観にいったり、飲みにいったりする程度には親密になってゆきました」

「恋愛感情はあったんですか」

「彼がどんなふうに感じていたのかは判りませんけど。少なくともあたしのほうは、なんていうんでしょうか、好意以上のものを抱き始めていました。その矢先。あの夜に……」

我知らず声が萎えてしまった。どんなふうに説明したものかと梢絵はしばし悩む。そんな彼女を〈恋謎会〉の面々は黙って凝視している。中には好奇心を隠そうともしない顔もあったが、別に鬱陶しいとは思わなかった。ただ、自分が冷静に最後まで喋り通せるのか、それだけが梢絵は不安だった――双侶の眼前で。

「ある夜のことでした。八時頃だったかな。その日は土曜日だったんですけど、急な仕事が入ってしまって。予定外の残業を済ませて〈コーポラス欅〉へ帰宅したあたしは、食事がまだだったので、士堅の自宅に電話を掛けたんです。よかったらこれから一杯付き合ってくれないか、と。それがまさか、あんなことになるなんて……」

再び身を乗り出しかけた修多羅だが、今度は亜李沙に制されるまでもなく自粛した。

「すると彼は気楽に、いいよ、いまから迎えにゆくから——と。そう言ってくれて。あたしのマンションへやってきました。八時半くらいになっていたでしょうか。そして近所の小料理店へ行こうと、歩いて一緒に出かけたのですが。横断歩道の手前へ来た時、信号機が赤になり、あたしは足を止めました。すると彼が……士堅が、突然——」

あの時、走ってきた車に士堅亮が撥《は》ね飛ばされる音が耳朶《じだ》に甦ったような気がして、梢絵は口をつぐんだ。背筋が震える。

「人間とは思えない悲鳴が聞こえました。それが彼のものだったのか、それともあたしのものだったのかも判りません。ともかく我に返ると士堅は車に撥ねられ、車道に倒れていました。その時は何がなんだかわけが判らなくて、ただ茫然と……車からドライバーが降りてきて、救急車を呼んだりしてくれたんですが……残念ながら」

長い溜め息が洩れた。それが自分のものとは梢絵には思えないほど、長く。

「彼は息をひきとりました。搬送先の病院で」

「……いったい」おずおずと修多羅が訊く。「何が起こったんです」

「それがまったく判りませんでした。士堅は生真面目な性格で、赤信号を無視するような真似は絶対にしないはずです。見落としたとも思えない。でもしばらくして、もしや彼は誰かに突き飛ばされたのではないか……そんな恐ろしい考えが浮かんできました。それは、例の無言電話や不審な手紙のことを憶い出したからです」

「そのこと、警察には？」

「相談しました。でも警察は最初から事故、もしくは自殺だと看做していたようです。あたしには到底納得いかないことでした。だって事故といっても現場には、例えばうっかりつまずいてしまいそうな障害物の類いは何も見当たりませんでしたし。彼がいきなり自ら車道へ飛び出すような理由もあるはずない。だからあたしは必死で警察に訴えたんです——士堅は誰かに突き飛ばされたのではないか、と。それも、以前あたしへしつこく無言電話や変な手紙を寄越してきたりしていたのと同一人物の仕業なのではないか、と」

「警察側の反応は？」

「ありていに言えば、まともに取り合ってはもらえませんでした」あの時の、けんもほろろな警察官たちの対応を憶い出すにつけ、梢絵は虚しくなる。だが——「いえ。公平に言って、それも無理もない話ではあるんです。あたしも肝心の不審な手紙はすべて処分していましたし。証拠が何もなかったんですから。それに何よりも決定的だったのは、士堅の遺体からかなりの量のアルコールが検出されたことです」

「え。ちょっと待ってください」かなりデリケートな話題のせいでみんな腰が引けているのか、質問役はもっぱら修多羅が引き受けている。「でも彼は、事故に遭った時、あなたと飲みにいこうとしていたんでしょ？」

「実は士堅はその夜、あたしが電話をした時にはもう食事は終わっていたようなんです。後から知った話ですけど。なんでもお得意さまの接待があったとかで。あたしからの電話を受けた時、ちょうど帰宅したばかりだったみたいなんです」

「でも、それって夜の八時頃だとかおっしゃいましたよね。接待にしては、ずいぶん宵の口に終わったような感じですが」

「これもまた後から知った話ですけど、士堅はその前の晩、仕事が忙しくてほとんど眠っていなかったらしくて。先方の急な都合で早めに切り上げてくれたのをさいわい、すぐに自宅へ戻って休もうとしていた。ちょうどそこへ、あたしが電話をしてしまった——という経緯だったようなんです。ですからいまにして思えば、彼の本音としては再度外出するのはしんどかったかもしれません。いえきっと、しんどかったのでしょう。でも本人はそんな事情をおくびにも出さなかったので、あたしは全然気がついてやれなくて……」

いや、実はこれも嘘だ。梢絵は、なかなか真実を吐露できない罪悪感に胸が痛んだ。電話で士堅の声を聞いた時、そしてマンションへやってきた彼と顔を合わせた時、梢絵には判っていた。士堅が食事も終え、すっかり就寝モードに入っていることを。アルコールの匂いもしていた。疲れているんだな、そう思った。しかし。

しかし、どうしても言えなかった。せっかく来てもらったけど、今夜はあなたも疲れているようだから、もう帰って休んでちょうだい——とは。言えなかったし、言いたくなかった。夜の闇が心細くて。彼に一緒にいて欲しくて。

申し訳ないことをした……梢絵はつくづくそう悔やむ。あの夜、独りでは心細いからといって安易に士堅に連絡したりするべきではなかった。梢絵がむりやり呼び寄せるような真似さえしなければ、彼だって命を落としたりする事態には至らなかったかもしれないのに。だが、いまさらどんなに悔やんでみても手遅れなのだ。取り返しがつくはずもない。士堅が戻ってくる道理もない。

ふと梢絵は、死亡当時の彼の年齢をいつの間にか自分が追い越していることに思い至り、愕然となった。虚無感が衝き上げてくる。記憶の中の士堅はいつまでも三十のままなのに、自分はこれからどんどん歳老いてゆくのだ。その厳然たる現実に彼女は恐怖すら覚える。

「……その段階で士堅はかなり酔っていて、平衡感覚を失っていた、と」身を切り刻むような激しい感情が湧き起こってくるのを抑えつけ、梢絵は淡々と続けた。「そのせいで、普段なら少しよろけただけで済むはずが、そのまま道路へ倒れ込む形になってしまった——警察はそんなふうに結論づけてしまったのです」

「一礼比さんはもちろん、その結論には納得できなかったんですよね？」

「到底できるはずがありません。でも、もっとよく調べて欲しいと警察に言っても、それ以上は聞き入れてもらえませんでした」

「それは無理もないのです」丁部は肘掛けに体重を掛けて椅子を軋《きし》ませ、上半身をよじった。「被害者が誰かに突き飛ばされたかもしれないと訴えられても、警察としてはどうしようもなかった。現場で不審な出来事や人物を目撃した者はひとりもいなかったのだから。一礼比さん、ご存じのように、あなた自身も含めて」

そのとおりだ。当時事情聴取を受けた警官にも訊かれた——それほど言うなら、あなたは現場で誰か不審な人物でも目撃したのですか、と。しかし梢絵は、いいえと答えざるを得ない。実際に誰も見ていないのだから致し方なかったのだが、いっそのこと適当に架空の人物像をでっち上げようかとすら思った。もちろん、それが彼女にとって——そして士堅にとっても——良い結果を生むとも思えなかったのでやめておいたのだが。その程度の理性が当時の自分に働いてよかったと、梢絵はいまになってしみじみと実感する。

「士堅亮を撥ねた車を運転していたドライバーにも警察は話を聞いていますが、現場が街灯の少ない暗い場所だったのに加えて、被害者が黒っぽい服装をしていたため、車体にぶつかる直前まで彼の姿には気がつかなかったという。ただ、咄嗟の印象としては、被害者が誰かに突き飛ばされたようには思わなかったそうです。うっかり道路へ倒れ込んでくる感じで、何かにつまずくかどうかしてよろけたように見えた、と。そう証言している」

しかし、だからといって彼が突き飛ばされたのではないという証明にはほど遠い。梢絵は思った。なにしろ士堅はかなり酔っていて、足もとが覚束《おぼつか》なかったのだ。ほんのちょいと背中を押しただけでバランスを崩して前のめりに倒れる様子は、ドライバーの眼には、何かにつまずいてよろけたのと同じように見えたはずだ。しかしこれ以上、そのことに拘泥してみせても仕方がない。

「結局そういうわけで、士堅の件は事故死として処理されました。でも――」梢絵は言葉を選ぶために一旦言葉を切った。心情的に微妙な綱渡りをする箇所へ差しかかっている。

「あたしはすっかり怖くなってしまったんです。だって……だって、いつ彼を殺したかもしれない人物が再び〈コーポラス欅〉へ押しかけてくるかもしれないじゃありませんか。ここから逃げよう。一刻も早く。そう決めました。我ながら冷たい言い方になってしまいますけど、死んでしまったひとはもう返ってこないし。士堅のことをなるべく早く忘れるためにも心機一転、マンションを引き払って別のマ――いえ、実家へ、そう、実家へ戻ったんです。一旦」

　幼稚な嘘を重ねるのが辛くなかったといえば嘘になるが、とにもかくにも士堅との一件を最後まで説明し終えた梢絵は、ほっと吐息をついた。こわごわ双侶の表情を窺う。双侶は、じっと彼女のほうを見つめていた。その瞳のこれまでと変わらぬ静謐《せいひつ》さと温《ぬく》もりを感じ取って、梢絵は安堵する。多少はフィクションが混じってしまったものの、大筋で胸の奥に仕舞っていたものをこの機会に吐き出せてよかった、と。

「でも……」肩の荷が下りた途端、梢絵は別のことが気になり始めた。「あの、丁部さん。目撃者はいなかったけれど、やっぱり士堅は誰かに突き飛ばされたかもしれない――そうお考えなんですね？　そうなんですよね？」

そうでなければ、いまここでわざわざ士堅の話題を持ち出す必要もないはずだ。はたして丁部は無言で頷いた。

「待てよ、もしかして、問題の少年の仕業だった、というのかね？」珍しく凡河が強張った表情を丁部に向けた。「五年前――いや、年が明けていたという話だったから四年前か、一礼比さんの恋人を突き飛ばして殺したのは口羽公彦の仕業だったのかもしれない、というのかね？」

「あるいはそうだったのではないかと、ふと思いつきましてね」丁部は重々しく座のひとりひとりを見た。神妙な顔つきにどことなく自慢げな色が滲み出ている。「ただし口羽公彦は決して士堅亮氏を殺すつもりはなかった。私はそう思います。というのも実は彼はその時、他ならぬ一礼比さんを殺そうとしていたと考えられるからです。それが、ふたりに気づかれないようにと緊張するあまり失敗してしまった。まちがえて、彼女の連れの士堅亮氏のほうを突き飛ばしてしまったんだ」

「でも、どうしてそんなことをいきなり考えつかれたんですの？」丁部の意外な角度からの検証に、亜李沙は興奮した面持ちだ。「しかも、今夜はオブザーバーに徹するとおっしゃっていたはずの丁部さんが。あ。といっても別に皮肉のつもりじゃありませんのよ。ええ決して」

「迂闊《うかつ》な話ですが」と亜李沙に笑いかけておいてから、丁部は憮然とした表情に戻る。

「すっかり失念していた事実がある。みなさんの話を聞いているうちに、ふと思い当たったのだが」

「何ですのそれは？」

「士堅亮氏が謎の事故死を遂げた日付です」

「日付？」

「一礼比さんは」のそりと上眼遣いに梢絵のほうへ身を乗り出してくる。「憶えておられますよね、もちろん。その日付を」

「え、ええ……はい」まさか、という狼狽が湧き起こる。まさかこういう形で結び付けられるなんて、という心情がそのまま口からまろび出た。「でも、まさか……まさか、そんな」

「そのまさかではないかと思うんですよ」

「いったいどういうことですか？」修多羅は焦れて貧乏揺すりをしている。「士堅さんという方が亡くなられたのは、いつなんですか？　その日付にどんな意味があるというんです？」

「それはですな――」私が言ってもかまいませんねと了解を取るみたいに梢絵を一瞥《いちべつ》しておいてから、丁部は一語ずつ丁寧に発音した。「彼が車に撥ねられて死亡したのは、一九九七年、二月十五日のことだったんだ」

＊

「二月十五日――」

「さよう。ここまで言えば、その意味はおのずと明らかでしょう？」

しかつめらしくも、どことなく得意げな素振りで丁部は一同を見回した。ゆっくりと。

彼の謎かけが判らない者はひとりもいないはずなのに、すぐには反応がない。

「……もしかして」ようやくそう呟いたのは弓子だった。「口羽公彦が失踪したのと同じ日、ということですか？」

「そのとおり。そのとおりですっ」丁部の表情にあまり変化はないが、興奮しているのか、ぎょろりと眼を剝く。「これは単なる偶然でしょうか。いや、そんなはずはない。単なる偶然なんかであるはずはない」

「しかし、偶然ではないのだとしたら、いったいどういう意味があるんでしょう」

「もちろん、少年の失踪と土堅亮氏の死亡事故とには重大な関連があるということですよ。さっきも言ったように、ほんとうは一礼比さんを殺そうとしていた口羽公彦は、誤って土堅氏のほうを死に至らしめてしまった」

「どうしてそうだと判ります？」ピンとこないとでも言いたげに眼をしばたたく丁部に、弓子は根気よく質問を重ねた。「つまりですね、一九九七年の二月十五日に一礼比さんを狙って失敗し、連れの士堅氏を殺害したという人物が、仮に実在しているとしても、それが口羽公彦であるとお考えになる根拠は何なんですか？」

「それ以前から一礼比さんが住んでいた〈コーポラス欅〉に無言電話や不審な郵便物を送りつけていたのも、実は口羽公彦だったからです」

「え」

あ、と梢絵は思った。どうしていままでその可能性に思い至らなかったのか、と。たしかに時期的に判断して、問題の無言電話や脅迫状が口羽公彦の仕業だったというのは充分にあり得る。真っ先にそうと気づくべきだったのに。迂闊だった。いや。まてよ。しかし。

しかし……あの嫌がらせの手紙の筆跡。あれは口羽公彦のものだったろうか？　もう既に五年も前のことで梢絵の記憶も曖昧なのだが、なんだかちがうような気がする。例えば、

さっき修多羅が配った大学ノートの『不幸ネタ』コピー。あれはすぐに判った。口羽公彦が書いたものにまちがいない、と。生徒手帳に書かれていたのと同じ筆跡だと素人眼にも判る。つまり少年の筆跡には、それだけ特徴があるのだ。決して見た眼に快いとは言えない、ある種の不快感を催す類いの。

〈コーポラス欅〉へ届いていた数々の手紙も決してじょうずとは言えない筆跡だった。し

かし口羽公彦の生徒手帳ほど印象的な特徴は、どうもなかったような気がして仕方がない。もちろん梢絵が受け取った脅迫状の現物が一通も残っていない以上比較は不可能で、判断は保留せざるを得ないが。

「一礼比さんのほうは少年のことをまったく知らなかったが」梢絵の困惑を尻目に、丁部は得々と続けている。「口羽公彦は彼女に以前から眼をつけており、危害を加えるための機会を窺っていた。もちろん、殺そうと決めていたんだ」

「それはいいとしても」梢絵が本来犯人の唯一の標的だったという前提が自説と重なっているせいか、はたまたブランデーが効いてきているのか、弓子は活きいきした表情で議論に参加している。「いったいなぜです？」

「動機については後述しますが、彼は相当一礼比さんのことを憎んでいたんですな。といってもそれは少年の一方的な憎悪であり、一礼比さん本人には何の覚えもないのだが。ともかく、その殺意の激しさゆえに、おそらく口羽公彦は彼女をひと思いに殺すことを潔しとはしなかった。まず無言電話や脅迫状などでさんざん怖がらせておいてから、息の根を止めてやろう。そう企んだ」

自信満々に断言されると梢絵もなんだか、そうだったような気がしてくる。少なくとも彼女にとっては、脅迫状の行間や無言電話の息遣いなどから覗く小心者特有の卑劣さが、口羽公彦という少年のイメージとわりと違和感なく合致するのはたしかだったからだ。

「しかし豈《あに》はからんや、少年の思惑通りにはうまくいかなかった。さきほどのお話を伺っていると、彼の嫌がらせに——もちろん、士堅亮氏の死亡事故が起こる以前は、という意味ですが——一礼比さんはあまり精神的な動揺や打撃は受けていなかったようですからね。口羽公彦もそのことを感じ取って苛立ち、なんとかならないものかと歯痒《はがゆ》い思いをしていたのでしょう。そしてついにある日、まだるこしい前哨戦は止めて、ひと思いに一礼比さんを殺害してやろう、少年はそう決心する。四年前の二月十五日のことだった。ああ。ところで——」

饒舌《じょうぜつ》になるとリラックスしてくる質なのか、丁部は股を大きく開いた膝を肘掛けがわりに凭れかかるという、見ようによってはだらしない姿勢で、しかし眼つきは鋭く一同を睨《ね》め回した。

「殺人を実行するにあたって、なぜ特にこの日でなければいけなかったのか? それにはちゃんとした理由があった。しかも、少年の動機と密接なかかわりを持つ形で、ね」

「といいますと」弓子も己れのペースを取り戻したのか椅子に悠然と凭れかかり、黒いパンツスーツの脚を高々と組んだ。「それはどんな?」

「それものちほど詳しく述べますが、ひとつ言えるのは、さっき矢集先生がご指摘なさったように、その前日がバレンタインデーであったというのは重要なポイントだ。私が想像するに口羽公彦は前日の二月十四日、学校で、おそらく複数の女子生徒たちと何か感情的なトラブルを起こしているはずで、それも遠因となっているんだろうな」

弓子はさらにもの問いたげに首を傾げ、亜李沙と彼を見比べた。それにもかまわず丁部は、崩した姿勢のまま続ける。

「詳しいことはおいおい判ってきますよ。ともかく二月十五日、口羽公彦はいよいよ一礼比さん殺しを決意する。すぐ下の弟に目撃されたのを最後に自宅を出た彼は、〈コーポラス欅〉へ向かった。もちろん一礼比さんを待ち伏せするために。彼女の帰宅を確認した少年は、ほどなくしてマンションを訪れた士堅氏と連れ立って出かけた一礼比さんの後を尾《つ》け始めた。隙を衝いて彼女を殺す機会を、いまかいまかと窺いながら。そして、おふたりが信号待ちをするという絶好のチャンスが巡ってくる。ところが、やはり緊張していたのでしょう、彼女を殺すつもりが、少年はうっかり連れの士堅亮氏のほうを突き飛ばしてしまった」

弓子は腕組みをして丁部を凝視している。固唾《かたず》を呑んで聞き入っている、という感じだ。

「もちろん、口羽公彦とて生まれついての冷血な殺人鬼というわけではなかった。誤って全然別人を殺してしまったという事実に彼はショックを受け、それを精神的に乗り越えられなかった。これが、少年がそのまま失踪する直接のきっかけとなった、と私は見ている」

ゆっくりと弓子は何度も顎を引いているみたいな仕種をする。頷いているようだ。同意しているかどうかはともかく、丁部の論証に感心しているらしいのが見てとれる。

「さて。ここらで肝心の動機について言及しておきますか。改めてお断りする必要もないかもしれないが、口羽公彦は一礼比さんにそれまで直接会ったことはなかった。遠くから顔を確認するぐらいはしていたでしょうが、基本的には赤の他人だ。なのにそんな相手を、なぜ殺したいと思うくらい憎んだのか？　その動機とはおそらく――」丁部は、さっき亜李沙が配った四枚綴じのコピーを手に取った。「一礼比さんの、この投書そのものでしょうな」

「は？」

梢絵は驚くというより、ぽかんとなった。この投書そのもの？　って、どういうことそれ？　なんでこんな毒にも薬にもならない文章が、殺人未遂の動機なんかになり得るっていうの？

そう困惑しているのは梢絵だけではなかった。そもそもこの読者コーナーのコピーを提供した亜李沙本人からして胡散臭げな表情を隠しもしない。しかし丁部はいっこうに気後れする様子はなく、ここで初めて椅子から立ち上がると、梢絵の投書を自分の眼の高さに掲げてみせた。

「どういうことなのか、詳しくご説明しよう。一礼比さんの投書の中に登場する、杖をついて歩いていたお婆さんを突き倒していってしまった、中学生もしくは高校生とおぼしき集団。これがポイントなんですな」

「というと――」

「実はこのグループの中に、他でもない、口羽公彦が混ざっていた」

「ちょ、ちょっと待ってください」さすがに承服できかねて梢絵は自分でもびっくりするくらいの大声を上げてしまった。「いったいぜんたいどうしてそんなことを考えつかれたんですか？　あたしには何の覚えもな……い、いいえ、そもそもですね、こんな文章だけでその集団の中にどういう人物が混ざっていたかなんて、特定ができるはずないじゃないですか。しかもあたしは、彼らが中学生かそれとも高校生かの区別すら明確につけていないんですよ。特に制服などの描写もしていないし」

「そうでしょう。ええ。そうでしょうとも」丁部はいっこうに怯まず、むしろ梢絵の反応を楽しんでいるようですらある。「しかし、口羽公彦のほうでは判ったんですよ――この投書は自分のことを描いているんだ、と」

丁部のあまりにも自信たっぷりな態度に気圧《けお》された梢絵は、そんな話はあり得ぬことが判りきっていながら、つい訊いてしまった。「ど……どういうことです？」

「実はですね、先週のことだが、私は今夜の事件の考察会にあたって、口羽公彦がかつて在籍していた浴永高校の卒業生たちに会って、いろいろ話を聞いてきた」立ち上がったついでか、ついに丁部も洋間を歩きながら喋り始める。「いろいろな情報を得たが、その中でも特に興味深い拾いものがありましてね。それが四年前の事件当時、口羽公彦が同級生の女子生徒たちから総スカンを喰らっていたらしい、というエピソードです」

「総スカン、というと――」弓子は亜李沙を見て、そして梢絵を見た。「彼は何か女性が嫌がるような行為に及んだとか、口にしたとか、そういうことだったのですか？」

「具体的な原因は実は不明なんだがね。なにしろもう四年も前の逸話だから。そういえばそんなこともあったなあ、と。みんなそんな感じで」

「いったい口羽公彦は、どんなふうに女子生徒から批判されていたんでしょう」

「なんでも、彼は思いやりのない性格で、女性の敵だ――とかなんとか。そんなふうに女子生徒たちのほとんどから嫌われていたというんですな」

「女性の敵、ですか」自分の専門分野だと思ったのか、これは押さえておかなければいけないとでも言いたげな熱意を弓子は瞳にひらめかせた。「口羽公彦のほうはその批判に、どんなふうに対応していたんでしょう？」

「それが、ある男子卒業生の話によれば、一歩も譲らずという構えで、見ていておとなげないくらいだった、とか」

「両者は激しく対立していたわけですね。でも、その原因は判っていないのですか？」

「あまり詳しくはね。ただ、諍いの直接のきっかけになった事柄というのがなかなか興味深い。それが地元新聞の読者コーナーに掲載された、ある投書だったというんですな」

弓子は亜李沙と顔を見合わせた。

「ただ、なにぶん昔のことなので具体的にどういう内容の投書だったのかは誰も憶えてはいなかったんだ。少なくとも私が聞き込みをした範囲ではね。その上こちらも、興味深いエピソードだと思ったものの肝心の無差別連続殺傷事件自体とはそれほど関係なかろう、と。まあそんなふうに軽く考えてしまいましてね。その時は。例えば被害者の中に口羽公彦の同級生の女子生徒が混ざっていたとか、そういう事実でもあればまた話は別だったんだが。多分それほど大したことでもなかろうと。投書とそれにまつわる女子生徒たちとの対立に関してはそれ以上追及しなかった。そしたら、どうだ。今夜来てみたら矢集先生がこれを持ち出されたではないですか。あっと思いましたね」

なるほど。みんなようやく合点がいったようだ。だから丁部はさっき亜李沙が配ったコピーを見てあんなにびっくりしていたのか、と。

「もうお判りになったでしょう。口羽公彦と女子生徒たちの対立の原因となったのが、他でもない、この一礼比さんの投書だったんですな。これを新聞で読んだ同級生の誰かが、足腰の弱いお婆さんを突き飛ばして知らん顔をしたのは口羽公彦だと言い出した。そしてあっという間にクラスじゅうの噂になってしまったんですな。もちろん投書では複数の生徒になっているが、話が伝わる過程で、中心的存在は口羽公彦だったとか、実は彼ひとりだったとか、そんなふうにストーリーが改竄《かいざん》されていった。なにしろ彼はなかなかの長身で、見た目が大きかっただろうし。何かと目立つ存在だったんですな」

「それはでも、女性の敵という表現から通常連想されるニュアンスとは微妙に意味合いがちがうような気がしますが」弓子は首を傾げた。「転倒したお婆さんが女性であることはまちがいないけど、こういうケースでそんな非難の仕方をするものかしら。特に女子高生が？」

「女性の敵という表現は、この投書の内容そのものを指しているのではなくて、両者の対立が激化する過程において出てきたものだったんでしょうな。さっきも話に出ましたが、口羽公彦は彼を批判する女子生徒たちに対して一歩も譲らぬ構えで、おとなげないくらいの勢いだったという。道義的なきれいごとを楯《たて》に攻撃してくる女の子たちに向かって、何かひどい暴言でも吐いたんでしょう。それもかなり性差別的な科白でも」

「あ、なるほど。その結果少年は、単なるひどい男から女性の敵にまで昇格したというわけですか。いえ、昇格というより降格かしら。ともかく。それなら納得できます」

「口羽公彦は女子生徒たちと対立する一方、その原因をつくった一礼比さんを恨んだ。問題の新聞を見つけ、該当する投稿者の名前と住所を調べた。そして無言電話や脅迫状などの一連の嫌がらせを始めたというわけだ」

梢絵は茫然となった。まさか、ほんとうに……ほんとうにこの投書が原因だったというのか。こんな埒《らち》もない文章が？　これを読んで口羽公彦は、あたしを襲う気になったのだろうか？　ほんとうに……ほんとうにこれを読んで？

「ところが、さっきも言ったように、一礼比さんはなかなか彼が思うようには怖がってくれない。ますます憎悪を募らせた口羽公彦は、四年前の二月十五日、ついに彼女を抹殺しようと試みる。そして誤って全然別人を殺してしまった彼はショックのあまり精神的に重大な危機を迎え、そのまま家出してしまう。一時は罪悪感から自殺なども真剣に考えたのではないかな。しかし、結局は思いとどまった。それは少年の運命を変える出会いがあったからだと思われる」

「出会い？　というと誰との？」

「みなさんの仮説に便乗するようで恐縮だが、口羽公彦が自殺を思いとどまったのは、偶然、架谷耕次郎という男に拾われたからでしょうな」

「すると丁部さんも、架谷氏パトロン説を支持なさるわけですか？」

「少年の遺留品であるジーンズやバスケットシューズが架谷氏の隠れ家で見つかっているのは、やはり見逃せないファクターだからね。それが偽装工作だったという考え方も当然あるわけだが、素直に解釈しても別にいいと思う。〈浄穴フラッツ〉で口羽公彦は架谷氏にかくまわれていたのだ、とね。そうやって隠遁生活をしているうちに少年はふと、架谷氏もまた投稿マニアであることを知る。それが引き金となってパトロンを見る眼が一変し、殺意を覚えるようになった——という経緯も、さきほどの矢集先生の仮説に丸ごと便乗させてもらうことになりますが」

「つまり、投書が採用されたことのある者に対するジェラシーがゆえ、ですか」弓子はその点についてはあまり納得していないような顔だ。「表現者のルサンチマンやインフェリオリティ・コンプレックスが時として恐ろしいほど過激な言動と化し得ることについて異論はありませんが、それにしてもそんな動機で殺人を犯す気になるものかしら。いくら彼が短絡的な性格だったろうとはいえ」

「普段ならそこまで行き過ぎはしなかったかもしれない。しかし忘れちゃいけません、先生。少年は一礼比さんとまちがえて士堅亮氏という、それこそ正真正銘無関係な人間を殺してしまったことで自暴自棄になっていたんだ。こうなったら、ひとり殺すのも、ふたり殺すのも同じだ、と」

丁部のその言い方に梢絵は、ぞくっと悪寒を覚えた。ひとり殺すのもふたり殺すのも同じ……恐怖や生理的嫌悪がまとめて激しい嘔吐感に変換され、頭が一瞬空白になる。気がつくと、さっき自粛したブランデーをごぶりと口いっぱいに含んでおり、眼球の奥が痺れた。

「口羽公彦は架谷氏もいずれ殺してやろうと決め、生徒手帳に彼の名前を書き加える。そして、こうなったらいっそ地元新聞の読者コーナーに採用されたことがある者を、この手でひとりでも多く抹殺してやろう——そんな邪悪な計画が急速に少年の中で膨張していった。過去の読者コーナーを調べて適当な標的を選ぶたびに、彼の生徒手帳の記載も増えていった」

「——ということは」眼を白黒させてむりやり大量のブランデーを嚥下している梢絵を、双侶は心配そうにちらりと見やる。「彼の生徒手帳の破棄された最初の数ページには、やはり一礼比さんの名前が書かれていた、と。丁部さんはそんなふうにお考えなのですか？」

「そうなんだろうな、きっと。なにしろ無差別連続殺人に手を染めるきっかけとなった最初の標的だったんだから。手帳の一番最初に彼女の名前が記されていて当然だわな。ただし、破棄されたページに記されていた一礼比さんのデータには、残存していたそれとは異なる点がひとつあったはずだ。それが何かは判るだろ？」

「住所——ですか」

「そのとおり。口羽公彦が一礼比さんに関する個人データを新聞の読者コーナーから拾ったと考えられる以上、彼女の住所は〈コーポラス欅〉になっていたんだ。一礼比さんの引っ越しに伴い、古いデータは役に立たなくなってしまった。だから少年はそのページを破って捨てたわけだが、あるいはこのことも、口羽公彦をして無差別連続殺人という凶行に走らしめた遠因だったのかもしれない」

「え。どういう意味ですか、それは」

「少年がほんとうに殺したいのは、あくまでも一礼比さんだった。パトロンにかくまわれているあいだに本人もその衝動を再確認したのだろう。架谷氏を殺害するなら彼女も殺さなきゃ嘘だ、と。ところがその頃にはもう一礼比さんは〈コーポラス欅〉を引き払っていた。引っ越し先を調べたが、なかなか突き止められない。このままでは肝心の思いが遂げられないと絶望した口羽公彦は、彼女と同じように読者コーナーに投書が採用されたことのあるひとたちをもっと多数殺すことで、言わば代理的な恨みを晴らそうとした」

「それはしかし、いささか短絡的では——」

「そんなことはあるまい。投書が採用されたことのある者たち全般に対するジェラシーやルサンチマンがもともと少年の心の根底にあったとすれば、これはそれほど無理のある考え方ではないぞ。投書という触媒を軸として、殺意が一礼比さん個人からもっと広範な対象へとシフトしたんだ。充分に起こり得ることだろう。それにだね、この考え方だと、さきほど泉館先生が披露して否定されたカモフラージュ説の欠点も補えるんだぞ」

「それは」と弓子は丁部と双侶を見比べる。「どんなふうに、ですか？」

「ほんとうの目的を無差別殺人というカモフラージュの中に紛れ込ませるという発想の弱点は、限りなく机上の空論に近いということだ。理屈の上ではそれなりのメリットも考えられるだろう。しかし実際問題として、そんなことがはたして人間にとって可能なのか。今回の事件の場合だと、たったひとりの目的を隠蔽するために他に三人もの無関係な人間の生命を奪わなければならない。そんな偽装、たとえ考えついたとしても、なかなか実行できるものではない。そして何よりも、そもそも口羽公彦に一礼比さん殺害を他の事件に紛れ込ませなければいけないほど対外的にはっきりとした動機があったのか、という問題——だいたいこういったところが、泉館先生の仮説が否定された主な根拠でしたよね。しかし私の推理だと、本来の標的はたしかに一礼比さんひとりなんだが、あとの三人に対しても口羽公彦はある種の動機を抱いていたと言える。彼にとっては四人とも、それなりにパッションを抱ける対象だったんだから」

　丁部の言い分には説得力がある。これが真相だったのかもしれない。梢絵はそう思った。いや、こんな仮説を何の予備知識もなく聞かされていたとしたら、そんなばかな話があるものかと一蹴していただろう。しかしいま彼女の手には亜李沙が配ったコピーがある。地元新聞の読者コーナーへの投書。この動かし難い共通点こそが、丁部の主張に抗《あらが》い難いリアリティを付与する。

「口羽公彦は一時、一礼比さんを殺すことは完全に諦めていた。そう考えられる根拠は生徒手帳の記載が架谷氏、矢頭倉さん、そして寸八寸氏の三人のデータが殺し方の手順に関する覚書とともに一旦完成されていたからだ。それが何かのきっかけで一礼比さんの引っ越し先が〈めぞんフォルテ〉というマンションであることを突き止めた少年は急遽、凡河先生のおっしゃる窮屈な書き方でわざわざ、本命とも言うべき彼女の名前をターゲット・

リストの末尾に付け加えたというわけさ。今度は新しい住所付きでね。あ。そうそう、もうひとつ――」何か言いかけた弓子を丁部は無遠慮に遮った。「口羽公彦が実は一番最初に一礼比さんを狙ったのだが失敗し、その代償として無差別連続殺人を計画したという仮説をさらに補強してくれる傍証がある。それは、各犯行の日にちなんだな」

「日にち？」

「最初の架谷氏が一九九七年、八月七日。ふたりめの矢頭倉美郷が同年、九月四日。三番目の寸八寸義文氏が同年、十月二日。そして最後の一礼比梢絵さんが同年、十一月六日。これらの犯行日にはある共通点があるんだが。お判りかな？」

「もしかして、いずれもそれぞれの月の第一木曜日だということかね？」

「さすが、先生」と丁部は凡河のほうを向いて、のけぞるような素振り。「そのとおりです。いや、さすがですな」

「いや、しかしだね」おだてられても凡河はただ困惑している。「そのことは双侶さんから資料をいただいた時から気がついていた。たしかに気になる点だが、特別な意味があるんだろうか。わしは何も考えつかなかったんだが」

「合理的な意味があるとは思えませんな。しかし口羽公彦本人の中では、あった。無差別殺人を実行するにあたり、こうしたある種の秩序を自らに律していたと考えられる」

「どういうことかね、それは」

「つまりですね、彼は四年前の二月十五日、最初に一礼比さんを狙って失敗してしまったのは、自分があまりにも衝動的で無計画に過ぎたからだと反省したんですな」

「反省、かね」

凡河は、どうもピンとこないという感じだ。梢絵も同様である。

「そう。反省です。だからこそ同年の八月、改めて架谷氏をはじめとした無差別連続殺人を開始するにあたり、少年は今度こそ何もかも完璧に行うのだ、と。緻密な計画に則ってすべてをやり遂げる、そう決心したのです。すべての犯行日がそれぞれの月の第一木曜日に統一されたのは、そのひそかな気概の顕れだったというわけですな」

まさか、それぞれの犯行日にまでそんな深読みができるとは思いもしなかった梢絵は、ちょっと呆れてしまったものの、口羽公彦の動機に関しては丁部の仮説が正しいような気がしてきた。彼女ばかりでなく、座にも同じ雰囲気が漂い始める。その流れに身を委ねかけた梢絵は危うく、はっと我に返った。待て。そんなはずはない、と。

*

口羽公彦の本来の標的が自分ひとりだったとする仮説がはたして正しいのかどうか、彼女には判断できない。しかし、丁部がその論証のために提示した根拠は明らかにまちがっている。それが判る立場にいるのは梢絵だけなのだが……どうしよう。その事実をここで指摘すべきか？

　黙っておこうかとも思った。しかし、それはまずいのではないか。なぜならば事実関係の誤謬《ごびゅう》を訂正せずにそのままにしておいた場合、それが全体的な議論にどういう影響を及ぼすのか、一個人の視点ではなかなか想像がつかない。もしもここでその事実を不問に付してしまった結果、自分がほんとうに知りたい事柄の解明の妨げになったりしたら梢絵は困る。困るのだ。しかし。

「ちょっとよろしいですか」迷っている梢絵の横で弓子が手を挙げた。「丁部さんの説明の中で、どうにも腑《ふ》に落ちない点があるのですが」

「ああ、どうぞどうぞ。何ですかな」

「一九九七年二月十五日のことです。丁部さんのお考えによれば、口羽公彦はこの日、ずっとくすぶり続けていた一礼比さんへの殺意を実行に移すべく、自宅を出て彼女の住んでいる〈コーポラス欅〉へ向かった——そうですよね？」

「そうですよ。ええ。そのとおりですが。それがどうかしましたか」

「その前に確認しておきたいのですが。口羽公彦の自宅から〈コーポラス欅〉まで、どれくらいの距離がありますか？」

「は？　え、ええと、それは……」

「そうですね、だいたい——」丁部に眼で促され、双侶は梢絵の投書のコピーに記されている番地を確認し、かわりに答えた。「ふむ。思ったよりも近いですね。徒歩二十分といったところでしょうか。ゆっくり歩いたとしても多分、三十分はかからないと思います」

「ということは、ですよ」これまでとは別物の声帯を使っているのではないかと勘繰ってしまうくらい弓子は声を低めた。「二月十五日の午後七時頃、すぐ下の弟が口羽公彦の不在を確認したという話でしたよね。話の前後関係から推して、彼が自宅を後にしたのはもっと早い時間帯だった可能性もありますが、いずれにせよ少年は、遅くとも七時には既に一礼比さんが当時住んでいた〈コーポラス欅〉へと向かっていたはずです。そうですよね？」

「そういうことになりますね」

「一礼比さんがその日、予定外の残業を終えて〈コーポラス欅〉へ帰宅したのが午後八時頃。たしかそう言いましたよね？」

「え、ええ」怒ったような厳しい表情で確認を求められた梢絵は、慌てて記憶を探ってみる。その時間帯でまちがいない。なにしろ忘れられない夜の出来事だ。「たしかにそうです。八時頃でした」

「この事実が何を意味するか、お判りになりませんか？　口羽公彦の自宅から〈コーポラス欅〉までの距離を考えれば、一礼比さんが帰宅する頃には彼は既にマンションに到着し、様子を窺っていたはずです。なのに、丁部さんの推理が正しいとしたら、少年はそれからさらに約三十分、彼女を迎えにきた士堅さんが現れるまで何も行動を起こしていないことになります。いったいどうしてですか？　一礼比さんを殺害する目的でその周辺にひそんでいたのだとしたら、どうして彼女が帰宅したところを襲わなかったのですか？」

「それは、だから——」丁部は再び双侶に助けを求めようとして思いとどまったようだ。

「その時、たまたま通行人の眼があったとか、そういうことだったんでしょうな。もっと人目の少ない時に彼女が出てくるのを待とうと——」

「そんなことあり得ません。だってその夜、一礼比さんが再び外出することを口羽公彦はどうやって予測し得たというんです？」

あ、という声がいっせいに上がった。

「一礼比さん」弓子は満足げに微笑んだ。「あなたが問題の夜、士堅さんに電話して食事に誘う予定であることを、あらかじめ知っていたと思われる人物が誰かいまして？」

「とんでもない」

もちろんそんなことあるはずがない。あの夜、士堅に電話したのはその場の思いつきで、言ってみれば梢絵自身、受話器を取る直前まで予想していなかったことなのだから。

「ね？　もしも口羽公彦が一礼比さんを殺害するつもりでマンションの近辺で待機していたのだとしたら、彼女が帰宅したところを襲っていたはずです。少なくとも一礼比さんが部屋へ入ってゆくのをみすみす見過ごしたとは思えません。従って、士堅さんの死が事故ではなく、突き飛ばした犯人がいるのだとしても、それは口羽公彦ではない――そういう理屈になるとあたしは思います」

なんだか先刻の自説を否定された鬱憤を晴らすかのように弓子の舌鋒は冴えに冴えていた。梢絵にとっても、彼女がこうした指摘をしてくれたのはありがたかった。言うべきか言わざるべきか迷って困っていたところを、ぽんと背中を押してもらったようで。

「あの……すみません」梢絵は湧き起こってくる羞恥をこらえて、そう切り出した。「丁部さん、申し訳ありません。あたし、正直に申し上げておかなければいけないことがあるんです」

「な、何でしょうか」

「口羽公彦があたしの投書を見て、これは自分のことを描いている、なんて考えたはずはありません。絶対に」

「え。どうしてですか？」

「というのは、ですね……」

一同の視線が集中して梢絵は顔が火照《ほて》った。さっきまでの勇気が挫けそうになる。誇張ではなく、泣きたくなった。ああ。あんな馬鹿なこと、やらなきゃよかった。一時的な誘惑に身を委ねた自分が愚かだった。まさかこんな形で思い知らされることになろうとは。

人生って何が起こるか判らない。つくづくそう実感する。しかし、ここは正直に告白するしかないのだ。

「それは、その……この投書の内容は事実ではないからなのです。まったく」

「事実ではない？　といいますと」

「つまりですね……その」梢絵は双侶のほうを、ちらりと見た。彼のまなざしに後押しされて、ようやく言葉を継ぐ。「あたし、さっきも言ったように、いわゆる投稿マニアの類いだったんですけど。なかなか採用されないものですから。いろいろ傾向と対策みたいなものを、いつも練りながら文章を書いていまして……例えば、事実をありのまま書いても面白くならないかもしれない、とか。要するにそういう姑息なことを」

「つまり何ですか、この文章には脚色が入っていると？　そういう意味ですか？」

「というより、全部……」梢絵は思わず眼を瞑《つぶ》ってしまった。「嘘なんです」

「嘘？」

さすがに丁部は度肝を抜かれたようだ。他の者たちもお互いに顔を見合わせている。

「嘘……なんですか？　この内容は？」

「ええ。全部。全部嘘なんです。こんな出来事、あたしは見てもいないし、起こってもいないんです。お婆さんを突き倒した子たちなんていなかった。そもそもこんなお婆さんだって存在していない。小学生の女の子にしても適当につくり上げたキャラクターに過ぎません。すべて……すべてフィクションだったんです。あたしが自分の頭の中で、でっち上げた嘘だったんです」

# 第九章　解

「――いや、しかしだね」長い沈黙の後、凡河が執り成すように口を開いた。「仮にこの投書の内容がすべて一礼比さんの創造したフィクションだったとしても、だよ。このとおりの、あるいはよく似たような出来事が当時地元のどこかで実際に起こっていた、そういう可能性はあるわけだ。そうだろ。単なる偶然というより、むしろこの手のモラルを欠いた現代人の逸話というのは日常的にありがちな、みんなが見慣れた風景のひとコマとも言える。

「あ。な、なるほど」梢絵の告白がよほどショックだったのか、椅子に腰を落として放心していた丁部は、気を取りなおしたように眼を剝いた。「そうですな。先生。それはほんとに、そのとおりだ。たしかに、こうしたマナーを知らない若者の実態は巷間《こうかん》ごまんと溢れている。たとえ架空の出来事でも想像してそれらしく書けば、いやでも細部が事実と合致してしまうエピソードは掃いて捨てるほどあるわけだ、と。そうですそうです。そういうことですよ。この場合でいえば一礼比さんの描写が、たまたま口羽公彦が実際に取った行動とぴったり重なってしまったんですな。うむ。そうだったんだ。きっとそうだったんだ」

自分の推理の敗者復活がよほど嬉しいのか、丁部は無邪気にはしゃいでいる。なるほど。偶然の一致という補強説明は安易は安易だが、梢絵の投書はそれほど意外性のある奇抜なドラマを描いているわけでもない。それこそ毎日、毎分、毎秒、いまも日本のどこかで同じエピソードが反復されていたとしても、ちっともおかしくないだろう。そういう意味では単なる偶然というより、〝必然〟と呼ぶほうがむしろ正しいのかもしれない。それは彼女にもよく判る。しかし。

しかしそれは梢絵にとっては一番考えたくない仮説だった。できれば――いや絶対に、真実ではあって欲しくない可能性だった。だって、そうではないか。つまらない見栄のために適当にでっち上げた嘘八百が原因で、危うく殺されかけた……なんて。喜劇だ。ただし笑えない。不条理なる喜劇。そして泣くに泣けない悲劇でもある。精神的に到底耐えられるものではない。

「ただ、どんなものでしょうかね」ワインを自分のグラスへ注ごうとして思いなおしたみたいに、修多羅は腕組みした。「丁部さんの推理を、仮に大筋で正しいと仮定してみましょう。しかし、だとしても口羽公彦の眼に留まったのが一礼比さんの投書だった、とは限らないわけですよね」

「え。というと？」

「口羽公彦が女子生徒たちから総スカンを喰らっていたそもそもの原因、これが何であったのか、具体的なことは不明なんですよね？　ただ、地元新聞の読者コーナーが発端らしい、というだけで。口羽公彦自身がいったい何をしたのか、それは判っていないわけだ」

「それはまあそうですが」丁部は、それまで大きく拡げていた股を妙に自信なげに閉じる。

「だから何なんです」

「ですから例えば、口羽公彦が新聞の読者コーナーで過剰に反応したのは、矢頭倉美郷の投書に対してだったかもしれないでしょ」

「なんですって？」

「ほら。彼女の投書の中に、バスの中でお年寄りに席を譲らず、そのくせ怖いおじさんには媚《こ》びるような態度をとるという、なさけない若者の話が出てきますよね。これが実は口羽公彦だったのかもしれませんよ」何か反論しかけた丁部を遮り、修多羅はさらに畳みかける。「従って少年の本来の標的は一礼比さんではなく、実は矢頭倉美郷だった、という可能性も——」

「ちょ、ちょっとちょっと。それは——」

「でもでも、修多羅くんさ、そんなことを言っていたら」亜李沙が丁部に先んじて反論する。「仮に口羽公彦の眼に留まった投書が、架谷耕次郎のものでも、あるいは寸八寸義文のものでもあまり変わらない、動機として導かれる結論は同じ——という理屈になっちゃうわよ」

「うん。そうだね。そうだ」

「それはおかしいでしょうが」ようやく口を挟んだ丁部の声は裏返っている。「さしたる根拠もなく、そうそういたずらに話を拡散されてもねえ。困りますよ。だいたい矢頭倉美郷のものはともかく、架谷氏や寸八寸氏の投書はもっと一般的な批判でしょうが。架谷氏が、立ち読みする不届き者を若い男と限定してましたか？　老若男女、誰にでも当て嵌まるじゃありませんか。寸八寸氏の苦言にしたって、該当する若者カップルはそれこそ巷《ちまた》で枚挙にいとまがない。これらを読んで、こいつは一般的な話題のふりをして自分のことをあてこすっているな、なんて考える者がいたらそれは被害妄想だよ。サイコの世界ですよ」

「これだけ不可解で凶悪な連続殺傷事件を犯しているんですよ、口羽公彦は。彼がその類いの精神的爆弾をかかえていたのは、むしろ大いにありそうなことじゃないですか」

「そりゃね、そんなふうに言ってしまえば何でもありなんだろうが」

「いや、丁部さん。何もぼくは揚げ足を取ろうというんじゃない。真面目な話、一礼比さんの投書を犯人の動機の主要因と考えてはたしていいのか、という疑問が拭えないんですよ。だって、文中で批判する対象を中学生か高校生かも特定していない一礼比さんの投書にしたって、曖昧さという点においては他の三人のものとそれほど変わらないと言える。そうでしょ。だったら――」

「投書の問題だけじゃないんだ。一礼比さんが本来の標的だったと解釈しなければ説明のつかないことが、他にもあるんだ。例えば、口羽公彦が失踪したのと同じ日に、彼女の当時の恋人である士堅亮氏が謎の事故死を遂げている事実とか――」

「その件に関しては、さっき泉館先生が極めて論理的に、単なる事故であったことを証明なさったばかりですよ。問題の夜、一礼比さんが食事のために再び出かける予定であることを知らなかった以上、口羽公彦にしろ誰にしろ、彼女を殺すつもりだったのなら、マンションへ帰宅したところをすぐに襲ったはずだ、と――」

「いや。いやいやいや。そうとは断定できない。そう単純にはね。例えばこういうことだって考えられる。少年は当初、一礼比さんがマンションへ帰宅したところを狙って戸外で殺害するつもりだった。ところが、人目があったからなのか、それとも生まれて初めて殺人に手を染めようという緊張感に気後れしたからなのかはともかく、口羽公彦は彼女を襲うきっかけを摑みかねて、みすみす自室へと入らせてしまう。しまった。どうしよう。彼は迷う。こうなったら宅配便か何かを装ってむりやり押し入るか、それとも日を改めて一旦出なおすか。あれこれ迷ってぐずぐずしているところへ士堅氏が訪れ、一礼比さんを連れ出した。これは渡りに船とふたりの後を尾けていった少年は、絶好のチャンスに恵まれながら、誤って士堅氏のほうを突き飛ばしてしまった、と。こう考えれば。ね。別に矛盾というほどの矛盾は出てこないでしょ」

先刻意気消沈していたのが嘘のように、丁部は一気にまくしたてた。言葉を重ねれば重ねるほど自分の思いつきに説得力が増すらしく、尻上がりに自信が漲《みなぎ》ってくる。

「まあね。そういうことも絶対になかったとは言えないけど。でも――」

「何よりも生徒手帳のことがある。あの変則的な記載の仕方をどう説明します？」修多羅が押され気味と見てとってか丁部は唾を飛ばし、腕を振り回して嵩《かさ》にかかる。「最初の数ページが破り取られていたこと、そして一礼比さんの名前とデータだけ、標的リストと殺し方手順の覚書とのあいだにむりやり押し込められるような不自然な形で書かれていたことなど。こうした生徒手帳に関する疑問について、何か合理的な説明がつけられますか？つけられないでしょ。口羽公彦が一礼比さんを狙って失敗し、彼女の引っ越しの後、再度ターゲットとして狙いなおした、そんなふうに考えてこそ初めて、何もかもがすっきりするというものだ」

「いや。丁部さん。生徒手帳の記載が変則的なことについては、他の解釈もできないわけじゃありませんよ。さっきも話に出たように、標的候補を途中で変更した、とか――」

「そりゃね。その問題だけを取り出して論じるのならね。いろいろ言えまさあね。しかし、ひとつの疑問に関してのみ、いくらそれらしい説明をつけてみたところで、事件の他の要素、特に口羽公彦の動機とうまく有機的に絡めて論じられないようでは、単なる思いつきとかこじつけとか断じられても仕方がないんじゃありませんかね」

「それはまあ、そうかもしれませんが——」

「でしょ。その点、私の推理は、少年の動機を中心に据える形で、数々の謎を全体的にすっきりと解明できますぞ」

たしかに。全体的云々という自負の是非は措《お》いておくとしても、少なくとも口羽公彦の動機に関する議論については、丁部のほうに分がありそうだ。それは梢絵も認めざるを得ない。ということは、やはり……

やはり、この投書がすべての原因だった、と。そういう結論になるのだろうか？　もちろん梢絵は、こんな杖をついた老婆を取り巻く光景なぞ実際に目撃していない。さっき思い切って告白したとおり、なんとか読者コーナーに採用されたい一心でそれらしいエピソードをでっち上げた、単にそれだけの話だったのだ。

ところが偶然、この投書の内容とまったく同じ出来事が実際に起こっていた。お年寄りを突き飛ばして無視した高校生がほんとうに口羽公彦だったのかどうかは判らないが、梢絵の投書をきっかけに、少なくとも彼のクラスではその噂が既成事実として定着した。道義心溢れる女子生徒たちはこぞって少年を、思いやりのない人間だと批判する。口羽公彦も負けずに応戦する。その対立の過程で彼は女性蔑視的発言でもしてしまったのか、クラスの女子生徒たち全員から、女の敵として蛇蝎《だかつ》の如く忌み嫌われる羽目に陥る。

すっかりクラスの中で孤立してしまった口羽公彦は、その原因となった投書を新聞に掲載した梢絵を深く恨んだ。当時〈コーポラス欅〉に住んでいた彼女へ無言電話を掛けてきたり、脅迫状を送りつけたりしていたのも少年の仕業だったとは断言できないが、読者コーナーの末尾を見れば梢絵の住所は判ったわけだから、少なくともその可能性は否定できない。むしろ、いかにもありそうなことだと彼女自身思ってしまう。

仮に無言電話や脅迫状が口羽公彦の仕業だったとしよう。彼はそんな陰湿な悪戯を梢絵へ仕掛けることによって、ある程度まで鬱憤を晴らせていたのではないだろうか。そんな気がする。ただしあくまでも、ある程度まで、だ。そのまま状況が特に何も変化しなければ、あるいは少年とてそれ以上、己れの行動をエスカレートさせることもなかったかもしれない。しかし、二月十四日のバレンタインデー。口羽公彦にとって事態を激変させる、ある決定的な出来事が起こる。

具体的にそれが何だったのかは想像するしかないが、例えば両者の対立がさらに深刻になっていたとすれば、クラスの女子生徒全員が一致団結して、わざわざバレンタインデーという、思春期の男子にとって特別な日を選び、口羽公彦に何か大掛かりなお灸《きゅう》をすえたということもあり得よう。おそらくそれは彼にとって、極めて屈辱的な仕打ちだったのだろう。かといって、へたに女子生徒たちに逆襲すればさらにクラス内、ひいては学校内における彼の立場が悪化してしまう、そんな状況に追い込まれたのかもしれない。これで少年の内面において何かが壊れた。そしてすべては、己れの苦境の原因となった投書を書いた一礼比梢絵という女への殺意と化し、暴走してゆくことになる……と。

なんということだろう。考えれば考えるほど梢絵は絶望の淵へと叩き落とされる思いだった。ほんとうに……ほんとうにこれが真相だったのかもしれない、徐々にそんな諦念に押し流されてゆく。いくら頭をしぼってみても、この仮説を否定できるだけの有効な反論が見当たらない。

他に何か考えられることはないのか？ 自分では何も思いつかない梢絵は〈恋謎会〉のメンバーの頭脳に期待するしかないが、誰も丁部の熱弁を止められそうにない。すべては一通の投書から始まったのだ、と。そこで議論は落着するしかないし、おそらくそれが真相なのだろう――そんな雰囲気がいよいよ本格的に固まってきた。

そもそも推論に推論を重ねて事件を再考するという趣向自体に限界がある。厳密に言えば少年の動機なんて本人に訊きでもしなければ判りっこない。それを承知の上で梢絵は敢えて双侶に、今夜の考察会を依頼したのだ。その結果、公平に言えば、口羽公彦の心の闇の端緒を開くとおぼしき方向性を、こうして探り当てただけでも上出来だと〈恋謎会〉の功労を評価せねばなるまい。彼女もその道理は重々わきまえているつもりだ。でも。

でも、そんなのってあまりにも惨めすぎる。梢絵は、これから自分がどうやって生きてゆけばいいのかと途方に暮れてしまう。もはや終わったことだと忘れるには重すぎる。ただ、悔やむしかない。こんな、くだらないと切って捨ててしまうにはあまりにも罪深い投書をしたためた己れの所業を。採用された時は、その内容がすべてフィクションに過ぎないという事実も忘れて有頂天になっていた。そんな愚かな過去の自分自身を呪うしかない。ただ悔やみ、ただ呪い、これから生きてゆくしかないのだ。彼女の人生には、もう他に何も残されてはいない。こんな——

こんなもののために……？　こんな他愛ない投書のために、あたしはすべてを——自分がしたためた文章が、ただひたすら忌まわしい。こんな駄文のせいで自分は命を狙われなければいけなかった、なんて。おまけに士堅までもが命を落とさなければいけなかった、なんて。ばかばかしくて、おぞましくて身が震える。気が狂いそうになる。

これが、ほんとうに……？

これがほんとうに、己れの余生を尽くして背負わなければいけない十字架なのだとしたら……梢絵は運命の過酷さが醸し出す恐怖に喚き散らしたい衝動をかろうじてこらえた。残酷すぎる。あまりにも愚かすぎる。到底耐えられない。耐えられるはずがない。彼女は泣きたかった。なのに不思議に涙腺は緩まない。人間、真の絶望に叩き落とされた時は泣くことすら赦されていないのかもしれない。そう思うとさらに絶望は深まる。

ぐらぐらと梢絵の中で何かが煮え立っていた。脳裡を小石のようなものがあちらこちらに転がっている。ほんのちょっとしたきっかけで一気に正気を踏み外してしまいそうな彼女の内面を察しているのだろうか、凡河邸の洋間は先刻から重苦しい沈黙に包まれている。

＊

「――あの」そんなガラス細工のように危うく張り詰めた空白を唐突に破ったのは弓子だった。「ちょっとよろしいですか?」

「え。あ――ど、どうぞ」梢絵を心配そうに見やっていた双侶は我に返ったように、ぎこちない笑顔を浮かべた。「どうぞ、泉館先生。えと。事件について何か別のお考えでも?」

「というか、いまふと思いついたことがあるんですけど。ただ、あまり熟考していないので」弓子はまるで耳もとで虫の羽音でも聞こえているかのように眉をひそめ、宙を睨んでいる。「もしかしたら、とんだ的外れなことを口走ってしまうかもしれないのですが」

「そんなに畏《かしこ》まらなくても」重苦しい雰囲気を和らげようとしてか修多羅は立って、弓子のグラスにブランデーを注いだ。「新しい意見なら大歓迎だ。早速聞かせてくださいよ、先生」

そういえば、ここに集っているのは『先生』ばかりね——梢絵はそんな埒もないことを、ぼんやりと考える。丁部を『先生』と呼ぶ向きはいないようだが、彼とて著作がある身だから、時と場合によっては『先生』と呼ばれてもおかしくない。従って『先生』と呼ばれ得ないのは梢絵と、そして双侶のふたりだけだ、と。

「一礼比さんが口羽公彦に襲われた〈めぞんフォルテ〉の話なんですけど」ブランデーで舌を湿らせるあいだ弓子は一旦言葉を切った。要領よく説明するために考えをまとめているといった態だ。「——ええと。当時一礼比さんが住んでいたのは一〇六号室でしたよね。そして、彼女の悲鳴を聞いて廊下へ飛び出してきたという籾山慶一の部屋は一〇二号室だった。これでまちがいありませんか？」

「ええ」弓子がどういう切り口を探っているのか興味を抱いているのだろう、双侶の表情が真剣なものに引き締まる。「そのとおりです」

「ということは現場と籾山氏の部屋とのあいだには三室、あったんですよね。一〇五号室、一〇四号室と、そして一〇三号室」

「はい。さっきも言ったように、それらは当時、全部空き室でしたが」

「あたしが気になったのはですね」弓子はこめかみに指を当てて眼を閉じた。「ちょっと離れ過ぎていやしないか——ということでして」

「といいますと」

「一〇六号室で一礼比さんは悲鳴を上げた。それが三室をあいだに挟んだ一〇二号室にいた籾山氏の耳にまで届いたというのは、なんだか不自然なような気が、ふとしたんですよね」

弓子の指摘を吟味しているのか、洋間はしばし静寂に包まれる。先刻までのそれとはまた種類の全然ちがう緊張を孕んで。

「籾山氏の部屋が現場の隣りだった、というのであれば、さしたる不思議はないでしょう。隣りの隣りというのも、まあなんとか許容範囲と言えるかもしれません。でも、あいだに三室もあるとなると、ちょっと……ね」

「うむ。言われてみれば」凡河も今度は弓子の指摘を無下に否定しない。「変だね、たしかに。いや、大いに変だ」

「実際、籾山本人も、最初は悲鳴が隣りの部屋から聞こえてきたと勘違いしたと言っていますよね」凡河の賛同に勢いを得たのか、弓子は眼を開けた。声が俄然熱を帯びている。

「少なくとも一〇五とか一〇六号室なんて遠くから聞こえたはずはないと。そう思ったというお話でしたよね。常識的に判断すれば彼の言い分は至極もっともです。仮に籾山慶一が嘘をついていないのだとすれば、非常におかしなことになるのではないか、と——」

「まさかとは思いますけど」修多羅は自分が先に気づかなかったのが口惜しそうだ。「〈めぞんフォルテ〉の壁がそれほど薄かったとか、そんなオチじゃないでしょうね？」

「そのことですが――」双侶は心なしか後ろめたそうである。「うっかりお話しするのを忘れていたかもしれません。籾山慶一はその時、自室の窓を開けていたのだそうです」

「え」戸惑いがちに低く上がった声が、やがて驚嘆となって唱和される。「窓を？」

「そうなんです。実は当時我々の中でも、一〇二号室にいたはずの籾山慶一に一礼比さんの悲鳴が聞こえたというのは変ではないか、と疑問を呈した者がおりまして。それを本人に問い質《ただ》したところ、おそらく自室の窓を開けていたせいだろう、と答えたのです」

「自室って、一〇二号室のですか。しかし、それはますます変じゃないですか」修多羅はいまにも、そこらじゅうを走り回り始めかねない勢いだ。「一礼比さんが襲われたのは十一月のことですよ。当日彼女はコートを着ていたという。ね。そうだったんですよね？」梢絵が頷くのを確認するのももどかしげな様子で、「つまり相当寒い夜だったはずだ。そんな夜に、どうしてわざわざ窓を開けたりしていたんですか？」

「本人の弁によれば、ちょうどその時、換気をしていたのだそうです」

「カンキって。え。空気を入れ換えていたっていうんですか。待ってくださいよ。事件が発生した時、彼はたしか出勤しようとしていたんでしょ？　ファミレスの夜の勤務に。ね。そうですよね。でも、帰宅直後だったというのならまだしも、出かける前に換気するというのは、なんだか不自然じゃありませんか？」

　必ずしもそうとは断言できないのではないか。梢絵は思った。日常的な癖や習慣はひとそれぞれなのだから。しかし、彼女自身も含めてそう指摘する者は誰もいない。

「申し訳ありません。これもみなさまにお伝えするのを失念していたようですが」そこまで気を遣う必要なんかないのにと梢絵が腹立たしくなるくらい、双侶は一同に向かって丁重に頭を下げた。「籾山慶一は当時〈めぞんフォルテ〉の一〇二号室で、独りで暮らしていたわけではなかったのです。同居人がいたらしい」

「同居人？　というのは——」そんな重要なデータが抜け落ちているようでは困ると文句を言いたそうな修多羅だったが、とりあえず双侶の話をすべて聞き出すことを優先したらしい。「男ですか。それとも女ですか？」

「女性だったという話ですね。といっても恋人と同棲していたとか、そういう事情ではなかったようです。籾山慶一もその女性も、ふたりとも経済的にあまり余裕のない身だったので、家賃を半分に抑えるためのルームメイトとお互いに割り切っていたのだとか。従って特に男女の関係ではないと。少なくとも本人はそう主張していました」

　修多羅のみならず全員が何か突っ込みを入れたがっているような空気が膨張するが、やはり誰もが、とりあえず双侶の話を全部聞き終えることを優先したらしい。

「その同居人の女性というのが、タバコの煙が嫌いだったそうで」

「タバコ」

「対して籾山慶一はスモーカーで、問題の十一月六日の夜も、出かける前に一服していた。

同居人は留守だったが、部屋がヤニ臭くなると怒られるので、彼女のために換気しておこうと窓を開けた。その時、一礼比さんの悲鳴が聞こえた——籾山慶一はそう証言しています」

「ちょっとお訊きしたいんですがね」今度は修多羅は不満げな表情を隠さない。「その同居人の女性の素性は明らかになっているんですか」

「それが実は」双侶は神妙に頭を下げ続けるしかないようだ。「よく判っていないのです。名前にしても、苗字が白後《しろじり》というらしい、としか」

「よく判っていないって。どうして籾山から聞き出さなかったんですか」

「苗字は白後というらしい、下の名前はよく判らない。それが彼の答えでした」

「まさか。籾山本人も知らないっていうんですか。同居していた女性のことを何も？」

「彼女と籾山は彼の勤め先であるファミレスで知り合ったそうですが。同居すると決めた際、お互いのことは必要以上に詮索しないという約束を交わしていたのだとか」

「ほんとかなあ。その女性のほうはいったい何と言っているんです？」

「判りません」

「って。ちょっとちょっと。判らない、って。どういうことですかそれは」

「一〇二号室まで一礼比さんの悲鳴が聞こえたとはどういうことかが問題になったのは、事件後、少し経ってからでした。当然、同居人だという女性にも事情聴取をしておかなければいけないという話になったのですが、その時にはもう彼女はいなくなっていたのです」

「って。ちょっとちょっと」呆れるのを通り越したのか修多羅は苦笑いを浮かべて、さっきと似たフレーズを反復する。「いなくなっていた、って。どういうことですかそれは」

「自分が留守中、マンションで殺人未遂事件が起こったと籾山から聞かされた彼女は、そんな物騒なところには怖くて住めないと言って、さっさと荷物をまとめて出ていったそうなんです。以前から、一階の部屋は不用心で嫌だと、不満を洩らしていたのだとか。洗濯機の中から下着を盗まれたこともあったといいます」

「つまり結局、その同居人という女性の素性はまったく判らず、行方知れずのまま——というわけですか。現在に至るまで」

「そのとおりです」

「なんだかなあ」いちいちコメントするのも虚しくなったとでも言いたげに修多羅は頭を掻く。「怪しいよなあ、絶対」

「たしかに。いま考えるとそうです。言い訳するつもりはありませんが、一礼比さんの証言から、彼女を襲ったのが口羽公彦であることは、はっきりしていましたから。籾山慶一の同居人の存在はいかにも胡散臭い話ではあるものの、事件とは無関係だろうと、つい——」

「こういう言い方はなんですけれど、まるでミステリ小説ばりの設定よね」亜李沙の双眸は好奇心に輝いている。「幻の女――という感じで。そもそもそんな同居人なんて、ほんとうは存在していなかったのかもしれないし」

「女、なのか。はたして」修多羅は辛抱できなくなったらしく、再度椅子から立ち上がった。「仮に同居人が実在したとしても、それが女性であると主張しているのは籾山慶一だけだ。そうでしょう？　それとも誰か他に、その白後という女の姿を確認した者はいるんですか」

双侶は首を横に振った。その拍子に梢絵とふと眼が合う。彼の顔にふとよぎった、申し訳なさそうな色合いが彼女には不可解だった。たしかに籾山慶一の同居人なる女性の存在については、梢絵もいま初めて聞いた。しかしそのことをこれまで教えてくれなかった双侶を責める気持ちは微塵《みじん》もない。〈恋謎会〉のメンバーにも告げなかったくらいだから、さほど重要なデータではないと思い込んでいた、それだけの話なのだろう。なのにどうして、一瞬にせよあんな悄然とした表情を見せたのか。彼女は双侶に直接訊いてみたい気持ちになった。

それはともかく。籾山慶一に同居人がいたのか否かなぞ梢絵にとってはどうでもいい問題だ。そんな女性が実在しようがしまいが、籾山と男女関係があろうがなかろうが、いずれにしろ無関係な話で、まったく興味はない。しかし〈恋謎会〉の面々は、そうは考えないらしい。

「これはなかなか意外な展開になってきたな」修多羅なぞ歩き回りながら、いまにも舌なめずりせんばかりだ。「ねえ、凡河先生。そうはお思いになりませんか」

「うむ。なんだか臭うな。あるいは、籾山慶一という、これまで部外者だと思われていた人物が事件にかかわっていたかもしれないという可能性を、真剣に検討するべきかもしれん」

「そうですとも。なにしろ事件発生当時、現場のすぐ近くにいたんですからね、彼は」

「さよう。それはとりもなおさず、条件さえ整えば彼が何らかの偽装工作を施すのも可能な立場にいたということを意味する」

「そうです。そうですとも」

「再び自説を蒸し返すようで恐縮だが、現場に問題の生徒手帳が残されていたという点が、わしはどうも、ひっかかるんだよ」

「そうですよ。そうなんですよ」やたらに相槌《あいづち》を打つたびに修多羅の興奮度は増していっているようである。「一礼比さんが口羽公彦のポケットから手帳を引きずり出したのは、たしかに偶然の賜物《たまもの》だったのでしょう。しかし、それが警察によって発見された問題の生徒手帳と同じものだったという保証はないわけです」

「誰かが、すり替えたのかもしれんな。警官たちが到着する前に」

そんなばかな。梢絵は呆れてしまった。もしもそんなことがあったのなら、あたしが知らないわけないじゃないのよ、と。しかし現場に居合わせなかった身をいいことに修多羅は強弁する。

「あり得ますね。先生。それは大いにあり得ます。たしかに口羽公彦は慌てて現場から逃走する際、ポケットから落ちた手帳をそのままにしていったのかもしれませんが、だとすれば、そちらには大したことを書いていなかったからこそでしょう。実際には拾って持ち去っていたという可能性も考えられますが、いずれにせよ、現場に残されていたのは一礼比さんが引っ張り出した手帳とは別物だった。警察が発見した生徒手帳は、あらかじめ他の誰かが用意して、事件発生後にこっそり現場に置いていったものだった」修多羅は梢絵のほうを見るが、彼女としてはどう反応したものか全然判らない。「もちろんその、他の誰かとは籾山慶一ではないか、という前提で喋っているのですが」

「籾山慶一は事件発生後、警官たちが到着する前に一礼比さんの部屋に少年の生徒手帳をこっそり置いてきた」凡河は満足げに頷きながら、ゆっくりと一同を見回す。「口羽公彦を無差別連続殺人事件の犯人に仕立て上げるための偽装として——修多羅くんが言っているのは、そういうことだね？」

「まさしくそのとおりです。たしかに一礼比さんを襲ったのは口羽公彦だった。しかしその犯行にしても、少年がそうするよう籾山慶一が策略をもって仕掛けたことだったのです」

そんなばかなこと、あるわけがない。そう胸中で反論するのも飽きてきた梢絵は、しばらく修多羅の推理に付き合うことにした。

「口羽公彦が自ら生徒手帳にあんな記述をし、なおかつ自発的に一礼比さんを襲うようにもっていったというんだね。具体的には、いったいどういう策略を弄して？」

「そこは巧妙に。いや、詳しいことは後回しにしましょう。すみません、ところどころ、凡河先生がご披露された『架谷耕次郎・真犯人説』の焼きなおしになってしまいますが、かまいませんか？」

「いいともいいとも」

事件再考の新しい展開に凡河は上機嫌である。というより、修多羅の言い分に熱意をもって反応しているのは彼だけだ。

「さきほどの先生のお考えですと、殺害された『架谷耕次郎』とは本物の架谷氏ではなく、よく似た別人ということでした。架谷氏は〈浄穴フラッツ〉に口羽公彦をかくまい、そして自分のかわりに連続殺人事件の犯人に仕立てあげようとした、そういう仮説でした。従って最初に殺されたのも本物の架谷氏ではなく、よく似た別人だった、と。しかし、やはり最初に殺害されたのは架谷耕次郎本人だったのでしょう。そして、彼が〈浄穴フラッツ〉の部屋を借りてやっていたのは、家出した男子高校生などではなく、結局単なる愛人

——名も知れぬ若い女性だったのです」

ほんのついさっき、他ならぬ修多羅自身が〈浄穴フラッツ〉へ出入りしていたのは単なる架谷の愛人ではない、という仮定を論理的に——大いに詭弁《きべん》めいていたにせよ——説いていたような気が梢絵はしたのだが、敢えて口にするのはやめておく。

「しかしだ、現に〈浄穴フラッツ〉五〇五号室から口羽公彦の遺留品が発見されているんだぞ。その事実にはどう説明をつけるんだね？」

「それもまた籾山慶一の偽装工作の一環にすぎません。彼は架谷耕次郎を殺害した際、遺体のポケットから〈浄穴フラッツ〉の鍵を奪って入手していたのです。いつか何かに使えると思って」

　しかし、そんな発想自体おかしくはないか。梢絵は内心そう思わざるを得ない。さっきも話に出たように、架谷が殺害された後、彼の銀行口座は凍結され、光熱費が支払われなくなったため〈浄穴フラッツ〉の部屋の水道や電気は止まっていた。にもかかわらず、その後も賃貸契約が有効なままだったのは架谷が五〇五号室の家賃を一年分前払いしていたからだが、そのことを籾山がどうやって知ったというのか。よっぽど訊いてやろうかと思ったが、やめておく。殺害する直前にそうした情報を架谷本人の口から引き出していたんだ、などと答えられたらそれまでだ。実際、その程度のことしか考えつかないだろうし。

「すると何？」相変わらず修多羅の話に引き込まれているのは凡河くらいで、亜李沙はどちらかというと距離を置いているようだ。「家出した口羽公彦にアジトを提供していたのは架谷氏ではなく、籾山慶一だったというの？」

「そうだったんだよ、きっと。ほんとうは白後なんて女性はいやしないのさ。〈めぞんフォルテ〉一〇二号室で籾山慶一と同居していたのは口羽公彦だったんだ。従って〈浄穴フラッツ〉は、少年の遺留品を放置することでダミーに仕立て上げられただけだったのです。ほんとうのアジトである〈めぞんフォルテ〉から捜査陣の眼を逸らすために」

「じゃあ、架谷氏と少年とのあいだに関係は？」

「何もなかったんでしょう、もちろん。お互いに接触すらしていない。すべては籾山慶一が仕組んだことだったのだから」

ちょっとちょっと。しばらく無心で拝聴しようと決めていた梢絵だが、やっぱり呆れてしまう。だったら〈浄穴フラッツ〉五〇五号室の賃貸契約を交わしていたとされる人物の名前が、どうして『舎人浩美』になっていたのかの説明がつかなくなるではないか。それとも、保証人になった架谷耕次郎が適当にでっち上げた名前がたまたま口羽公彦の関係者と同姓同名だった、とでもいうつもりなのか。すべては単なる偶然だった、と？

そもそも、本物の舎人浩美は女性ではなく男の子で、しかも口羽公彦のクラスメートだったというデータを得意げに提供したのは他ならぬ修多羅本人ではないか。なのに、せっかくのその収穫を台無しにするような仮定を前提に推理を展開しようとしている自分に対して、彼本人は何も抵抗を感じないのだろうか。それとも、あれはもう否定済みの仮説だと割り切っているのか。

「おおかた籾山は勤め先のファミレスで口羽公彦と知り合ったんでしょうね。想像を逞しくすれば、衝動的な家出をして金がなかった彼は、その店で無銭飲食でもやらかしたのかもしれない。それを籾山が肩代わりしてやったとか何かそういう、少年が彼のことを頼りにし始めるようなきっかけがあったんだと思いますよ。いいですか。最初から経過を整理してみましょう」

　立ち止まってしばらく考え込んでいた修多羅は、他の誰かが口を開いて座のイニシアティヴを取る前に説明を再開しようと焦っているかのように、再び歩き回り始めた。

「まず、すべての発端は一九九七年二月十五日。口羽公彦が失踪したことから始まります。それはさきほど丁部さんがおっしゃったように、一礼比さんを殺害しようとして、少年は失敗してしまう。誤って彼女の恋人、士堅さんのほうを突き飛ばし、殺してしまったのです」

　丁部の反撃にあえなく白旗を掲げたということなのか、これまたさっきまでの己れの主張とはまったく逆の推論を展開する修多羅である。

「そのショックで口羽公彦は自殺まで考え、そのまま家出してしまった。そんな少年を拾ったのが籾山慶一だったのです」

黙っていようと決めていた梢絵だったが、我慢できなくなって、つい訊いた。「どうしてそんな酔狂な真似をしたんです？」

「少年に興味を抱いたからでしょう。といってもセクシュアルな意味合いではありませんよ。これまた詳しい経緯は想像するしかないが、口羽公彦は一礼比さんを殺害しようとして失敗してしまったことを籾山に告白したのではないでしょうか？　なにしろ子供ですから、己れの罪の重さを独りで引き受けるのが辛くて誰かに聞いて欲しいと思ったとしても無理はありません。さっきの強引な想像を採用するなら、無銭飲食をした自分を助けてくれた籾山への依存心が、少年の中で急速に育っていたとしても少しも不思議ではない。そしてその告白に興味を抱いた籾山は言葉巧みに、口羽公彦の口からすべてを引き出したのです。一礼比さんを殺害しようと思い立った動機から始まり、誤って彼女の恋人のほうを突き飛ばしてしまったことも、すべて」

「そんなこと」つい梢絵は自分で頬が赤らむほど露骨に懐疑的な口調になってしまった。

「あり得るのでしょうか」

「口羽公彦が絶望のどん底にあったとすれば決してあり得ない展開ではないし、彼がそう告白したからこそ、籾山は少年に興味を抱いたのです」

「興味を抱くのは判りますよ。でも、そんな告白を子供からされたら、普通は警察へ出頭するように勧めそうなものです」

「普通はね。ところが籾山慶一は普通の男ではなかった。というのは彼もやはり、地元新聞の読者コーナーに投書が掲載される投稿者たちを快く思っていなかった。おまえさんたち、自分だってそれほど立派な人格者でもあるまいに何を好き勝手なことをほざいているんだと敵愾心《てきがいしん》を燃や――あ。あ。といっても別に他意はありませんので。ひとつご容赦ください」梢絵を向いて合掌してみせておいてから修多羅は続ける。「三人の被害者たちのうち、籾山がほんとうに殺したかったのが誰なのか判りませんが、あるいは架谷、矢頭倉、寸八寸、三人ともだったのかもしれない。彼らが読者コーナーで批判している内容が籾山の癇《かん》に触ったのでしょう。彼自身が立ち読みしたり、お年寄りをないがしろにしたりする人物だったかどうかは判らないが、単にモラリストぶる偽善者たちが嫌いだったのかも――」

「ちょっと待ってください」籾山慶一に疑惑の眼が向けられるきっかけを持ち出してしまったことを悔やんでいるかのように弓子は顔をしかめた。「まさか籾山は、そんな理由で、実際には会ったこともないひとたちに危害を加えようと常日頃から考えていたというのですか？」

「というより、口羽公彦という少年に出会ったことで籾山は開眼したのかもしれません――なるほど。読者コーナーには、匿名希望のものを除けば、投稿者の名前や住所が、ちゃんと書いてある。こいつらに危害を加えようと思えば簡単にできる。お互いに面識さえないんだから、うまくやればこちらが警察に疑われる心配もない、と」

修多羅の言い分に梢絵は鳥肌が立った。そんな発想から他者を攻撃することを思いつく人間がこの世に存在するなんて。考えたくもない。しかし実際にはいるのだろう。確実に。

「まるで、動機なんか後から来い、という感じですね。常日頃から、ひとを殺してみたいと思っていたんだけれど、実行に移すきっかけが見つからなくて歯痒い思いをしていた人物がついに、いわゆる殺人のための殺人という行為に着手できる口実を見つけて、喜んで飛びついた……そんなふうに聞こえてしまいますが」

弓子はまさに梢絵の胸中を代弁していたが、彼女の口ぶりは決してその内容を否定していない。否定できない己れに慚愧の念を抱いているようですらある。

「ということは、くどいようで恐縮ですが、口羽公彦が一礼比さんを殺害しようとしたそもそもの動機も、やはり投書にあった——そういう前提なのですね？」

「そういうことです。一礼比さんの投書が自分をクラスの中で孤立させる遠因をつくったのが事実とはいえ、少年は彼女に会ったこともない。その会ったこともない女性を実際に殺そうとした。そんな恐ろしい発想を実行に移す人間に出会ったことで、籾山は眼からウロコが落ちたのです——そうか。そういうのもありなんだ、と」

聞いていて梢絵は吐き気がしてきた。職業柄、修多羅が奔放な想像力を駆使するのは理解できるし、その能力を買われたからこそ彼はいまこの場に同席しているわけだ。しかし彼は梢絵のように実際に殺したり殺されたりする場面に遭遇した体験がない。いや、ないと確認したわけではないけれど、仮にあるとしたら、こんな恐ろしいことをぬけぬけと口にできるはずはない。梢絵はそう思う。

しかしそうした修多羅に対する梢絵の反発や非難めいた感情は、決して彼の言い分の否定には繋がらないのだ。その力を持っていない。むしろ肯定しているとさえ言える。そういう人間は現に実在するのだ、と。どこからどう見ても、くだらなくて脱力しそうな不当な理由で他者の命を奪うことを厭《いと》わないような、そんな人間が……

「籾山慶一は以前から特に気に入らなかった投稿者のうちから架谷耕次郎、矢頭倉美郷、寸八寸義文の三人を選んで抹殺してしまおうと思いつく。そして彼らを殺害した後、その罪をすべて口羽公彦に被せてしまうべく計画を練ったのです。そのためには、少年が犯人であるという証拠を捏造しなくてはならない。例えば例の生徒手帳とかね。それらの偽装工作の準備には必然的に時間がかかる。そこで籾山は少年を信用させるためにも、家出と一礼比さん殺害失敗とで物理的にも精神的にも行き場を失っている口羽公彦を誘い、同居を始めたのです」

「それはいくらなんでも考えられないのではないですか」まるで修多羅のその言い分を待ち受けていたかのように、弓子は決然と一蹴した。「一礼比さんは士堅さんが謎の事故死を遂げた後、怖くなって引っ越しをしたのですよ。〈コーポラス欅〉から〈めぞんフォルテ〉へ。その一礼比さんを狙って失敗した口羽公彦にたまたま興味を抱いて援助の手を差し伸べた籾山慶一が、まさに彼女の引っ越し先である〈めぞんフォルテ〉に偶然にも住んでいたというのですか？　最初から？」

「あ。いや。そ、それは」さすがに修多羅の声が失速した。髪を掻き毟るような仕種で、しばし考え込む。「いや、それはちがうでしょう。口羽公彦と出会った時、籾山は多分別のところに住んでいたと思うんですが——どうでしょう？」と縋《すが》るような眼つきで双侶のほうを向いた。「籾山慶一が〈めぞんフォルテ〉に住み始めたのはいつなんです？」

「さあ」双侶は困っているようだ。「さすがにそこまでは、ちょっと判りかねますが」

「そうですか。でも、うん。口羽公彦と出会った後だったと、ぼくは思いますね。つまり一九九七年二月十五日以降だ。さらに言えば、一礼比さんが〈めぞんフォルテ〉に住むようになった後、それを追いかける形で、彼らも同じマンションへ移ったのでしょう。いずれ再び少年に一礼比さんを襲わせるために、彼女の引っ越し先を調べ、そこでふたりで何喰わぬ顔をして潜伏していた」

「なんでわざわざ」亜李沙の含み笑いは、修多羅の推論を揶揄しているのか支持しているのか、区別がつかない。「そんなややこしい真似をしなければいけなかったの？」

「もちろん、口羽公彦を陥れるための偽装工作の一環として、さ。まあ待ちたまえ。順番に説明するから。さて。そうやって〈めぞんフォルテ〉に少年と一緒に拠点をかまえた籾山慶一は、かねてより敵意を抱いていた架谷、矢頭倉、寸八寸の三人の投稿者をターゲットとして選び、次々に殺害していった。もちろん犯行にあたっては常に口羽公彦のバスケットシューズを履いて、ね。そして一連の事件が同一人物の犯行であることを強調するために、被害者たちの毛髪と一緒に犯行声明文をマスコミに送っておいたりと、少年にすべての罪を被せるために用意周到な準備を進めた」

「口羽公彦の生徒手帳の記述については、どうやって偽造したの？」

「これについては凡河先生の完全な受け売りになってしまうが、言葉巧みに口羽公彦に、いま世間を騒がせている三件の無差別連続殺人事件についてちょっと一緒に考えてみないか、というふうに持ちかけたんだろう。少年が考えをまとめる時、メモを取る習慣があることを利用したんだ」

「ではやはり、さっきの凡河先生の仮説と同じく、口羽公彦は自分のことをかくまってくれている籾山慶一が連続殺人鬼であることは知らなかった、という前提なのね？」

「もちろんさ。おそらく籾山は口羽公彦にこんなふうに持ちかけたんじゃないかな――おい、どうやらおまえと同じようなことを考えている奴がいるみたいだぞ、と。事件の詳細が記載されている雑誌や新聞記事と一緒に、被害者たちの投書が掲載されている読者コーナーをこんなふうに――」と修多羅は亜李沙が配ったコピーをぴらぴら振った。「少年に見せた。それが巧妙な罠であることも知らず、口羽公彦は驚く。世間はまだ被害者たちの共通点に気づいていないようだが、この謎の連続殺人鬼はまさしく自分と同じように新聞の読者コーナーに投書が掲載されたことのある人間を狙っている——とね。あまりの偶然の一致に驚愕しただろう。もちろん実際には偶然でも何でもない。既に口羽公彦本人から一礼比さん殺害計画の動機を聞き出していた籾山が、それに倣って別の犯行を続けていただけの話なんだから。被害者の選び方が同じなのは当然さ。しかしそんなこととは知らない少年は、その符合に運命的なものを感じ取ったかもしれない。そんな彼の心の隙を衝くという絶妙のタイミングで、籾山は口羽公彦の耳もとで悪魔の如く囁いた」

言葉を一旦切って大きく息継ぎをする修多羅は、視線を宙に据えている。自分が紡ぎ出すストーリーに没頭しているらしい。

「籾山はさりげなく少年の耳に、こう吹き込んだのです——ここで四人目が同じ手口で殺されたとしたら、すべての罪は全部まとめて、この連続殺人鬼が被ってくれることになるだろうな、と」

「唆した、というわけね、口羽公彦を」亜李沙の声から揶揄するような響きが消えた。

「そうやって彼が再び一礼比さんを狙うよう仕向けた、と。そういうことなのね？」

「そうだ。そして籾山慶一は少年をうまく言いくるめて、三件の犯行で使用されたダンベルを彼も使うように持ってゆく。殺し方の手順などもすべて少年自身の手で手帳にメモを取らせるように仕向けたわけだ。ただ、おそらくターゲットリストの最後、一礼比さんの名前だけは、籾山が口羽公彦の筆跡を真似て書き加えたものでしょうね。そんなデータまで改めて本人に書かそうとしたら、さすがに少年も不審を抱くかもしれないと用心したのでしょう。だからこそ一礼比さんの名前だけ、あんな変則的な位置になったのです」

「犯行日がすべて、その月の第一木曜日で統一されたのも、籾山の計略ってわけ？」

「当然そうだろう。籾山は犯行のたびに意識して実行日に法則性を付与しておいた。それもまた無差別連続殺人事件の特徴であると、さりげなく口羽公彦に吹き込めば、彼が第四の犯行においてその共通項を踏襲するだろうと予測するのはたやすかった。少年にしてみれば、謎の連続殺人鬼の犯行に便乗して罪を犯す以上は犯行日の法則性も踏襲せざるを得ない。それもまた籾山が仕掛けた罠だとも気づかずにね。こうして口羽公彦はまんまと籾山慶一の思惑に嵌まってしまい、その結果、第一から第四までの事件はすべて同一人物による犯行だという状況が出来上がったというわけです」

「しかしですよ」弓子は物憂げに自分の膝に頬杖をついた。「そんなふうに偽装工作の限りを尽くしたところで、もしも口羽公彦が一礼比さんの襲撃に失敗しなかったら何の意味もない。そうでしょ。仮に少年が彼女の殺害に成功し、彼の犯行だと証言されることもなくまんまと容疑圏外へ逃げ切ってしまっていたとしたら、どうですか。籾山慶一の苦労は水の泡じゃありませんか。それともまさか、あの失敗劇まで籾山が仕組んだことだ、なんて言うんじゃないでしょうね？」

「いや。彼が失敗したのは、もちろんたまたまですよ。ただ籾山は、自分の思惑通りに少年が何らかのへまを仕出かすよう、さらなる偽装工作の準備をしていたはずです。そのためにこそ、わざわざ彼は〈めぞんフォルテ〉へ引っ越してきていたわけですからね。口羽公彦の犯行時に現場のすぐそばで待機しているところを、万一誰かに目撃されても怪しまれないようにするために」

「すると、籾山が一礼比さんの悲鳴を聞いたと証言したのは……？」

「別に嘘じゃなかった。実際に聞いたんでしょう。ただし籾山はその時一〇二号室にはいなかった。おそらく廊下へ出ていたはずです。それも、一〇六号室のドアにへばりついて室内の様子を窺っていたとしても驚きませんね、ぼくは」

「口羽公彦が何らかのへまを仕出かすように手を打つために、ですか？」修多羅を論破する糸口を探っているのか、弓子の視線が一瞬上下左右にせわしなく動く。「しかし具体的にはどんなふうにして、少年が一礼比さん殺害を失敗するように持っていこうとしていたというんです？」

「それは判りません。身も蓋もない言い方で申し訳ないが、籾山にしてみれば一礼比さんが殺害されても別にそれはそれでかまわなかったわけです。ただ口羽公彦を陥れるための最後の仕上げをするべく、状況に応じてどんな対応でもできるよう、現場の様子を窺っていたわけです。その結果、事態は籾山にとって理想的な形で進んでゆく。口羽公彦は一礼比さんから思わぬ抵抗を受け、見事に失敗します。しかも彼女に顔を見られてしまった上、手帳まで奪われそうになったという」

「奪われそうになった——ということは、口羽公彦は、彼女がポケットから引っ張り出した手帳を一旦回収していたとお考えなのですか？」

「そうでしょうね。どう考えても、そう解釈したほうが自然です」

やれやれ。梢絵はそっと肩を竦めた。つい先刻、口羽公彦に手帳を回収する余裕はなかったはずだという前提でまったく別の推理を披露していたのと同一人物の科白とは、とても思えない。しかし修多羅本人にそうした自覚はあるのかないのか、いっこうにかまわず続ける。

「それを聞いた籾山は内心、してやったりと快哉を叫んだことでしょう。しかしそんなことはおくびにも出さず、ともかく口羽公彦を一〇二号室へとかくまった」

「口羽公彦は、やはり現場の玄関ドアのほうから逃げたというのですか」弓子は徐々に修多羅の仮説に影響されてきているかのような面持ちだ。「では、ベランダ側のガラス戸が開いていたのは、どうしてです？」

「口羽公彦による意図的な偽装か、それとも一旦は本気でベランダのほうへ逃げようとしたのか。どちらかでしょう。しかし少年は結局玄関ドアから逃げた。一〇二号室へ彼をかくまった籾山は、外の様子を見てくるからおまえはここを動くな、とかなんとか口実をつけ、自分ひとりだけ再び一〇六号室へ向かった。その手に、こっそり口羽公彦のポケットからくすねた生徒手帳を持って――」

「ちょっと待ってください」さすがに我慢できなくなって梢絵は声を上げた。「まさか、あの手帳は口羽公彦が立ち去った後、籾山が現場へやってきて置いていったものだというのですか？　それは無理がありすぎです。いくらなんでも」

「そうでもありませんよ。一礼比さんが言いたいことはよく判ります。仮にそうだとしたら自分が気づかぬはずはない、そうおっしゃりたいんでしょ。しかしよく憶い出してみてください。あなたは少年に殴られて意識が朦朧としていた。口羽公彦がベランダ側、玄関側のどちらから逃げたのかもはっきりしないほど。従って、籾山がこっそり部屋へ入ってきたことも察知できなかったのです」

「一礼比さんが気づくかどうかということではなくて、問題は籾山側の心理でしょう」双侶が梢絵の言いたいことを代弁してくれた。「修多羅先生のお考えによればその時点で籾山は、一礼比さんが死んでいないことを口羽公彦の口から聞いて知っていたはずですよね。しかも、どの程度意識がはっきりしているのかも判断がつかない。そんな危険極まりない状況下で、のこのこと現場へ入ってきたりするものでしょうか？」

「入ってきますとも」修多羅は自信たっぷりに断言した。「なぜなら、たとえ一礼比さんの意識がはっきりしており、自分が室内に入ってきたことを彼女に気づかれたとしても、籾山はちっとも困らないからです。もし一礼比さんに見咎められたら、彼はただこう言えばいい。自分は一〇二号室の住人だが、さっき悲鳴が聞こえたので様子を見にやってきた、何かあったのか――とね。同じマンションに住んでいる者の強み、そう堂々と名乗っても何の問題もなかったってわけです。これこそがわざわざ一礼比さんを追いかける形で同じマンションへ引っ越しまでした理由であり、彼の遠大な計画に基づく準備の一環だったというわけですよ」

なるほど。はからずも梢絵は感心してしまった。いや、決して『籾山慶一・真犯人説』を支持しているわけではないが、よくぞこれだけ瞬時にしていろいろ思いつくものだと修多羅の才能を素直に評価したのだ。皮肉はいっさい抜きで。

「そうやって籾山はまんまと現場に、口羽公彦が一連の事件の犯人であることを示す重要な証拠となる生徒手帳を置いてくる。あとは一〇二号室に戻るだけ――と思っていたところへ、一礼比さんの通報を受けた警官たちがやってきてしまった。彼は仕方なく咄嗟に善意の部外者を装い、実は悲鳴が聞こえたので云々と言い訳をした」

「すると籾山は当初、自分からわざわざ警察に証言するつもりはなかったというのですね」

「それはそうですよ」修多羅はさも当然だと言わんばかりの顔で双侶を見た。「いずれ警官たちは同じ階の住人にも話を聞きにくるかもしれないが、自分は何も気づかなかった、そう答えれば済むことですからね。一〇六号室と一〇二号室は、さっき泉館先生がご指摘されたように、あいだに三室も挟んで離れている。悲鳴や騒音などまるで聞こえなかったと主張しても全然不自然ではない。しかし、一〇二号室に戻ろうとした途中で警官たちに出くわしてしまった以上、籾山は悲鳴が聞こえたから廊下をうろうろしていたと言い訳せざるを得なくなった。その結果、それだけ自室から離れている現場からの悲鳴がどうして聞こえたのかと指摘された彼は、換気のために窓を開けていたという、実に苦しい言い訳を重ねる羽目に陥ったというわけです」

「その後、籾山はどうしたのでしょう」なぜか双侶は気落ちしたような表情になった。

「口羽公彦を一〇二号室に、ずっとかくまっていたのですか」

「当座はね。そして、ほとぼりが醒めたのを見計らって殺害したはずです。籾山の計画どおり、口羽公彦が犯人であると示す証拠は既に揃っている。しかし彼が警察に拘束されてしまうのはまずい。少年の口からいろいろな証言が飛び出したら、籾山本人の立場が危うくなりかねませんからね。その前に口封じのため口羽公彦を殺し、失踪してしまったという設定で、遺体を誰の眼にもつかないところで処分したのです。おそらく山の中に埋めたとか。そんなところでしょう」

　修多羅が喋り終わると、その熱弁の反動で気味が悪いくらい洋間は静まり返る。反論が上がらないものかと梢絵は焦れたような気分で待ったが、誰も口を開こうとする気配はない。修多羅の仮説が今夜の考察会の最終的な結論、みたいな雰囲気がだんだん醸成されてゆく。

しかし梢絵は納得できない。早い話、籾山慶一なる人物が何をどうしようと彼女には関係ない。なるほど。修多羅はこれまで各自が提出した推理の長所をうまく継《つ》ぎ接《は》ぎしたと言える。それゆえに、ある種の説得力を有することは否めなかった。他の者たちも同じように感じているのだろう。

梢絵の最大の不満は、どうして口羽公彦が自分を殺そうとしたのか、その明確な答えが未だに得られていないという、その一点に尽きる。例の投書のせいだと言われれば一瞬納得するが、それはどこまでいっても抽象的な話に過ぎない。彼女が欲しいのはもっと〝実体〟を伴った理由だ。修多羅はこれだけ奔放に想像力を駆使しながら結局、その肝心の疑問には切り込まずにとおした。だからといって彼を無能と責めるのも筋違いであることもたしかで、梢絵はどこまでいっても宙ぶらりんな状態に吊るされたまま。

結局無理なんだ……そんな諦観が確実に彼女を押し流しつつある。ありていに言ってしまえば、動機なんて結局は口羽公彦本人に訊くしかない。いや、たとえこの場に少年が現れてくれたとしても、彼自身うまく説明できない問題なのかもしれない。つまり永遠の謎なのだ。それを十字架として自分は背負ってゆくしかないのだ。梢絵が絶望のあまりひきつった笑いを洩らそうとしたその時「あの」と幾分申し訳なさそうに双侶が口を開いた。

＊

「非常に、その、申し上げにくいことなのですが、修多羅先生」

「何ですか。え。も、もしかして」同じ前置きで自説を潰されたことを憶い出したのか、修多羅は身構えた。「また何か辻褄の合わないことでも？」

「残念ながら幾つか。まず、先生のお考えによりますと、一連の事件に凶器として使われたダンベルは籾山慶一が用意したものだという理屈になりかねませんが、あれは口羽公彦本人が――」

「あ。あ。そうか。少年が自宅から持ち出したものであると確認されていたんでしたっけ」事前に与えられたデータをすっかり失念していたらしく修多羅は舌打ちをしたが、すぐに立ちなおって、「いや。でもそれはちゃんと説明がつきますよ。もともと口羽公彦は一礼比さんを殺害するに当たって何か凶器が必要になると判断し、ダンベルを持って家出をした。その後、籾山慶一にかくまわれるようになってからも、ずっと持っていたのでしょう。籾山はそれに眼をつけ、少年に気づかれぬよう犯行のたびに持ち出しては凶器として使っていた、と。これなら矛盾はないでしょ？」

「そうかもしれません。しかし、より決定的な問題点がもうひとつ――」

「な。ま、まだあるんですか」

「これもまた、わたしがお伝えするのを忘れていた事柄なので大変心苦しいのですが」

へりくだる双侶の態度に、梢絵は再び腹立たしい気持ちにかられる。事件に少しでも関係するデータをすべて伝えるなんてどのみち無理なんだから。そんなに気を遣う必要はないのに、と。

「修多羅先生の推理では、籾山は口羽公彦の犯行時に〈めぞんフォルテ〉の廊下に出ており、現場の様子を窺っていた。そして一〇六号室のドアから逃げ出してきた口羽公彦を咄嗟に一〇二号室へかくまった——そういうことですよね？」

「そうですが……」

「だとすれば、ですよ。一礼比さんの通報を受けた警官たちが〈めぞんフォルテ〉へ到着した時、口羽公彦はまだ籾山の部屋にいたはずですよね。一〇二号室の中に」

「えと……まさか」双侶が何を言わんとしているのかに思い当たったのか、修多羅は泣き笑いのような表情を浮かべた。「まさか警察は、その日のうちに一〇二号室の内部を調べた——なんていうんじゃないでしょうね？」

「実はそうなんですよ。というのも、籾山慶一の証言が事実だと仮定すると、少年はベランダ側から逃走したことになる。しかし、隣人の衰地刀自によれば、誰も一〇六号室のガラス戸からは出てこなかったという。もちろん彼女がうっかり見逃したと解釈するのが妥当でしょうが、籾山が嘘をついているという可能性も無視できなくなる。そんなこちらの疑惑を察知したからかもしれませんが、籾山は、気味が悪いから自分の部屋も調べてくれと言い出したのです。もしも気づかないうちに犯人が逃げ込んでいたりしたら嫌だから、と」

「それで……あの、調べた結果は？」

「口羽公彦はおろか、誰も一〇二号室には隠れていませんでした」

「いや。でもそれは矛盾でも何でもないでしょ。籾山は口羽公彦を自室にはかくまわず、そのままマンションの外へ逃がした。そう考えれば済むことじゃありませんか」

「しかし籾山は、少年の口を塞ぐために彼の身柄を確保する必要があったのでは？」

「だからその場では外へ逃がしたけれど、後でどこかで落ち合ったんでしょう。そういう約束を交わしていたんですよ。マンションにおまえがいたら危険だからとかなんとか。うまい口実をつけて。少年をどこかに隠れさせ、そして――」

「一〇二号室を調べた結果、万年床が二組あったりしたことから、籾山が誰かと同居していたのはどうやら事実らしいとも判明しています」

「でしょ？　それが口羽公彦――」

「だとは、ちょっと考えられない」

「え……どうしてです？」

「籾山慶一の同居人の容貌や素性を我々は把握しておりませんが、まずまちがいなく女性だったと思われる。というのも一〇二号室の床には、住人の性格を反映してか、あらゆる物が雑然と散乱していて、その中には女性の下着や、そして生理用品などもあったからです」

「それは……」

口羽公彦が女装していたのではないか、と修多羅は言おうとしたのだろう。しかし、だとしたら生理用品まで用意する必要はないという道理に思い当たったのか、口をつぐんでしまった。

「念のため申し上げておきますが、それらの小物が同居人の性別を偽るためのカモフラージュだったという考えは成立しません。〈浄穴フラッツ〉のケースとはちがい、〈めぞんフォルテ〉一〇二号室の賃貸契約は籾山慶一の名前で交わされていた。従って本人も含め、住人の性別を偽装したところで何の意味もないからです。あ。それから——」双侶は相変わらず申し訳なさそうに付け加えた。「我々が室内を調べた際、一〇二号室の窓はたしかに開いていました。籾山慶一の証言通りに」

# 第十章　殺

「――礼比さん」と双侶は、梢絵を追って凡河邸の玄関から出てきた。「お車ですか？」

「いえ」淡い門灯の光の中に立ち止まった彼女の息が白く凍り、マフラーにまとわりつくようにして宙を舞う。「タクシーで来ましたので」

「ではわたしの車でお送りします」さりげなく梢絵の腕を取ると、駐車場のほうへ導いた。

「この辺りではなかなかタクシーも拾えませんし」

「でも大丈夫なのですか、双侶さん？　さきほどブランデーを召し上がっておられましたが」

「大した量ではありません。もう醒めました」

彼に促されるままセダンの助手席に乗り込んだ梢絵は、車が発進した後も、しばらく黙りこくっていた。双侶のほうも黙々とハンドルを操る。

日付は既に変わって新しい年、二〇〇二年が明けている。早朝の四時を回ったところだ。ヘッドライトが切り拓いてゆく道路に他の車は通っておらず、辺りは森閑としている。

梢絵たちが屋敷を後にする前に、泉館弓子と丁部泰典はそれぞれの車で辞去しており、いま凡河邸に残って主とともに新年の朝を迎えようとしているのは矢集亜李沙と修多羅厚のふたりだけだ。あの三人はどんな話をしているのだろう。やはりミステリ談義か。それとも単なる世間話か。梢絵はあれこれと想像を巡らせる。

「——なんだか、よけいなことをしてしまったようで、申し訳ありません」

「え」そういえば丁部はともかく、弓子はちゃんと酔いを醒ましてからハンドルを握ったのだろうかと詮ないことを考えていた梢絵は、双侶の低い呟きで我に返った。「何のことです？」

「一礼比さんの悩みを解消してさしあげなければいけないはずが、お役に立てなくて。却って混乱させてしまったのではないか、と」

修多羅の最後の推理が完全に否定された後、新説らしい新説は出てこなかったため、しばらく当たり障りのない雑談を経て解散になった。結局、大晦日の〈恋謎会〉会合での最大にして唯一の収穫は、矢集亜李沙が指摘した、地元新聞読者コーナーという被害者たちの共通点だろう。今夜の集いがなければ一生知り得ぬ事実だったことはたしかだ。そういう意味で考察会は梢絵にとって決して無益なものではなかったが、しかしほんとうに知りたいことは永遠に謎のままなのだという絶望を同時にもたらしたとも言える。

「とんでもない」梢絵は首を横に振り、かろうじて笑みを浮かべた。「みなさん、いろいろ知恵をしぼってくださいました。ほんとうに感謝しています」掛け値なしの本心だった。

「たとえ他の誰に頼んだところで、あれ以上の成果は望めないでしょう。あとは口羽公彦本人に訊くしかありませんが、それがかなわぬ以上は、死ぬまでこの謎をかかえ込んでゆくしか——あ。いえ」慌てて手を振った。「ごめんなさい。これは決して愚痴ではないんです。ただ、これからは現実を受け容れなければいけないのだと自分自身に言い聞かせて……」

　梢絵は一旦口をつぐむ。自分の科白《せりふ》を反芻してみると、なんだか不適切なことばかり言っているような気がしてならない。しかし取り繕えば取り繕うほど失言が増えるだけかもしれないと割り切って、ことさらに明るい声を出した。

「今夜のことは、ほんとうに感謝しています。双侶さん。心から」

　心の底から相手に伝えたいと願うことほど、言葉にした途端、嘘くさく聞こえるような気がする。少なくともいまの梢絵は、言葉を重ねれば重ねるほど気持ちが空回りしてしまう。

「どんなふうに御礼を申し上げたものやら判らないんですけど。でも感謝しています。ほんとうに」

「感謝されるほどのことができなかったのが、こちらとしては心残りです」

「そんなことありませんわ。少なくとも、とても気がまぎれました。楽しくて。もちろん、話の内容は殺伐としたものでしたけれど。みなさん、とてもユニークな方々ばかりで」

　亜李沙や弓子などの女性陣はともかく、凡河、修多羅、丁部の男性陣はどうも自分とは性格的に合いそうにないという印象ばかりが強かったが、いま思い返してみると、彼らの一見未成熟な態度も良い意味での稚気だと好意的に解釈できる。おそらくもう二度と彼らに会うこともあるまいと割り切っているからかもしれないが。

「凡河先生は」梢絵はずっと気になっていたことを訊いてみた。「お独りで暮らしているのですか、あのお屋敷で？」

「そうらしいですね」

「ご家族は？」

「詳しくは知りませんが、若い頃に奥さまを亡くされてからは再婚もせず、ずっと独りらしいですね。お子さんもいらっしゃらないようです」

「そうなんですか。お寂しくないのかしら」

「どうでしょう。聞くところによると、仲をとりもってくれた縁とかで、矢集先生と修多羅先生はよくあそこに遊びにゆかれているようですが」

「仲をとりもった……というのは？」

「えと。ご存じありませんでしたか？」双侶にしては珍しく悪戯っぽく微笑む。「おふたりはご夫婦なんですよ」

「え？」驚いてしまった。「矢集さんと修多羅さんが、ですか？　でもお歳が……」

「ちょっと離れていますね。無理して秘密にしているわけではないようですが、あまり公には知られていない関係かもしれません」

　そういえば矢集亜李沙が子供の父親とは別の男性と結婚していることはメディアを通じて広く知られているものの、その相手が何者かまでは聞こえてこない。お互いを「修多羅くん」とか「きみ」とか呼び合っていたところをみると、あまり因習には囚われない、いまどきの夫婦という感じか。別に隠しているわけではないが自ら話題にするつもりもないということなのだろう。それにしても道理で。あんなに親密だったはずだ。

「そうだったんですか」もしかしてふたりは不倫の関係ではないかと疑っていた自分がおかしくて梢絵は笑ってしまう。「なんだかお似合いというか、いい雰囲気だなあとは思っていたんですが」

「そうですね」

「凡河先生が仲をとりもったというのは、どういうふうに、ですか？」

「なんでも矢集先生、常々〝奥さん〟が欲しいと業界筋のみなさんにこぼしていたんだとか」

「奥さんて、彼女が——あ、そうか。自分のかわりに家事をやってくれるような男性がいたら結婚したい、という意味ですね」

「そうです。それを聞いた凡河先生が、きみにぴったりの男がいる、と修多羅先生に引き合わせたんだそうです。でも最初は戸惑ったらしいですね。特に矢集先生のほうが」

「ずいぶん歳が離れてますものね。それに彼女にはもう大きなお子さんもいるし」

「でも凡河先生くらいの年齢の者から見れば、どちらも大差ない、と。いずれ歳をとったら、どちらが歳上だったのか自分たちにだって区別がつかなくなるさ、と笑い飛ばされたのだとか。それでおふたりとも吹っ切れたそうです」

「いいお話ですね」ふと肩から力が抜けた梢絵は我知らず呟く。「いいな。羨ましいです。あたしも家事が全然だめだから」

「わたしはけっこう得意なほうです」

その言葉に梢絵は虚を衝かれてもいいはずだったが、不思議に動揺は覚えなかった。むしろ自然な形で胸に染み入ってくる。彼がこんなふうに言ってくれることはあらかじめ判っていたかのような、予定調和的な温もりすら感じる。しかしそれが逆に、その後に続く間を必要以上に長く、気まずいものにしてしまったのかもしれない。

「——やはり口羽公彦は」しばらく淡々とハンドルを操っていた双侶は、やがてそう切り出した。「死んでいるのでしょうか?」

梢絵は少し考え込む。「……そうですね。そうなんでしょうねきっと。みなさん、いろいろなご意見を出されていましたけど。その点に関して否定する方はいなかったし」

「誰かに殺害されたか、それとも自殺したかはともかく、彼は既に死んでいるだろう、と？」

「おそらく」

「少年はどこかで、ひと知れず生きている——その可能性はないのでしょうか」

「ないでしょうね。そもそも彼の不在の期間の長さに鑑みれば、それは非現実的にすぎる」

「一礼比さん。ずっと〈恋謎会〉のみなさんのご意見を聞いていて、わたしもふと思いついたことがあります」

「何でしょうか」

「犯人の動機です。それが何だったのか、判ったような気がする」

双侶のあまりにも率直な切り出し方に、梢絵はどう反応していいのか判らなかった。脳裡の中心が冷えびえとする感覚とともに一瞬空白が拡がる。

「突拍子もない思いつきかもしれませんが。聞いてみていただけますか」

「それは」ふと気づくと彼女の喉の粘膜は乾いていて痛いくらいだった。「ぜひ」

「運転しながらではなんですから。腰を落ち着けてもかまいませんか。どこか開いている店があれば、そこへ――」

「もしよろしければ、このまま」梢絵はようやくまともに声が出るようになった。「わたしの部屋へ来てください」

戸惑ったかのような間が空いたが、双侶はあくまでも落ち着いた声で「〈ラクトハウス〉ですね」と頷いた。

　事件後〈めぞんフォルテ〉を出て、しばらく不本意な実家生活をしていた梢絵だが、最近ようやく独り暮らしを再開している。さすがに本来ならこの年末年始は両親のもとで過ごす予定だったのだが、それも有耶無耶《うやむや》になってしまった。

「お邪魔してもよろしいのでしょうか」

「ぜひ」双侶のほうを向く梢絵の口もとに、自然に微笑が刻まれていた。まるで幼女のように、あどけない。「いらしてくださいな」

　双侶は彼女に大きく頷いてみせた。やがて車は〈ラクトハウス〉へ到着する。建物の前に車を停めた彼は梢絵のあとに付いて、エレベーターでマンションの十階へと上がった。彼女の部屋はそこの一〇一〇号室だ。

　室内へ入ると、ふたりともコートを脱いだ。簡易キッチンの小さいテーブルに腰を下ろす。

「――これまでまったく気がつかなかったのも、迂闊な話なのですが」梢絵がコーヒーを注いだカップをふたり分テーブルに置くのを待って、双侶は口を開いた。「どうしてこの事実を疑問に思わなかったのか忸怩たるものがありますが、不思議なのは、男性であるわたしはともかく、矢集先生や泉館先生などの女性陣も、まるでこの点には言及されなかったことです」

梢絵はコーヒーカップには手をつけず、ただ双侶を見ている。無言で。

「四年前の二月十五日。当時あなたと親しかった士堅亮さんが謎の事故死を遂げました。それが直接のきっかけとなって、あなたは〈コーポラス欅〉から〈めぞんフォルテ〉へと引っ越された——そうなんですよね」

「そうですが。それが何か」

「変だと思われませんか、ご自分で？」

梢絵は答えない。ただ双侶を見ている。どこか眩しげな眼をして。

「士堅さんが亡くなる前、あなたは無言電話や脅迫状に悩まされていた。士堅さんはもしかしたらその延長線上で、悪戯を仕掛けているのと同一人物に殺されたのではないか、と。その可能性に恐怖を覚えて引っ越しをされた。そういうお話でした。なるほど。そのこと自体は変ではありません。しかし、この場合、問題がひとつある」

「何でしょうかそれは」

「引っ越し先が〈めぞんフォルテ〉であるという事実です。いえ——」双侶は一瞬、梢絵から眼を逸らした。「もっと正確に言いなおしましょう。それがどこのマンションであれ、一礼比さんの引っ越し先が一階の部屋だったという事実。これは絶対に変なのです」

ふたりの眼が再び合う。梢絵は無表情のまま身じろぎもしない。

「さきほど籾山慶一の同居人の女性のことが話題になった時も言いましたね。そもそもマンションの一階の部屋は女性にとって不用心なんだと。洗濯機に入れてあった下着を盗まれたりするからです。そうなのです。無言電話や脅迫状などで自分を悩ませる不審人物を恐れてもとの住居を引き払ったはずの女性が、どうしてわざわざ別のマンションの一階の部屋へ引っ越したりしたのか？　それまで住んでいた〈コーポラス欅〉の部屋は四階にあったにもかかわらず、です」

じっと梢絵は双侶を見つめている。その眼つきが眠気に襲われているかのように徐々に弛緩《しかん》してゆくと同時に、唇が薄く開く。

「あるいは〈めぞんフォルテ〉以外に適当な引っ越し先が見つからなかったから、やむを得ずにそうしたのでしょうか？　いえ。仮にそうだとしても、おかしなことはまだある。〈めぞんフォルテ〉は立地条件の関係であまり入居希望者がなく、他の階の部屋にも空き室がたくさんあったのです。にもかかわらず、一礼比さん、あなたはどうして上階の部屋を選ばなかったのか？　その気になれば最上階にでも住めていたはずなのに。ストーカーまがいの不審人物から逃れるために引っ越しをする女性の心理として、これは不可解というしかありません」

「そういえば」梢絵はコーヒーを啜《すす》ると、寂しげに微笑んだ。「ほんとに不思議ですわね、そのことを矢集先生も泉館先生もご指摘されなかったのは。気がつかなかったのかしら？」

「ちょっと変だとは思ったかもしれませんが。それ以上深く考えなかったのでしょう。わたしも他人をどうこう言えません。今夜初めて、そのことを疑問に思うようになったのですから」

双侶がいつそのことに気づいたのか、梢絵には判るような気がした。〈めぞんフォルテ〉の現場の隣りの一〇五号室が空き室だったことであたかも密室殺人のような状況が出来上がったと修多羅が推論を展開していた時だろう。修多羅の質問に答える双侶の表情がふと不審に歪んだ。梢絵はあの時から、予感を覚えていた。

「そしてその疑問を突き詰めてゆくと、事件の様相が一変する。そのことも今夜初めて判りました」

「どんなふうに一変するのでしょうか」

「一礼比さん、あなたはなぜわざわざ一階の部屋を選んで引っ越したのか、その理由を考える前に、ひとつ重要なことを確認しておきます。あなたは口羽公彦に襲われ、危うく殺されるところだった——これはまぎれもない事実でしょう。しかし問題は、それがいつ起こった出来事だったのか、ということなのです」

梢絵は頷いた。テーブルに頬杖をつくと、双侶のほうへ身を乗り出す。

「それは、これまで我々が信じ込まされていたように一九九七年、十一月六日のことではなかったのです。そうですね？」

梢絵は再び頷いた。表情はあまり変わらなかったが、眼尻が痙攣して、睫毛《まつげ》が震える。

「では、いつだったのか。他に考えられません。その年の二月十五日……だったのですね？」

＊

「そうです」梢絵は息を吸って眼を閉じた。「二月十五日——やはり、とても寒い日でした」

「あなたが襲われたのは、口羽公彦が失踪したその日のことだった。少年はあなたを殺すつもりで部屋へ侵入したのですね。ただし、その現場は〈めぞんフォルテ〉の一〇六号室ではない。当時あなたが住んでいた〈コーポラス欅〉の四〇五号室のほうだった。そうなのですね？」

「あの時は、ほんとうに驚きました」梢絵は眼を開けた。「帰宅したところをいきなり襲われて……いったい何事が起こったのかと思った」

「必死で抵抗したあなたは、なんとか難を逃れたのですね。しかし、これまで信じられてきたように口羽公彦は現場から逃走してはいない。おそらく、その場で死亡してしまった……そうですね？　一礼比さん。あなたの抵抗に遭って」

「例のダンベルだと思います。が」弱々しく首を横に振った拍子に、初めて梢絵の声が罅《ひび》割《わ》れる。「正直な話、はっきりとは憶えていない。無我夢中だったのです。ビニール紐で首を絞められて殺されそうになったあたしは一旦は彼を撃退しました。電話に飛びついて警察へ通報しようとした。でも、できなかった。そこへ立ちなおった少年が再び襲いかかってきたからです。番号を最後までプッシュできなかった。今度こそ殺されると、ただパニックになった。わけも判らず、ただダンベルを振り回しているうちに、ふと我に返ると、彼は死んでいたのです。あたしが殺してしまった……そう思い当たった時は、ほんとうに恐ろしかった」

「お察しします。口羽公彦の遺体を前にして途方に暮れたあなたは、思いあまって士堅亮さんに助けを求めたのですね？」

「そのとおりです。当時は一番頼りにしていたひとですから」

「ええ。それもよく判ります。想像ですが、あなたはなんとか口羽公彦を殺害したこと自体を隠蔽したかったのですね」

「いま冷静になって考えてみれば、正当防衛ですから。正直に警察に出頭していればよかった、と。そう思います。ほんとうに」

「しかしその時、あなたはパニック状態だった。ともかく自分が殺人を犯してしまったという事実に恐怖するあまり、すべてをなかったことにしてしまいたかった。そうですね？」

「そのとおりです。なにしろそれまでに見たこともなかった男です。とにかく死体をどこかへ捨ててきて知らん顔してしまえば何とかなる、と。そう思い込んでしまったのです。見ず知らずの男のために殺人者の汚名を被らなければいけないのも、なんとも不条理な気がして。真っ平だった。でも、なにしろ体格のいい男の死体です。どこかへ捨ててくるといっても、そう簡単ではない。とても独りでやりとおせないのは明らかでした。だから電話で士堅に応援を求めたのです」

「ところが、あなたの期待に反して士堅さんは手を貸そうとはしてくれなかったのですね？」

「一応〈コーポラス欅〉までは駆けつけてきてくれたんですけど。とにかく警察に通報したほうがいいの一点張りでした。あたしがその提案をあくまでも拒んだため、埒が明かないと見たのでしょう、彼は自分で通報すると言い出した。部屋にあった電話機はあたしがつかんで使わせなかったため、士堅は部屋を飛び出してゆきました。あたしは慌てて、それを追いかけていった。そして……」

「悲劇が起こったのですね」

頷こうとした拍子に、梢絵の頬を涙がすべり落ちた。彼女はそれを拭おうともしない。

「あなたは士堅さんと揉み合いになり、その挙げ句に彼を道路へ突き飛ばしてしまった」

「まさかあんなことになるとは思いませんでした。さっきも説明しましたが、あの夜、彼は既に相当量のアルコールを摂取していた上に寝不足でした。士堅にしても、まさかあたしに突き飛ばされて自分がバランスを崩すなどとは思っていなかったのでしょうね。それほど力を入れたつもりはなかったのに、呆気なく道路へ転げ込んだ彼は運悪く、走ってきた車に撥ねられてしまった。ほんとうに……あっという間の出来事でした」

「しかし、そこで一礼比さん自身が、士堅さんは誰かに突き飛ばされたのだと警察に訴え出たのは、どうしてです？」

「ほんとうは黙って逃げようとしたんです。でも、もしかしたら撥ねた車のドライバーに姿を見られているかもしれないと思いなおしました。士堅とあたしの諍いの一部始終を目撃されはしなかったかというのも気になりましたし。どうやらそれは杞憂《きゆう》だったようですが、ともかく士堅の死に関して、万にひとつも自分に責任があると警察に疑われたりしたら困る、と必死でした。だって、もしも疑われて、あたしの部屋が調べられたりしたら……」

「その時、〈コーポラス欅〉四〇五号室には、まだ口羽公彦の遺体があったから——ですね」

「そういう状況下で実際に自室を調べられるものなのかどうか、専門的なことはよく判りませんでしたが、その時のあたしは時限爆弾をかかえているような心境だったのです。なにしろ、そんなつもりはなかったとはいえ、ひと晩のうちにふたりもの男を殺してしまった。しかもそのうち一方の遺体は未だに自分の部屋に横たわったままなのです。とても現実のこととは思えなかった。あたしはあの時たしかに狂っていたのだと思います。一時的にせよ。なんとかこの現実から逃れたい。ただその一心に衝き動かされて……口羽公彦に殴られた傷がそれほど大したものではなかったということも、いま思えば裏目に出た。病院へ行かなければならないような状態だったとしたら、あたしも観念していたでしょうから」

「それからどうされたのです？」

「士堅も頼れなくなったあたしは思いあまって、口羽公彦のポケットから引きずり出した生徒手帳を見てみました。そもそもはこの少年が自分を殺そうとしたからこんな悲劇が起こった。でも、いったいなぜあたしが狙われなければいけないのか？　その理由が判るかもしれない、そう思ったのです。残念ながら生徒手帳には口羽公彦の動機を窺わせるようなことは何も書かれていませんでした。そもそも本人の名前や連絡先も記載されていない」

「すると、少年はもともと自分の名前が記載されたページは自分で破り捨てていたのですね？」

「そうです。ですからあたしは正真正銘、今夜初めて知ったのです、口羽公彦という名前を。この四年間、ずっと知らずに過ごしてきた……ともかくそんなわけで、生徒手帳から謎の襲撃者のことは何も判らなかった。ただ、あたしの名前の後に続けて数人の男女の名前と殺し方手順の覚書などが記されている以上、この少年は連続殺人に手を染めるつもりだったんだな、と。漠然とながら、その程度の見当はつきましたが」

「一礼比さんの名前の後に続けて——というと、あなたの名前は、ほんとうは一番最初に書かれていたのですね？」

「そのとおりです。あたしは、手帳に書かれたデータから類推して、一番話ができそうなのは架谷耕次郎という医師だと判断し、彼に連絡をとりました。それもまた、少年の動機について何か判るのではないかと期待してのことでした」

「架谷氏と連絡をとった——」双侶は大きく息を吸い込んだ。「ということは、もしや『舎人浩美』の名前で〈浄穴フラッツ〉五〇五号室に出入りしていた長身の女性というのは……」

「そうです」梢絵は再度涙を拭って頷いた。「あたしだったのです、あれは」

あの部屋で架谷耕次郎の慰みものになっていた女は、このあたしだったのです……そう口走りかけた声を梢絵はかろうじて呑み下す。

「でも」何か胸に去来するものがあるのか、双侶が口籠もる。「でも、どうしてあなたは『舎人浩美』という名前を知っていたのですか？　まさか、適当にでっち上げた名前が偶然口羽公彦のクラスメートのそれと同じだったとか、そういうことではないんですよね？」

「いいえ。『舎人浩美』という名前は実は、口羽公彦の生徒手帳に書かれていたのです」

「え」双侶は珍しく驚きの声を上げた。「なんですって。彼の手帳に……？」

「はい。それもあたしの名前のすぐ後、つまり架谷のひとつ前の〝標的リスト〟として」

＊

「――そもそも口羽公彦の標的リストには、五人の男女の名前が記されていたのです」

口羽公彦本人を除けば、おそらくこれは梢絵しか知らない事実だ。それを双侶に告白することで彼女は全身が軽くなるような感覚を味わっている。

「一番最初があたし。そして二番目が舎人浩美。その後に架谷耕次郎、矢頭倉美郷、そして寸八寸義文と続いていたのです」

「それが警察の手に渡った時には一礼比さんの名前が一番最後に回り、そして舎人浩美の名前がなくなっていた。それはあなたが手帳の最初の数ページを破り捨てたからですね？」

「そうです。そして口羽公彦の筆跡を真似て、自分の名前を寸八寸義文の後に付け加えました」

「しかし、どうしてです？　ご自分の名前を一番最後に移したのは偽装工作の必要上からだろうと判りますが、どうして舎人浩美の名前まで消してしまわれたのです？」

「順番にご説明しますわ」梢絵は何もかも打ち明けることでナチュラルハイの状態になっているのか、声がますます軽やかになってゆく。「さっきも言ったように、士堅を頼れなくなったあたしは口羽公彦の生徒手帳を持って、架谷耕次郎に会いにゆきました。その際、本名ではなく『舎人浩美』を名乗ったのです」

「それは」問い返しながらも既に双侶はどことなく腑に落ちた様子だ。「なぜです？」

「架谷耕次郎がいったいどういう人間なのか判らなかったからです。もちろん偽名を使ったところで、どういうメリットがあるのかもよく判らない、手探り状態でしたが、なんとなく本名を使わないほうがいいような気がしたのです。念のためにお断りしますと、この段階ではあたしは生徒手帳の『一礼比梢絵』の記載部分を破りとっただけで『舎人浩美』のページは残しておきました。もちろん、最後に自分の名前を書き加えてもいませんでした」

「すると架谷耕次郎は、あなたのことを『一礼比梢絵』ではなく、ずっと『舎人浩美』だと思い込んでいたのですね」

「そうです。あたしは口羽公彦を殺してしまったことは伏せ、架谷に生徒手帳を見せました。こんなふうに自分たちの名前が並んでいるんだけれど、何か心当たりはないか、と。その際『舎人浩美』のページは、名前だけを残して、住所などのデータは黒く塗りつぶしておきました。本物の素性がばれないようにと用心して」

「あくまでも『舎人浩美』として架谷耕次郎に接触したというわけだ。しかし、なぜあなたたちはわざわざ〈浄穴フラッツ〉で会っていたのです？　口羽公彦のことを相談するためなら、どちらかの部屋でも別にかまわなかったのでは——」

梢絵は黙った。ついさっきまで淡々と、どうかすると晴ればれとさえしていた彼女の顔に初めて苦いものが混ざる。

「……偽名を使ったりして用心しているつもりでしたけど」再び梢絵が喋り始めたのは、たっぷり五分は経過してからだった。「やっぱりあたしは無防備でした。あの生徒手帳を架谷に見せるべきではなかった。彼は勘が鋭かった。鋭すぎました。殺し方手順の覚書を見た架谷は、これは無差別連続殺人を計画している者のメモであり、そして本来の持ち主ではないはずのあたしがそれを持っているということは、計画を実行に移そうとした者を返り討ちするかどうかして殺してしまったからではないかと。そう見当をつけてしまったのです」

「そんなに鋭かったのですか……」

「あるいは単なるはったりに過ぎなかったのかもしれませんが、その時まだ口羽公彦の死体はあたしの部屋にありました。とにかくあれを処分したい、そんなこちらの焦燥を架谷は見透かしたのでしょう。そんなふうにいろいろな要素が重なり、彼はあたしを籠絡《ろうらく》してしまった。あたしは死体をなんとかしたい一心で、架谷を〈コーポラス欅〉の自室へと招き入れてしまったのです」

「彼に見せたのですか？　口羽公彦の遺体を」

「やむを得ませんでした。そして少年を殺すに至った経緯を説明した。すると架谷は、ともかく自分に任せておけ、心配するなと。そう言ってくれた。士壁を失ったばかりで藁《わら》にも縋《すが》る思いだったあたしにとって、それはとても頼りになる言葉でした」

「すると架谷は、あなたのために口羽公彦の遺体を処分したとおっしゃるのですか。いったい、どんなふうにして？」

「勤務先の病院から、こっそりと道具を持ち込んできて。死体を切断したようです。あたしの部屋〈コーポラス欅〉四〇五号室のバスルームで——ようです、というのはあたしは実際には見ていないからですが、彼はそうしたと言っていました。そしてバラバラにした遺体を少しずつ燃えるゴミに混ぜて捨ててしまったのだとか」

「それがほんとうなら、口羽公彦の遺体はとっくの昔に焼却されていることになる……」

「そうなんでしょうね。その際、口羽公彦の服やバスケットシューズは地区の規制で不燃ゴミ扱いになるから、あたしに処分しておくよう架谷は命じました。死者の遺品に触れるのは嫌でしたが、行きがかり上、彼には逆らえず、後日会った時には、ちゃんと処分したと報告しました。でも実際には、服もバスケットシューズもビニール袋に仕舞ったまま保管しておいたのです。といってもその段階では別に、偽装工作に使えるからとかそんな意図があったわけではありません。単に、そんなものを遺棄するところを誰かに見られたらどうしようと思うと怖かったのです。それだけの話だったのですが、このことが後になって大きな意味を持ってきます」

双侶は頷いた。無言で先を促す。

「ともかく。そうやって架谷に少年の死体を処分してもらったお蔭で、ひとまず悪夢は去ったかに見えました。しかし、それだけでは終わらなかった。むしろ始まったのです。まずあたしは自分の部屋のバスルームが使えなくなりました。もちろん、血や脂などは完全に洗い流していましたが、ここであの少年の死体がバラバラにされたかと思うと、吐き気やら眩暈がして、とても……」

「それであなたは〈コーポラス欅〉を引き払って引っ越しをする決心をされたのですね」

「でもいきなり〈めぞんフォルテ〉に住み始めたわけではありません。当座は〈浄穴フラッツ〉五〇五号室へ移りました。あたしが引っ越しをしたいと言ったら架谷が見つけてきてくれたんです」

「しばらくはそこに住んでいたのですね」

「架谷はそこへたびたび通ってくるようになりました。最初こそ紳士的に振る舞っていましたが、だんだん本性を顕してきて……ついにわたしに肉体関係を迫るようになった」

「口羽公彦のことで脅迫されたのですか」

梢絵は唇を噛みしめた。「偽名を使っていてよかったと思いましたが、しかしそれも大して役に立たないことを、やがて思い知らされました。どんなにあたしがしらばっくれても大きな証拠が残っているんだ、と。そう架谷はあたしを脅します。その証拠とは〈コーポラス欅〉四〇五号室そのものだ、と。あの部屋のバスルームを調べるように自分が警察に密告したが最後、ルミノール反応によって即座にあたしの犯罪は明るみに出るのだ、と。そう脅してきました。そしてあたしは、ついにその脅しに抵抗しきれなかった」

くすりと梢絵は忍び笑いを洩らした。精神のバランスが崩れかかっていることを窺わせる、無邪気そのものの表情で。

「もしもそれが普通の行為であれば天災だと割り切って、あたしも我慢できていたかもしれない。しかし架谷は、口ではとても言えないような屈辱的な行為を強要しました。会うたびに」

双侶は無言で、笑っている梢絵を見ている。

「恥辱にまみれるたびに、わたしは不条理感にさいなまれました。どうして自分がこんなひどい目に遭わなければいけないのか、と。そしていつも憶い出すのはあの少年のことです。なぜ彼はあたしを殺そうとしたのか？　そもそもあの少年はどこの誰なのか？　彼があんなことさえしなければ、あたしはずっと平凡な生活を続けていられただろうに、と。そう思うたびに、もう死んでしまっている少年への憎悪が募ります。そしてそれは同時に、架谷耕次郎に対する憎悪――いえ、殺意として膨張していったのです。もう自分ではどうにも抑えようがないほど激しく……深く」

笑っていた梢絵は、ふと全身に虚無を穿たれたかのように無表情になった。唐突に。

「そして、ふと恐ろしい考えがあたしの頭に浮かんだんです。どうせ殺すのなら……と。どうせ架谷を殺すのなら、いっそあの少年の手順を踏襲してやったらどうか、と。彼が計画していた無差別連続殺人事件をあたしがかわりに実際に起こしてみせる。うまい具合に彼のバスケットシューズも捨てずに取ってありました。これを履いて犯行に及べば、より巧妙に彼の仕業であることを偽装できる。そうすれば警察は、被害者たちの共通点もしくは諸々のデータから、少年の身元やその動機を明らかにしてくれるのではないか、と。そう期待したのです」

「つまり、それが……」双侶は笛のように残響する溜め息をついた。「つまりそれが、あなたの動機だったのですね。一礼比さん」

「架谷、矢頭倉、寸八寸の三人を殺害した後、あたしは生徒手帳の『舎人浩美』のページを破り捨て、少年の筆跡を真似て自分の名前を一番最後に移しました。それから、殺し方手順の覚書のページで、寸八寸義文のことを書いた部分が黒く塗りつぶされていましたでしょ。爺さんが禿げていたらどうする云々の部分です。あそこであたしが塗りつぶしたのは『最後の』という言葉でした」

「最後の——つまり『最後に狙う予定の爺さんが禿げていたらどうしよう』と。口羽公彦本人はそう書いていたんですね？　もしも最後の標的だけ頭髪が手に入らなかったら、犯行声明文の統一性が失われてしまう。そのことを心配していたわけだ」

「その『最後の』という言葉を残していたら、あたしが自分のデータ記載の順序を入れ換えたことがばれてしまう。だから塗りつぶしたんです。話が前後してしまいますが、あたしの計画はまず、架谷には知られないように〈めぞんフォルテ〉の部屋を借りることから始まりました」

「〈めぞんフォルテ〉の賃貸契約を交わしたのが六月だった。それから最初の犯行に及ぶ八月までのあいだ、ずっと準備を進めていたのですか」

「なにしろ標的は知らないひとばかりでしたから。会社勤めをこなしながら、彼らの日常生活を調べるだけでも大変でした。ただ、舎人浩美だけは既に病死していることが判ったので除外しまして——もっとも」梢絵は苦笑いを洩らした。「手帳の標的リストの、浴永高校一年生というデータから、てっきり女の子だとばかり思い込んだまま舎人家の近所の住人から話を聞いたので。迂闊にも舎人浩美が男性だということは今夜初めて知りましたが」

「しかし、どうして生徒手帳から『舎人浩美』の名前が載っているページまで破り捨ててしまったのですか？　無差別連続殺人事件の動機を警察に探って欲しかったのなら、口羽公彦が計画していた標的リストは全員の分を情報として提供しておいたほうがいい、とはお考えにならなかったのですか？」

「いま思うとそうです。残しておいたほうがよかった。しかしその時、あたしは変な用心をしてしまったのです。既にあたしは『舎人浩美』の名前で〈浄穴フラッツ〉に部屋を借りていた。しかも保証人は架谷になっている。架谷が殺された後、この事実は明らかになるでしょう。そして警察はどう解釈するのか？　調べれば本物の舎人浩美——何度も言うようですけれど、あたしはいまのいままでそれが女性だと勘違いしていました——が既に病死していることは明らかになる。つまり〈浄穴フラッツ〉に出入りしていた女は別人で、それはいったい誰なのかが問題になった時、万一自分が疑われたら困る、と。そんなふうに用心したのです。すべては舎人浩美が女性であるとの誤解から発生したことでした」

「なるほど。あなたは口羽公彦の遺品であるバスケットシューズを履いて、架谷耕次郎、矢頭倉美郷、そして寸八寸義文を次々に殺害する。そして仕上げは、自分が殺されかけたという状況を再現しなければいけなかった。口羽公彦が現場から逃げおおせたという状況をつくって。もちろん、無差別連続殺人事件で最後の被害者になるはずだった女性が生き延びたという事実を疑わしく感じる捜査官が出てくることも、あなたは懸念したのですね？」

「まさしく。ここで、双侶さん、あなたが最初に提示した疑問に戻ってきました。あたしがなぜ、わざわざ一階の部屋へ引っ越したのか、という」

「つまり、犯人が、玄関のドアからだけではなく、ベランダ側へ逃げたかもしれないという可能性も確保しておきたかった——？」

「はい。あたしは万全の準備をしました。危うく殺されかけたというのに物音が何もしなかったというのは不自然だから、悲鳴も上げました。しかし、例えば異状に気づいて駆けつけてきたマンションの住人が、誰も現場の部屋からは出てこなかった、なんて証言をしたら目もあてられません。そこで玄関側に目撃者がいた場合を想定し、あらかじめベランダ側のガラス戸も開けておいたのです。これが、あたしの引っ越し先は一階の部屋でなければならなかった理由です」

「一〇二号室にいた籾山慶一に、一〇六号室からのあなたの悲鳴が聞こえた原因もそこにあったんですね。その時、窓を開けていたのは籾山だけではなかった。一礼比さん、あなたも一〇六号室の窓を開けていた。だからこそ、あんなに離れた部屋まで音がよく通ったんだ」

「もう少し手順を詳しく説明すると、一〇六号室の中を口羽公彦のバスケットシューズの足跡で荒らしたあたしは、一旦それを〈浄穴フラッツ〉へ持ってゆきました。そして戻ってきて窓を開け、まず悲鳴を上げました。そうしておかないと、その後、自らの首をビニール紐で絞め、少年のダンベルで自分の頭を殴るという手順が残っていたからです。万一気絶してしまったら悲鳴は上げられない。だから先に上げておいたのです。ああ。それから警察への通報もね。先に済ませておきました」

「すさまじい精神力ですね……勢いあまって大怪我をしてしまう、いえ、へたをしたら死んでしまうかもしれないと不安ではなかったのですか？」

「あたしは口羽公彦、士堅、架谷、矢頭倉美郷、そして寸八寸義文と、五人もの命を奪っている身でしたから。自分もここで死ぬのなら、それでもかまわない、と。そういう心境でした」

「それにまんまと我々は騙された。修多羅先生は、あたかも犯人が煙のように消えてしまったかのような密室状況だったと指摘しましたが、そもそも最初から犯人はあそこにいなかったんだ」

「ただひとつ心配だったのは、はたして警察があたしの供述だけで、あの少年の身元を特定できるだろうか、ということでした。生徒手帳に本人の名前や住所が記載されていれば簡単だったでしょうが、さっきも言ったように、それは既に破り捨てられていて。正直、心許なかった。少年の身元が判らなければ、彼の動機も不明のままになってしまう。それではあたしは、いったい何のために三人もの人間を殺したのか……判らなくなってしまいます」

　梢絵は双侶に微笑みかけた。もう乾いている頰を拭う仕種を繰り返しながら。

「でも、警察はわたしが期待していたよりもずっと早く口羽公彦の身元を突き止めてくれた。ほんとうにあの時は感心しました。未成年者だから氏名を教えてもらえないのは残念でしたが、とにかくこれであたしの願いは果たされる。なぜ見ず知らずの少年に殺されかけたのか、その理由もほどなく明らかになる、と。四年前の段階では、そう期待していたのですが……」

「結局、一礼比さん、あなたの願いはかなわなかった。その点に関しては、力及ばずで申し訳なく思っています。ほんとうに」

「いえ。双侶さんが気に病む必要はありません。そもそも最初から判っていたことです。口羽公彦が既に死亡している以上、真相は永遠の謎になるのだ、と。他のひとたちはともかく、あたしはそれを知っていました。彼の心を知ることはかなわないのだ、と。でも……」初めて梢絵の顔が激しく歪む。「何かとっかかりが欲しい。そう思った。なんとなく想像できればそれでいい、と。その願いはかなったと思います。おそらく、あの新聞の読者コーナーへの投書が原因だったのでしょうね」

「やはりご自分でもそう思われますか？　そういえば、〈コーポラス欅〉に住んでいた一礼比さんに無言電話を掛けたり脅迫状を送りつけたりしていたのも口羽公彦の仕業だったんでしょうか」

「さあ。それは判りません。可能性は否定できないけれど案外別人だったのかもしれない。いまとなってはたしかめようもない」

「そうですね」

「ともかく、あの投書の内容のどこがそれほど少年の関心を買ったのか、具体的なことは判りません。あるいは凡河先生がおっしゃったように、あたしが適当にでっち上げたストーリーがたまたま少年の現実にシンクロしていたとか、そういう事情だったのかもしれない。これまたはっきりとは判りません。判りませんが、もはやどうでもいいこと……ええ、どうでもいいのです、そんなことは。ただひとつ確実なのは、あたしは愚かな罪を犯したという、その事実……」

「一礼比さん」

「単なる見栄のために、ありもしない話を捏造したこと。そして、何の関係もないひとたちの命を奪ったこと……」ほっと安堵したかのような溜め息を梢絵は洩らした。「この四年間でようやく、そう考えられるようになりました。罪はいつかは償わなければいけないのだ、と。双侶さん」彼女はゆっくりと立ち上がった。「真相を見破ってくれたのが他ならぬあなただったことを、いまあたしは感謝しています。警察へご一緒していただけますか」

「では……自首していただけるのですね」

「さいわい、すぐに出かけられる状態ですし」

梢絵は、さっき脱いだばかりのコートを再び羽織った。双侶もそれに倣う。ふたりが部屋から出ると外は既に明るくなっていた。

「――そういえば」エレベーターの呼び出しボタンを押した双侶は、ふと首を傾げた。「すべての犯行がそれぞれの月の第一木曜日に統一されていたのには、何か意味があったんですか？」

「え？　あ。あれですか」梢絵は苦笑した。「何の意味もありませんわ。いえ、もしかしたら自分でも意識せずに何かのバイオリズムのようなものに操られていたのかもしれないけど。例えば翌日の仕事がさぼりやすかったので楽だったとかね。でも少なくとも意図して統一したわけではありません」

「そうですか」

「なのに凡河先生や丁部さんは、何か意味があるんじゃないかとあれこれお知恵をしぼってくださったでしょ。いろいろ考えつくものだと感心しましたけど。笑っちゃいけないと思いながら、なんだかおかしかったです。現実なんてこんなものですわ」

「なるほどね」

「――双侶さん」エレベーターでマンションの一階へ降りながら、梢絵は呟いた。「四年前、あたしは無差別連続殺人事件の被害者のひとりになりすますために、〈めぞんフォルテ〉の一階の部屋へ引っ越しました」

双侶は頷いた。彼女が何を仄めかしているのか悟っているかのような表情で。

「ここへ引っ越したのは、ここが十階だから……でした。いつか自分の命をもって償わなければいけない時がくる、そんな予感がして。いつも部屋から地上を見下ろしていた。でも――」エレベーターから出て双侶のセダンへと向かいながら、彼に寄り添った。「あたしが死んだところで何にもならないんだと……そう思うようになりました」

「そうですとも」

運転席のドアと助手席のドアが、ほぼ同時に閉められた。双侶がキーを差し込む。

「あ、そうだ。もうひとつ」

「はい？」と双侶が訊き返す声に車のエンジン音が重なった。「何でしょうか」

「つまらないことですけど。マスコミ各社へ送りつけた〝犯行声明文〟のことです」

「被害者たちの毛髪を同封していたやつですね。ワープロで印字された」

「いまさら説明する必要もないでしょうけど、あれもあたしがつくったものです。いつも投稿用の文章をしたためていたワープロ専用機を使って――」

彼女の自嘲めいた声音に無言で頷いてみせ、双侶は車を発進させた。

「――双侶さんは」後方へ流れてゆく街の風景を見ながら、梢絵はぽつりと呟いた。「お独り暮らしなのですか、いま？」

「え？　あ。はい。アパートで――」

「結婚はされていないんですよね」

「ええ、まだ」

「恋人とかは？　いらっしゃるのかしら」

「あの。いったい何を――」

「あたしの最後のお願い、聞いて欲しいの」梢絵は助手席で身じろぎをすると、ハンドルを操っている双侶の二の腕に触れた。「自首する前に、お宅へ寄らせていただいてもいい？」

*

二〇〇二年、一月三日。地元新聞の片隅に小さな記事が載った。

一酸化炭素中毒か？　警察官死亡。

二日、市内のアパートの一室で、独り暮らしの若い男性が倒れているのを、訪ねてきた家族が発見し、警察に通報した。男性は県警に勤務する双侶澄樹さん、二十七歳。双侶さんはすぐに救急病院へ運ばれたが、既に死亡していた。外傷はなく、遺書なども見当たらなかったが、服を着たまま床に倒れていたことから、ストーブの火の不始末による一酸化炭素中毒が死因と見られている。

なお双侶さんと一緒に大晦日を過ごした知人たちによると、双侶さんはお酒を飲んでいたものの、泥酔するほどではなかったという。

# 第十一章　廻

一礼比梢絵の手の中には、一枚のコピー用紙があった。並んだ活字の冒頭に『いまこれを書けることが嬉しい』というタイトルがついている。

　いまぼくは、病院のベッドでこれを書いている。入院したのは昨日のことだ。高校に入学したばかりなのに、たった二学期間しか学校に通えなかった。

　以前から、激しい頭痛がしたり、手が痙攣したりする兆候はあったんだけど、どうせ大したことじゃないだろうと、ずっとほったらかしにしていた。なのに、精密検査をしてみたら、早急に手術をしなければいけないと両親は医者に言われたらしい。

　両親が隠し立てせずに、ちゃんと病名を言ってくれたのは嬉しかった。この病気は良性のものと悪性のものとがあるらしいんだけど、ぼくの場合は悪性だということ、そして脳には抗ガン剤が効かないということなど、知れば知るほどショックだったけど。

でも、頑張って治そうとみんなで誓った。そんなのは気休めだというひともいるだろうが、ぼくはそうは思わない。どんな状況でも前向きでいられる自分に育ててくれて、両親に感謝している。

ともかく、いまこれを書けるのが嬉しい。あとは頑張るだけ。

文末には『舎人浩美』とある。一九九六年十二月三日付の地元新聞の読者コーナーに掲載された投書で、梢絵が持っているのはそのコピーだ。

お世辞にも、うまい文章とは思わない。言いたいことは判らないでもないが、まとまりの悪い、どちらかといえば散漫な文章だろう。にもかかわらず、こうして掲載されたのは選者の心を打つものがあったからにちがいない。

おそらく口羽公彦もこれを読んだのだ。彼も読者コーナーに投稿していたかどうかは確認されていないが、少なくとも口羽公彦の投書が地元新聞に掲載されたことは一度もないようだ。従って少年が舎人浩美の投書の採用を妬んだのは大いに考えられることである。加えてこの文章こそは口羽公彦がもっとも忌み嫌っていた、いわゆる〝不幸ネタ自慢〟そのものだ。

口羽公彦は、舎人浩美の病状に同情する学校のクラスメートたちを冷笑し、否定的な意見を述べたものと思われる。こんな投書は己れの不幸をネタにして優越感にひたっているだけなんだ、と。もちろんそんな口羽公彦に同級生たちは反発した。特に舎人浩美は中学時代から女の子に人気があったらしいので、女子生徒たちの怒りは相当大きかったものと想像される。口羽公彦が「総スカンを喰らっ」ていた原因はここにあったのだ。

もともと世間に対する不公平感を募らせていた口羽公彦は、クラスで孤立してしまったことで舎人浩美への憎悪を募らせる。それはついに、舎人浩美が病死する前に自らの手で殺してやると思い詰めるまでに膨張する。そう。口羽公彦の真の目的はただひとり。舎人浩美だったのである。あとの四人の標的は真意を隠蔽するための、いわばカモフラージュに過ぎなかった。

矢集亜李沙が見破ったように、地元新聞の読者コーナーが、お互いに見ず知らずのはずの被害者たち五人を結びつける〝失われた環〟だったことはたしかだ。しかしそれぞれの投書の内容はまったく無関係である。少なくとも口羽公彦にとっては何の意味もない。少年にとって重要なのは、もしも入院している舎人浩美が惨殺されたら自分が疑われるかもしれないという可能性だけだった。だからこそ、読者コーナーという被害者たちの共通点に捜査陣が気づくことを期待して、同じ年に掲載された投書の中から、梢絵をはじめとする四人の人間を適当に被害者候補として選んだ。口羽公彦にとってほんとうに殺したいのは舎人浩美ひとりだけだったから、あとの四人はほんとうに無作為かついい加減に選んだはずである。

ただし、結果的に口羽公彦が五人全員を殺せていたかどうかは疑問が残る。気力的にも体力的にも途中で挫けていたのではないか。梢絵にはそんなふうに思える。口羽公彦本人も薄々その可能性を心配していたのではないだろうか。その証拠に彼は、本命の舎人浩美を二番目の標的に据えていた。目的さえ果たしたら早々に〝戦線離脱〟してもかまわないようにしておこうという姑息さが、そこには垣間見えはしまいか。

本命である以上、舎人浩美を一番最初の標的にするのは、やはり心理的抵抗があったのだろう。しかし予定通り梢絵を殺し、本命の舎人浩美を殺した後は、どうなっていただろう。口羽公彦はあくまでも己れの計画を続行できていただろうか。なんとか三番目の架谷耕次郎までは殺して最小限の形を整え、後は挫折する。そんな結末になっていたかもしれない。梢絵はそんな気がする。あるいは本命、つまり二番目を殺したところで早々と中止していた可能性だって考えられる。

結局口羽公彦はひとりも殺せずに終わってしまったわけだが、それにしてもなんという皮肉か。彼のほんとうの目的は、とっくに病死している——もちろんそれは口羽公彦が死亡した後なのだが——舎人浩美ひとりだけだった、とは。他の四人はすべて捨て駒だった、とは。

自分は単なるカモフラージュだった……梢絵はその事実に気が狂いそうになる。赦せない、そう思った。口羽公彦。ただそれだけのために、あたしを殺そうとした男。そしてすべてを——あたしの人生のすべてを奪ってしまった男。

赦せない。

絶対に、あたしはあなたのことを赦さない。

死んでいるからって、何もできないと思ったら大まちがいよ。見ているがいい。

見ているがいいわ。

梢絵は、手をひらめかせた。舎人浩美の投書のコピーがひらひらと宙を舞い、床に落ちた。倒れている若い女の身体の上へ着地する。

梢絵がこの若い娘に会ったのは、今日が初めてである。彼女のことは何も知らない。名前が潤田小百合《うるたさゆり》であり、そして今年二十一になる彼女が、かつて浴永高校一年生の時、口羽公彦と同じクラスにいたことくらいしか。

潤田小百合は死んでいた。頭を殴られ、首を締められて。梢絵が殺したのだ。たったいま。

まずひとり。

高校一年生の時、口羽公彦のいたＣ組に在籍していた女子生徒は全部で二十四名。そのほとんどが大学へ進学しており、現在は県外に住んでいる。将来そのまま結婚なり就職なりをして当地に住み着いてしまい、地元には戻ってこなくなる者もいよう。だがそんなことは関係ない。

関係ないのだ。全員を殺す。殺し尽くす。最後のひとりまで。たとえ何年かかろうとも。

ひとりひとり、居所を調べ上げて。

殺す。あと二十三人。

梢絵は低く笑い声を上げた。当時の浴永高校一年C組の生徒名簿。これは『舎人浩美』という偽名の出所を示すために〈恋謎会〉考察会の夜、修多羅厚がメンバーたちに配ったコピーの一枚だ。梢絵はずっとそれを保管しておいたのだが、まさか修多羅も自分が提供した情報がこういう形で利用される運命にあるとは夢にも思っていなかっただろう。

この名簿に載っている女子生徒はこれから全員、殺されることになるのだ。そして被害者の遺体のそばには常に舎人浩美の手による『いまこれを書けることが嬉しい』というタイトルの投書のコピーが置かれることになる。すぐにはこの謎かけを解けないかもしれないが、何件か犯行を重ねてゆくうちに血の巡りの悪い連中も気づくだろう。

そう。口羽公彦だ、と。

四年前、行方不明になっていたはずの彼——無差別連続殺人鬼が帰ってきたのだ、と。

正確には『口羽公彦』の亡霊が……

大笑いだ。以前梢絵は口羽公彦と自分がよく似ていると思ったことがあったが、まさか完全に彼になりすます余生など想像もしていなかった。四年前、口羽公彦に狙われながら、ただひとり生き延びたとされる梢絵。そんな彼女に疑惑の眼を向ける者も、いずれ出てくるかもしれない。あるいは双侶澄樹変死事件についても、事故死という見解が覆される日が来るかもしれない。しかし。

関係ないのだ、そんなことは。梢絵はただ突き進むだけ。最後の二十四人目をめざして。

大笑いといえば、まだあと二十三人も残っている標的。これまた桁外れの数だ。到底完遂できるとは思えない。普通ならやめておくだろう。しかし梢絵はもはや正気ではない。殺せるだけ殺す。いつ挫折したっていい。何の痛痒も感じない。何かが彼女を止めるまでは己れの命が続く限り、殺して殺して殺しまくる。それだけの話だ。

誰かが止めようとするのなら勝手にやればいい。梢絵はただ蹴散らすだけ。あるいは、いつかは蹴散らせずに逆に彼女が止められてしまう日が来るかもしれないが、だから？

だから何だというのか。

あたしは赦さない。

口羽公彦を。絶対に。彼がもう死んでいるというのなら、彼を無差別殺人に駆り立てた連中を、かわりに屠《ほふ》ってやるだけ。

殺す。殺すのだ。絶対に。

最後のひとりまで。

＊

梢絵は身を屈めた。手袋を嵌めた手で潤田小百合の掌を開くと、その中に舎人浩美の投書のコピーを押し込み、握らせた。

満足げに立ち上がる。遺体に背を向けた。

ゆっくり立ち去る梢絵は、笑みを浮かべる。

その顔は、まるで自分自身の意志をどこかへ置き忘れてきた解放感に悦び、せいせいしているかのようだった。

# 三十三年目の『あとがき』

一九八九年は、わたしの人生にとって極めて特別な年だ。二〇二二年現在の己れの近況に鑑みるに、これ以上に重要な節目はかつてなかったし、これからもおそらくないであろう、と確信する。

この年になにがあったかというと一月に有栖《ありす》川《がわ》有栖《ありす》の『月光ゲーム　Yの悲劇’88』が、そして七月に同『孤島パズル』がともに東京創元社から刊行されたのだ。この二作との出逢いのタイミングこそがわたしの人生の分岐点だったといっても過言ではない。大上段なものいいで恐縮だけれど、それほど運命的だったと還暦を超えたいま、改めて痛感している。

幼い頃からずっと小説家志望だったわたしの二十代はとにかく原稿執筆に明け暮れる毎日だった。ジュニア小説であろうが純文学であろうがジャンルはいっさい問わずに、新人賞と見れば節操なく応募しまくっていて、東京創元社がこの頃に設立したばかりの第一回鮎川《あゆかわ》哲也《てつや》賞にも当然目をつけ、絶対チャレンジしてやるぞと意気込んでいた。しかしそれとは裏腹に「本格ミステリ、しかも長編作品を〆切までに完成させるのは自分には少々荷が重いのではないか」という諦念めいた不安も胸に渦巻いていた。

江戸川乱歩《えどがわらんぽ》賞への応募など、四百字詰め原稿用紙で五〇〇枚超の習作の経験がそれまでにも、なかったわけではない。実際、大学卒業後の四年間余り、職にも就かず、実家で引き籠もりをしていたわたしはバイトなどもいっさいせずに朝から晩まで（正確には夜から早朝まで）の大半の時間を、発表の当てなどない屑《くず》同然の原稿執筆に当てる毎日を送っていた。その量、年間およそ三千枚。若さゆえの体力と気力任せだったとはいえ、現在の感覚からすると、とても同じ個人の所業とは信じられないけれど、ともかくこのニート期間中であったならば第一回鮎川哲也賞への応募作執筆も（少なくとも時間的余裕という意味では）楽勝であったろう。

しかし間の悪いことにわたしは一九八八年の春、引き籠もり生活に一応の終止符を打って、就職していた。もちろん本業と執筆の両立の厳しさは世の全ディレッタント共通の試練であり、「短編ならともかく長編は仕事をしながらではムリ」などという言い訳は的外れだし、するつもりもない。

わたしはもうひとつ、別種の逡巡《しゅんじゅん》をかかえていて、それは「あの鮎川哲也の名前を冠した賞に応募するに相応《ふさわ》しい（それに見合うだけの本格愛を有する）作品が果たして、このオレなんかに書けるのだろうか」という、己れのスキルや資質欠如への憂慮であり、そして危惧であった。たしかに乱歩賞へも応募経験があるけれど、それは（時間がたっぷりあったのに加えて）広義のミステリ的娯楽作品ならＯＫという意識が強かったのでなんとかなった、みたいな側面もあったと思う。

しかし今回のお題は（時間の余裕があまりないということはさて措《お》くとして）なにしろ鮎川印。ごりごりの本格ミステリなんて自分には無理なんじゃないか、がんばってみたところで、ろくなものは書けないんじゃないかと、すっかり弱気になっていたのである。

そんな弱気の虫を吹き飛ばすかのように、結果的に背中を押してくれるかたちになったのが、他でもない『月光ゲーム　Ｙの悲劇'88』と『孤島パズル』だった。ご存じ、英《えい》都《と》大学推理小説研究会の面々の活躍を描く〈学生アリス〉シリーズの第一作と第二作。

一般的にも、この〈学生探偵〉という趣向に魅了される読者や、その設定に追随する実作者は数多いだろう。だから感化されたとしても、なにもアナタに限った話ではないですよ、と言われるかもしれないけれど、特にこの一九八九年に於《お》ける〈学生アリス〉との出逢いがわたしにとって衝撃的かつ重要だったのには単純明快な理由がある。当時の勤め先が地元の国立大学だったのだ。

授業の受け持ちはないが、教材や機材の管理を任されていたため、非常勤講師という身分でありながら（機材準備室という名の）個室を与えられているみたいな環境で、当時はまだ珍しかった海外の衛星放送の視聴目当てに出入りしたりする学生たちは意外に多かった。その交流のお蔭で、日本のキャンパスライフの経験がなかったわたしも擬似的な学生気分を満喫することができたのである。

加えてこの年の九月から某私立女子校でも臨時教員のかけもちをすることになった。そこで受け持ったのが高三のクラスで、時期的にすでに指定校推薦枠などで進学先が決まっている生徒もいたりした。学校という括《くく》りでは同じでも環境の異なるふたつの職場を往き来しているうちにわたしのなかでこんなストーリーが生まれ、膨らんでゆく。それは。

とある地方の大学の建物から白昼、若い女性が転落死する。彼女はこの大学に推薦入試で合格が決まったばかりで、同校に在籍する兄とその恋人といっしょに下見がてら構内を散策している最中の出来事だった。未来に希望を膨らませ、悩みなど無かったはずの女子高生の死は、しかし付近に不審な事象は認められなかったことから自殺として処理される。その結論に納得できない兄は後日、同じ建物から学生ではない一般市民の謎の転落死が相次いだことを受け、恋人の制止を聞き入れず、自ら事件の解明に乗り出す。恋人に傍惚《おかぼ》れする他の学生たちがその動きに乗じて議論百出、一大推理合戦へと発展するが、それは解明どころか新たなる事件を呼び寄せてしまっただけという悲劇的な結末を迎える。

……ざっとそういう内容の六〇〇枚弱の長編ミステリを書き上げたわたしは、タイトルを『聯殺《れんさつ》』として、第一回鮎川哲也賞へ投じた。残念ながら受賞は叶《かな》わなかったが最終選考に残れた（このとき強力に推してくださったのが元東京創元社の戸川安宣《とがわやすのぶ》氏だったと後で知った）お蔭で島田荘司《しまだそうじ》氏、そして故・宇山日出臣《うやまひでお》氏らと知己を得て一九九五年の『解体諸因』（講談社ノベルス、講談社文庫）でのデビューへと道がつながってゆく。

二〇二二年現在のわたしが曲がりなりにも職業作家として活動を続けられているのは、すべて〈学生アリス〉との出逢いが『聯殺』という作品をものする原動力となってくれたからなのだ。一九八九年が如何《いか》に重要な年だったか、ご理解いただけるであろうか。その『聯殺』だが現在、もとのかたちでの原稿は残っていない。一度だけのリサイクルだったならばあるいはオリジナル原稿は生涯保存しておこうという気になっていたかもしれないが、デビュー後のわたしは万年ネタ涸れ状態という台所事情もあり、なんと、これまでに都合三回もこの『聯殺』の残滓《ざんし》を切り売りするかのような真似《まね》に及んでしまっている。

貧乏性も極まれりだが、最初の再利用が一九九七年の『仔羊たちの聖夜』（カドカワエンタテインメント、角川文庫、幻冬舎文庫）で、謎の連続転落死というメインストーリーはこの作品に流用した。舞台は大学構内から市街地の賃貸マンションへと移したが事件の謎を追うのは架空の地方大学の学生たちで、これはもちろん『聯殺』を書かせてくれた〈学生アリス〉シリーズのひそみに倣ってのリターンマッチのつもりだ。

二回目の再利用は二〇〇二年。それが本書『聯愁殺』（原書房、中公文庫）だがプロットは『聯殺』とはまったく別ものだし、キャラクター設定なども被《かぶ》っている点は皆無。にもかかわらずどうして「え。これって鮎川賞候補だったアレのリライト？」とか誤解されそうな紛らわしいタイトルを付けたのかというと、『聯殺』の作者として『仔羊たちの聖夜』では再現できなかったエッセンスを復活させたかったからだ。それは「多層的推理合戦の果てに得たものは事件の解明ではなく新たな悲劇だった」という趣向で、詳しくは本書をお読みいただければ幸いである。

そうやって二度のリサイクルを経た後もまだわたしは『聯殺』の手書き原稿を手許に残していた。まさかもう一度、この旧作のお世話になろうとは夢にも思っていなかったのだが、やってしまったんですねこれが。二〇一六年刊行の『悪魔を憐れむ』（幻冬舎、幻冬舎文庫）の表題作で。

短編としてはちょっと長めの二〇〇枚。今回はずばり大学構内での謎の転落死を扱っていて肝は『聯殺』で使っていた、あるトリック（と呼べるほど大したものでもないが）のリブートだ。投身自殺の恐れのある人物が問題の建物へ上がらぬよう見張っていた主人公だが、油断したわけでもないのになぜかそれを見逃してしまう……というもので、手前味噌になるが『聯殺』のときよりも巧《うま》くストーリーにこの仕掛けを組み込むことができたのではないかと思っている。そのせいもあってか『悪魔を憐れむ』は全体の空気感やテイストなど、どれを取っても『仔羊たちの聖夜』よりも『聯殺』に近い。いまは誰にも読めないオリジナル原稿の雰囲気を、同作で少しでも味わっていただければ幸いである。

三度もリサイクルしてしまうとさすがに出涸《でが》らしの茶というか、もう充分だろうということでわたしは二〇一七年に『聯殺』の手書き原稿を破棄した。二〇一五年十月に死去した妻、西澤則子の相続手続を含む事後処理がすべて完了するのと同じタイミングで。それは一九八九年とはまた異なる意味での人生の節目だったと言うべきか。あるいは『聯殺』に始まり『聯殺』に終わるという、ある種の自己完結への誘惑にでもかられたのかもしれない。わたしを斯界《しかい》へと導いてくれたオリジナル原稿とともに自らもまたこの世という劇場から退出していれば、もっときれいなオチがついていたかもしれないけれどまあ人生、そんなにうまくいくものでもありません。

装いも新たにした本書『聯愁殺』を読者諸氏に少しでも楽しんでお読みいただけることを切に願っている。『聯殺』のメインストーリーは『仔羊たちの聖夜』で、小技のトリックは『悪魔を憐れむ』でそれぞれ再利用されているが、いちばん肝要なエッセンスを受け継いでいるのはおそらくこの『聯愁殺』ではないかと個人的には感じているので。

最後に、本書の新装版刊行に当たってご尽力くださった中央公論新社の高松紀仁氏、そして解説の執筆をご快諾いただいた元講談社の唐木厚氏にこの場を借りて深く、深くお礼申し上げます。

二〇二二年　三月吉日　高知市にて

西澤保彦

# 新装版解説

唐木　厚

一九九五年のデビュー以来、西澤保彦さんは七十を越える作品を世に送り出してきました。この作品群は本格ミステリとしての「三本の柱」に支えられていると、私は思っています。

一本目は何と言っても「特殊設定ミステリ」です。現実にはあり得ない超常能力や、特殊な装置などが存在している世界の中で、あくまで本格ミステリのルールに則った謎解きが行われるタイプの作品です。このジャンルにはいまや様々な名作が出現しておりますし、先行する傑作も存在していますが、「特殊設定ミステリ」を世の中に根付かせたのが西澤保彦さんであるのは異論のないところでしょう。このタイプを代表する作品としては、

『七回死んだ男』、『人格転移の殺人』の二作品を挙げたいと思います。

『七回死んだ男』は、SFの「ループもの」を本格ミステリに取り入れた作品です。主人公は同じ一日を九回繰り返してしまうという特殊体質の持ち主です。主人公以外の人たちはループが行われていることを認識していません。ループの九回目が「事実」として確定し、その後は次のループが発生するまで、通常通りに時間が進んでいく、というのがこの世界のルールです。そこで殺人事件が発生しますが、主人公が推理するのは「犯人の正体」ではなく、「犯行の方法」でもありません（それらは主人公にとって自明のことです）。主人公は「事件の発生」そのものを阻止するために、知力をつくしてあらゆる発生条件を試していきます。

『人格転移の殺人』では、人間の肉体から人格を切り離して、他人と入れ替えてしまう謎の装置が登場します。人格転移は三人以上の場合でも発生し、その場合は、スライド式に規則正しく人格が入れ替わっていきます。また、人格交換を一度行ってしまうと、元の肉体に人格を戻しても、その後は不定期に人格交換現象が発生してしまうというルールです。その状況の中でやはり殺人事件が発生します。主人公は自分を殺そうとしている人間を目撃しているにもかかわらず、それが誰（の人格）であるのか分からないのです。

もちろん、どちらの作品にも本格ミステリの大きな魅力である「ラストの驚き」があります。

こうした特殊設定ミステリは、同じ設定を再利用することが基本的にはできません。「特殊設定」であるがゆえに、複雑な「ルール」を読者に説明しなければならず、そこにかなりのページを割いてしまうからです。一作目を読んでいる読者だけを対象にしてルールの説明を省くわけにもいきません。その結果、作者は作品を作る度に特殊設定を一から考えることになります。

二本目は、安楽椅子探偵ものです。探偵役が事件現場に赴かず、限られた情報だけを元に謎を解いていくタイプのミステリですが、西澤さんの作品にはこのスタイルが頻繁に登場します。中でも、『腕貫《うでぬき》探偵』シリーズはその極みと言えるでしょう。なにしろ、探偵役は相談者とは一度きり、しかもほんの短時間しか会いません。相談者の話を聞いただけで、探偵役の公務員らしき男（なんと、作中で一度もその名前が明かされません）は、事件の核心部分だけを指摘して、後はもう一切相談者の前には現れないのです。相談者は腕貫探偵の謎の言葉をヒントになんとか事件を解決していきます。これはもう、安楽椅子探偵というスタイルをストイックなまでに極めたものと言えるのではないでしょうか。

三本目が、推理合戦です。複数の探偵役たちが、事件の謎を解く論理の正しさを競い合うスタイルのミステリです。本書『聯愁殺』は、まさにこのタイプです。連続殺人事件の唯一の生存者である語り手を前にして、推理集団「恋謎会」のメンバーたちが推理合戦を繰り広げます。既にお読みになった方はご存知の通り、この作品もラストには衝撃の真相が待ち構えています。

多重解決ものとも言われるこのタイプのミステリは、やはり作者に大変難しい問題を突きつけます。推理合戦を繰り広げるメンバーのそれぞれの推理に説得力があればあるほど、最終的に語られる真相が本当に正しいものなのか読者には分からなくなってしまうからです。下手《へた》をすると読者は、「結局、どれでも良かったんじゃないの」という気持ちになってしまいます。それを避けつつ、ラストに大きな驚きをもってくるのは、相当な難事だと言えるでしょう。本作はまさにその点をクリアしているのです。

以上の三本柱から分かるのは、西澤保彦さんは作品作りのハードルを自ら限界まで上げていってしまうタイプの作家なのだということです。なぜここまで難題に挑もうとするのでしょうか。その「謎」を解くには、西澤さんのデビュー当時のミステリ界の状況を知っていただく必要があります。

西澤さんのデビュー作は、一九九五年に講談社ノベルスから刊行された『解体諸因』です。「ノベルス」というのは、当時多くの出版社から毎月刊行されていた新書サイズの小説レーベルで、内容はミステリが中心ですが、その他にファンタジーやシミュレーション小説なども含まれていました。この頃には、既にノベルス界全体の勢いは衰えていたのですが、講談社ノベルスは「新本格ミステリ」を始めとする本格ミステリがブームとなっており、空前の盛り上がりを見せていました。「新本格ミステリ」というのは、一九八七年の綾辻行人《あやつじゆきと》さんのデビューをきっかけに始まった、本格ミステリの復興ムーブメントです。一九九五年という年は、その前年に京極夏彦《きょうごくなつひこ》さんが『姑獲鳥《うぶめ》の夏』でデビューし、翌年には『すべてがFになる』で第一回のメフィスト賞を受賞して森博嗣《もりひろし》さんがデビューするという時期でした。講談社ノベルスを刊行していたのは「文芸図書第三出版部」という部署で、私はその当時、一編集者として在籍しておりました。この時代に部長だったのが、「新本格の仕掛け人」と呼ばれた宇山日出臣《うやまひでお》さんです。この宇山さんという人は極めて個性的な人で、いつも出社は夕方、帰宅は明け方という今なら（おそらく当時も）許されないような勤務状況だったのですが、「どのような作品を世に送り出したいか」というビジョンが極めて明瞭な編集者でした。求めていたのは、「読んだら、目から鱗《うろこ》が何枚も落ちるような作品」「自分の立っている足元がぐらぐらと揺り動かされる作品」でした。逆に、警察官が地道に捜査して一歩一歩真相に迫っていくようなタイプの作品は、「地上的」なものとして遠ざけていました。文芸編集者とはどんな仕事なのか、読者が関心を持つことはあまりないかもしれません。裏方の仕事なのですが、文芸編集者が作家に作品を依頼して初めて、書店に並んでいる小説が生まれてきます（もちろん、作家のデビュー作などの重要な例外はあります）。文芸編集者にとっていちばん大切な仕事は「作品を依頼する」ことだと言えるでしょう。だからこそ、編集者としての力の差が如実に表れるのも、作品を依頼する瞬間だと私は考えています。「人間がどれだけ凄《すご》いことを考えられるか知ってみたい」と宇山さんはよく口にしていました。もしかすると、宇山さんは寝ている時以外はずっと作品依頼のことを考えていたのかも知れません。

もちろん、こうした宇山さんのリクエストに一度ならず何度も応えるのは作家にとって極めてハードルが高い仕事であるのは言うまでもありません。それにもかかわらず、正面からその思いを受け止めて、この難行に挑んだ作家のうちの一人が西澤保彦さんなのです。その姿勢は、デビュー作の『解体諸因』の時から既に明らかでした。いったん原稿が完成していたにもかかわらず、担当編集者のリクエストに応じて、それまでの推理を全てひっくり返す短編を最後に一作付け加えるという、凄まじい荒行に挑んでいます。そうしたスタイルの連作短編が当時は流行していたのです。もちろん、そういう作品は、最後にひっくり返すことを前提に、各短編が書かれています。編集者の依頼に応じて、後から構成を変えたという話は、他には聞いたことがありません。当時の文芸第三に所属していた部員にも、宇山イズムがいきわたっていたということなのでしょう。

西澤さんが作品作りのハードルをどんどん上げていったのには、もう一つ理由が考えられます。当時、講談社ノベルスから刊行されていた本格ミステリ作品群は必ずしも世の中の高い評価を得られていませんでした。それどころか「新本格バッシング」と言われるような状況にあったのです。様々な文学賞の候補にすらならないだけでなく、あからさまな批判を口にする評論家や編集者も存在していました。「ミステリはリアリズムに基づいて書かれるべきであり、『新本格ミステリ』のような現実にあり得ないシチュエーションや人物が登場するものは古臭《ふるくさ》いもので、一部の読者だけが喜ぶものである」という考えが、当時は根強く存在していたからでした。本格ミステリに関わっていた作家や編集者たちは、こうした逆風に立ち向かって作品を世に送り出していかなければなりませんでした。それが、作品作りへの要求を高めていったのではないかと思われるのです。本格ミステリを盛り上げるという目的に向かって、作家も編集者も強い仲間意識で結ばれていました。

当時の忘れられない思い出があります。今はすっかり見なくなりましたが、以前はたいていの出版物に「アンケートはがき」が入っていました。講談社ノベルスのアンケートはがきは、本が書店に並ぶ前になぜか編集部に数枚返送されてくるのです。そう、差出人は西澤さんでした。発売前の新刊見本が編集部から届くとすぐにすべて読んで、感想を書いて送ってきてくれていたのです。これは、「仲間」の西澤さんから編集部へのエールだったと思っています。

もう一度『聯愁殺』に戻ります。「三十三年目の『あとがき』」にも書かれているように、本書は作家西澤保彦の出発点ともいえる作品です。西澤さん自身は、まるで『聯殺《れんさつ》』を使いまわしているようなことを書いていますが、これは韜晦《とうかい》と言うべきでしょう。三作品を読み比べてみると、一つのオリジナル作品からできているとはとても思えません。それでは、三作品のうち、どれが一番西澤さんの原点により近いと言えるのでしょうか。作者自身はそれぞれに思い入れがあり、この作品が原点だ、と言い切ることにはためらいがあるでしょう。客観的な視点で判断したいところですが、原稿は既に残っていないとのことなので、実際に読んで比べることはできません。しかし、ヒントはあります。この作品が候補作となった第一回鮎川哲也《あゆかわてつや》賞の選評です。鮎川哲也さんの『聯殺』への講評は次の通りです。

「『聯殺』も学生の間に起こった連続殺人を描いたもので、ラスト近くで二人の学生探偵が対決して推理合戦をするシーンは圧巻であり本格物の面白さをたっぷりと味合わせてくれるものの、作者は哲学もしくは心理学を専攻した人ではないかと思いたくなるほどに抽象的な表現が多く、それが特長であると同時に欠陥になっているように思う。」

(東京創元社刊『鮎川哲也と十三の謎'90』)

鮎川哲也さんも「推理合戦」の部分に注目しています。やはり、本書こそが西澤さんの原点に一番近いものであると言えるのではないでしょうか。もしかすると、西澤さんは、「推理合戦」の方向性をさらに発展させた『聯愁殺』で、鮎川哲也さんにもう一度評価されたかったのかも知れません。本書がまず単行本として原書房から刊行されたのは二〇〇二年です。それは、まさに鮎川哲也さんが亡くなった年でした。本書を鮎川さんが手にすることはなかったのかもしれませんが、西澤さんは自らの作家としての成長を、その出発に立ち会った鮎川哲也さんに知ってもらいたかったのではないかと私には思えるのです。とは言え、鮎川さんに届けることは間に合わなかった代わりに、本書は多くの読者を得ることができました。中公文庫に収録されて以来の発行部数は十万部を超えているとのことです。

西澤さんは作家として出発した時から「人間がどれだけ凄いことを考えられるのか」というテーマを追究し続けてきた作家です。本作が新装版として装いも新たに刊行されるにあたり解説を依頼されて、あらためてそう確信しました。これからも、読者の目の鱗が何枚も落ちるような作品を発表してくれることでしょう。

さらに言うと、この解説をきっかけに西澤さんのデビュー当時のことを思い出して、私には新しい期待が生まれました。本書を読んだ読者が、「人間がどれだけ凄いことを考えられるのか」というテーマを追究し、ミステリ作品を発表してくれるのではないかと思っているのです。「新・新本格」の時代はすぐそこに来ているのかもしれません。そして、そのムーブメントをリードするのはこの作品を読んだあなたかもしれないのです。

（からき・あつし　書評家）

本書は『聯愁殺』（中公文庫・二〇一〇年九月刊）を新装・改版したものです。

中公文庫

# 聯愁殺《れんしゅうさつ》
## ——新装版《しんそうばん》


2010年 9 月25日　初版発行
2022年 6 月25日　改版発行

著　者　西澤《にしざわ》 保彦《やすひこ》

発行者　松 田 陽 三

発行所　中央公論新社
〒100-8152　東京都千代田区大手町1-7-1
電話　販売 03-5299-1730　編集 03-5299-1890
URL https://www.chuko.co.jp/

ＤＴＰ　平面惑星
印　刷　三晃印刷
製　本　小泉製本




Published by CHUOKORON-SHINSHA, INC.
Printed in Japan　ISBN978-4-12-207219-0 C1193

各書目の下段の数字はISBNコードです。978-4-12が省略してあります。

# 中公文庫既刊より

に-18-8
**下戸は勘定に入れません** 西澤保彦
酔えば酔うほど時間が戻る⁉ お酒を呑むと、同席者と共にタイムスリップしてしまう古徳先生。その特異体質と推理力で昔の恋を取り戻せるか？〈解説〉池上冬樹
206279-5

あ-61-10
**新装版 汝の名** 明野照葉
「理想の人生」を求める「姉」と、彼女を崇拝し隷属する「妹」を通し、社会的病理と彼女たちの行動の源となる感情を描いた傑作サスペンス。〈解説〉大矢博子
206997-8

い-117-1
**SOSの猿** 伊坂幸太郎
株誤発注事件の真相を探る男と、悪魔祓いでひきこもりを治そうとする男。二人の男の間を孫悟空が飛び回り、壮大な「救済」の物語が生まれる！〈解説〉栗原裕一郎
205717-3

い-74-6
**ルームメイト** 今邑彩
失踪したルームメイトを追ううち、二重、三重生活を知る春海。彼女は、名前、化粧、嗜好までも変えて暮らしていた。呆然とする春海の前にルームメイトの死体が？
204679-5

お-87-1
**アリゾナ無宿** 逢坂剛
時は一八七五年。合衆国アリゾナ。身寄りのない一六歳の少女は、凄腕の賞金稼ぎ、謎のサムライと賞金稼ぎのチームを組むことに⁉〈解説〉堂場瞬一
206329-7

お-87-2
**逆襲の地平線** 逢坂剛
〝賞金稼ぎ〟の三人組に舞い込んだ依頼。それは十年前にコマンチ族にさらわれた娘を奪還してほしいというものだった……。〈解説〉川本三郎
206330-3

お-87-3
**果てしなき追跡（上）** 逢坂剛
土方歳三は箱館で銃弾に斃れた――はずだった。一命を取り留めた土方は密航船で米国へ。友を、そして記憶を失ったサムライは果たしてどこへ向かうのか？
206779-0

お-87-4
果てしなき追跡（下）
逢坂剛
西部の大地で離別した土方とゆら。人の命が銃弾一発より軽いこの地で、二人は生きて巡り会うことができるのか？　巻末に逢坂剛×月村了衛対談を掲載。
206780-6

き-17-10
魂の沃野（上）
北方謙三
加賀の地に燃え拡がる一向一揆の炎。蓮如や守護・富樫政親との奇縁から、闘いに身を投じることになった地侍・小十郎の青春を描く血潮たぎる歴史巨篇開幕！
206781-3

き-17-11
魂の沃野（下）
北方謙三
蓮如の吉崎退去、小十郎の恋、そして守護・政親の強権。加賀の雪が、血に染まる時が近づいていた。一向一揆を生きた男たちそれぞれの明日。〈解説〉清水克行
206782-0

き-17-12
悪党の裔《すえ》（上）新装版
北方謙三
目指すは京。悪党の誇りを胸に、倒幕を掲げた播磨の義軍は攻め上る！　寡兵を率いて敗北を知らず、建武騒乱の行方を決した赤松円心則村の鮮烈な生涯。
207124-7

き-17-13
悪党の裔（下）新装版
北方謙三
おのが手で天下を決したい——新政に倦み播磨に帰った円心に再び時が来た。尊氏を追う新田軍を食い止めるのだ！　渾身の北方「太平記」。〈解説〉亀田俊和
207125-4

き-17-14
道誉なり（上）新装版
北方謙三
毀すこと、それがばさら——。後醍醐帝との暗闘、実弟直義との対立で苦悩する将軍足利尊氏を常に支え南北朝動乱を勝ち抜いた、ばさら大名佐々木道誉とは。
207150-6

き-17-15
道誉なり（下）新装版
北方謙三
足利尊氏・高師直派と尊氏の実弟直義派との抗争は一触即発の情勢に。熾烈極まる骨肉の争いに、将軍尊氏はなぜ佐々木道誉を欲したのか。〈解説〉大矢博子
207151-3

き-17-16
楠木正成（上）新装版
北方謙三
乱世到来の情勢下、大志を胸に雌伏を続けた悪党・楠木正成は、倒幕の機熟するに及んで寡兵を率い強大な六波羅軍に戦いを挑む。北方「南北朝」の集大成。
207178-0

各書目の下段の数字はISBNコードです。978-4-12が省略してあります。

き-17-17
楠木正成（下）新装版　北方謙三
巧みな用兵で大軍を翻弄。京を奪還し倒幕を果たした正成だが……。悲運の将の峻烈な生を迫力の筆致で描いた北方「南北朝」感涙の最終章。〈解説〉細谷正充
207179-7

き-17-8
絶海にあらず（上）　北方謙三
京都・勧学院別曹の主、純友。赴任した伊予の地で、「藤原一族のはぐれ者」は己の生きる場所を海と定め、律令の世に牙を剝いた！　渾身の歴史長篇。
205034-1

き-17-9
絶海にあらず（下）　北方謙三
海の上では、俺は負けん――承平・天慶の乱で将門とともにその名を知られる瀬戸内の「海賊」純友。夢を追い、心のままに生きた男の生涯を、大海原を舞台に描く！
205035-8

ほ-17-10
主よ、永遠の休息を　誉田哲也
この慟哭が聞こえますか？　心をえぐられた少女と若き事件記者の出会いが、やがておぞましい過去を掘り起こす……驚愕のミステリー。〈解説〉中江有里
206233-7

ほ-17-11
歌舞伎町ダムド　誉田哲也
今夜も新宿のどこかで、伝説的犯罪者〈ジウ〉の後継者が血まみれのダンスを踊る。殺戮のカリスマvs.新宿署刑事vs.殺し屋集団、三つ巴の死闘が始まる！
206357-0

ほ-17-12
ノワール　硝子の太陽　誉田哲也
沖縄の活動家死亡事故を機に反米軍基地デモが全国で激化。その最中、この国を深い闇へと誘う動きを、東警部補は察知する……。〈解説〉友清　哲
206676-2

ほ-17-13
アクセス　誉田哲也
高校生たちに襲いかかる殺人の連鎖。仮想現実を支配する「極限の悪意」を相手に、壮絶な戦いが始まる！　著者のダークサイドの原点！〈解説〉大矢博子
206938-1

ほ-17-14
新装版　ジウI　警視庁特殊犯捜査係　誉田哲也
人質籠城事件発生。門倉美咲、伊崎基子両巡査が所属する警視庁捜査一課特殊犯捜査係も出動する。だが、この事件は〝巨大な闇〟への入口でしかなかった。
207022-6

ほ-17-15
**新装版 ジウⅡ 警視庁特殊急襲部隊**
誉田哲也
誘拐事件は解決したかに見えたが、依然として黒幕・ジウの正体は摑めない。事件を追う東と美咲。一方、特進をはたした基子の前には不気味な影が。〈解説〉宇田川拓也
207033-2

ほ-17-16
**新装版 ジウⅢ 新世界秩序**
誉田哲也
新宿駅前で街頭演説中の総理大臣を標的としたテロが発生。歌舞伎町を封鎖占拠し、〈新世界秩序〉を唱えるミヤジとジウの目的は何なのか⁉〈解説〉友清 哲
207049-3

ほ-17-17
**歌舞伎町ゲノム**
誉田哲也
大人気シリーズ、〈ジウ〉サーガ第九弾！ 伝説の暗殺者集団「歌舞伎町セブン」に、新メンバー加入！ 彼らの活躍と日々を描いた傑作。〈解説〉宇田川拓也
207129-2

ほ-17-4
**国境事変**
誉田哲也
在日朝鮮人殺人事件の捜査で対立する公安部と捜査一課の男たち。警察官の矜持と信念を胸に、銃声轟く国境の島・対馬へ向かう。〈解説〉香山二三郎
205326-7

ほ-17-5
**ハング**
誉田哲也
捜査一課「堀田班」は殺人事件の再捜査で容疑者を逮捕。だが公判で自白強要の証言があり、班員が首を吊った姿で見つかる。そしてさらに死の連鎖が……誉田史上、最もハードな警察小説。
205693-0

ほ-17-6
**月光**
誉田哲也
同級生の運転するバイクに轢かれ、姉が死んだ。殺人を疑う妹の結花は同じ高校に入学し調査を始めるが、やがて残酷な真実に直面する。衝撃のR18ミステリー。
205778-4

ほ-17-7
**歌舞伎町セブン**
誉田哲也
『ジウ』の歌舞伎町封鎖事件から六年。再び迫る脅威から街を守るため、密かに立ち上がる者たちがいた。戦慄のダークヒーロー小説！〈解説〉安東能明
205838-5

ほ-17-8
**あなたの本**
誉田哲也
読むべきか、読まざるべきか？ 自分の未来が書かれた本を目の前にしたら、あなたはどうしますか？ 当代随一の人気作家の、多彩な作風を堪能できる作品集。
206060-9

各書目の下段の数字はISBNコードです。978－4－12が省略してあります。

ほ-17-9
**幸せの条件**　誉田哲也
恋にも仕事にも後ろ向きな役立たずOLに、突然下った社命。単身農村へ赴き、新燃料のためのコメ作りに挑め⁉ 人生も、田んぼも、耕さなきゃ始まらない！
206153-8

わ-24-1
**叛逆捜査**　オッドアイ　渡辺裕之
捜一の刑事・朝倉は自衛官の首を切る猟奇殺人事件を捜査していた。古巣の自衛隊と米軍も絡み、国家間の隠蔽工作が事件を複雑にする。新時代の警察小説登場。
206177-4

わ-24-2
**偽証**　オッドアイ　渡辺裕之
サバイバル訓練中の死亡事故を調べるため、自衛隊特戦群出身の捜査官・朝倉は離島勤務から召還される。ミリタリー警察小説、第二弾。
206341-9

わ-24-3
**斬死**　オッドアイ　渡辺裕之
グアム米軍基地で続く海兵連続殺人事件。NCISから召還された朝倉は、異国で最凶の殺人鬼と対決する。自衛隊出身の捜査官「オッドアイ」が活躍するシリーズ第三弾。
206510-9

わ-24-4
**死体島**　オッドアイ　渡辺裕之
虫が島沖で発見された六つの死体。謎の孤島に単身潜入した元・自衛隊特殊部隊の警察官・朝倉に襲い掛かる影の正体は⁉「オッドアイ」シリーズ第四弾。
206684-7

わ-24-5
**殺戮の罠**　オッドアイ　渡辺裕之
次々と謎の死を遂げるかつての仲間。陸自最強メンバーがなぜ。自衛隊出身の警察官・朝倉が〝特別強行捜査班〟を結成し捜査にあたる。人気シリーズ第五弾。
206827-8

わ-24-6
**砂塵の掟**　オッドアイ　渡辺裕之
米軍居住地で発見された生首。捜査に向かう朝倉の前に日米地位協定という厚い壁が立ちはだかる。元自衛官の警察官が活躍する、人気シリーズ最大の問題作！
207024-0

わ-24-7
**死の陰謀**　オッドアイ　渡辺裕之
自衛隊・特戦群時代の親友、田村がスリランカで行方不明⁉ 同日に起きたテロと誘拐。二つの事件は偶然なのか、それとも――。人気シリーズ第七弾！
207186-5